W0267050

32 [illegible]

Fritz J. Raddatz

DER WOLKENTRINKER

Roman

Rowohlt

Schutzumschlag- und Einbandgestaltung
Christian Diener

1. Auflage September 1987
Copyright © 1987 by Rowohlt Verlag GmbH,
Reinbek bei Hamburg
Alle Rechte vorbehalten
Satz aus der Bembo, LibroSatz, Kriftel
Druck und Bindung Clausen & Bosse, Leck
ISBN 3 498 05714 6

DER WOLKENTRINKER

Bernd hatte sich hier mit Yvonne zu der ersten Begegnung nach so langen Jahren verabredet. Die Leere seines Innern gegenüber der verblichenen toten Liebe sollte ausgegossen werden, eine leere Form, ein brüchiger, hohler Baum; die Äste fahle Galgen voll gehenkter, vertrockneter Blätter.

Es gab keinen Londonbesuch für ihn ohne «Tea at Brown's». Man saß in der gemütlichen kleinen Halle, die durch ihre helle Holztäfelung und solide verarbeiteten Türen mit Sprossenfenstern aus geschliffenem Kristallglas, das beim Hin- und Herschwingen blitzte, eher an einen privaten Salon erinnerte. «Brown's» war das Gegenteil von «Ritzy», hatte nichts vom Parvenuhaften der großen Luxushotels. Hier blähte sich keine Seide und glänzte kein Smokingrevers; Tweed, Cashmere, Burberry-Mäntel und die rote Gesichtsfarbe über bräunlich-blonden Schnurrbärten gaben das Bild einer Familienpension, wegen ihrer Gediegenheit von einkaufenden Landbewohnern geschätzt. Sie hauchten mit konspirativer Tuschelstimme «Tea, please»; das Gesetz von «Brown's Hotel». Bernd freute sich königlich, wenn, eine perfekt einstudierte Inszenierung, jene ehrerbietiges Erstaunen heuchelnde Antwort kam, die jedem Gast das Gefühl verlieh, mit seiner ungewöhnlichen Order einen Beweis unverwechselbarer Individualität erbracht zu haben. «Oh, so you want some tea, Sir. I'll bring it right away, thank you.» Und dann begann jene wundervolle kleine Zeremonie.

Korrekt die Rangfolge von Oberkellner, Kellner, Unterkellner und Hilfskellner einhaltend, umgab alsbald in einem feierlichen kleinen Ritual das Hotelpersonal den Tisch, brachte Silber und Kännchen und cremefarbene batistene Tücher und Schälchen mit diversen Konfitüren und Schüsselchen mit Schinkenröllchen und Tellerchen mit Toastscheibchen und Beisatztellerchen mit Butterkügelchen und Glastellerchen mit winzigen Sandwichstückchen und schließlich ein silbernes Messerbänkchen, zwei Schnecken ineinander verschmelzend. Bernd genoß es, wann immer er nach England kam. Es war sein London, er hatte ein eigenes Spiel daraus gemacht.

Nun saßen sie in dieser Halle, die plötzlich dumpf schien, museal. In Bernd stieg schon bei der ersten Bloody Mary Widerwillen hoch, ein Rauchring aus ranzigem Begehren und abgestandenem Vorwurf wurde nach ihm ausgeworfen. Vor ihm die Frau, die einmal sein Leben gewesen war – eine Puppe, puderverschmiertes Gesicht, rissige Lippenstiftspuren, unsorgfältig gefärbtes Haar. Alles stieß ihn ab, der Körpergeruch, die faltenkralligen Hände, die Augen, von denen er geträumt, die Haut, die er gestreichelt hatte: alles. Ihn ekelten die Ohrläppchen mit den läppischen Löchern drin. Ein bleigrauer Abend begann. Yvonne aß nichts. Sie hatte nie aufgehört, ihn zu lieben. Sie saß in der Sackgasse der Hoffnungslosigkeit fest, hatte sein Weggehen nie verwinden, nie akzeptieren können – und nie sich beteiligen können am Kunstbau, der «normaler Umgang» hieß. Sich hatte sie aufgegeben, aber nicht ihn.

«Kannst du mir bitte meinen Mantel holen, mir ist schlecht.» – «Wozu der Mantel?» – «Bitte. Ich muß vom Tisch weg, bitte.» Als er aufstand, sah Bernd das Blut; es lief ihr linkes Bein hinunter.

Notdürftig von dem etwas altmodischen Nerz vor Blicken geschützt, erreichten sie ihr Zimmer, es lag ein Stockwerk unter dem seinen. Alles Dekor, aller stilisierte Schutz war zusammengebrochen. Seine liebevoll hingestellte Orchideenrispe krümmte sich – ein höhnischer bleicher Finger; die Schale mit Obst glich einem Glassarg voll grinsender Wachspuppen. Yvonne hatte nicht nur Blutungen, sie hatte quälende Magenkrämpfe, sie lag auf dem Bett zusammengezogen, eine falsch zusammengesetzte, gestürzte Anprobierpuppe, das Haarteil verrutscht, der Puder von schweißigen Rinnsalen durchzogen, eine fahlfette Bauchfalte quetschte sich aus dem Rock. «Ich brauche ein Klistier.» Abscheu verdrängte alles Mitleid; Bernd ging stumm aus dem Zimmer. In diesen Leib hatte er sich gewühlt, hatte jedes Härchen gekannt, jede Biegung der Hüften mit den Lippen gestreichelt, jede Wölbung der Brüste mit zitternden Fingern nachmodelliert?

Er verachtete sich frierend. Seine Vergangenheit mit Yvonne lag vor ihm, ein schmutziger Lappen. Krankheit war für Bernd stets Versagen gewesen, ohne Disziplin, Grazie. Krankheit war das Unsaubere, war Unordnung und Liederlichkeit. Von einer unerquicklichen Magenaufnahme heimgekehrt, hatte er sich einmal dabei ertappt, wie er die Intarsien der

Möbel einer luxuriösen Wohnung streichelte – eine sanfte, glatte Haut; Dinge konnten sich nicht entzünden, hatten keine Pickel, Runzeln. Krankheit war für Bernd «sich gehen lassen», Bedrohung und Abgrund.

Seine Inszenierung war zerborsten, statt Kerzen und Blumen und Gläserklingen jetzt die im lila Lampenlicht feucht riechende, sich krümmende Frau, ihn nötigend – ihm tat nicht Yvonnes Schmerz weh, sondern die aufgezwungene Körperlichkeit, die Berührung der fahlen, welken Fraulichkeit, die ihm kuhhaft zu nahe kam. Er wußte nicht mehr, wie dieser Körper ihn einst entzündet hatte.

Yvonne war am nächsten Morgen abgereist.

Es lag ein Leben zurück: Da hatte der Schüler Bernd in einem kleinen Park vor Yvonnes Haus gestanden, in die Nacht seiner Sehnsucht gehüllt, eine kühle Haut über seiner erhitzten, die ihre sich erträumend. Die Lehrerin, mit ihrem Mann soeben aus der Emigration ins zerschossene Berlin zurückgekehrt, war ein Stern – so nah und so fern. Ihr Geschichtsunterricht machte ihn süchtig, ihr Haar, ihre Figur, die leger-fremdartige Weise sich zu kleiden, sog er in sich ein wie alles, was sie von Weimar, von Willi Münzenberg und Erich Mühsam erzählte, was sie mitbrachte an seltsam-verwirrenden und zugleich deutlichen Fotos eines Mannes namens John Heartfield oder Bildbänden von George Grosz. Dr. Yvonne Bärenbach war alles in einem: Kulturhaus und Rauchsalon, Flimmerbar und Kinofilm. Ein wabernder, duftender Nebel, fernnah, in dem Bernd verschwand, der ihn richtungslos werden ließ.

Es hatte nichts mit Begreifen zu tun, es war ein

Hautprickeln, ein Funke, der seinen Körper entlang tänzelte, die Poren zündelte: ihre so fremde Mischung aus Nonchalance, Ernsthaftigkeit und lässiger Eleganz. Ein Jagdhund hatte Witterung aufgenommen, die Spur ging ins Unbekannte. Er verstand nicht genau, was Dostojewskijs «Großinquisitor» mit Anna Seghers' «Das siebte Kreuz» zu tun hatte, und vielleicht war es mehr die Bewegung der linken Hand, mit der sie das Haar zu bändigen suchte, war es mehr ihre Stimme als der Inhalt ihrer Sätze, was ihn in einen Fiebergarten der Neugier jagte. Er las Feuchtwangers «Exil» – weil sie es ihm geliehen hatte. Er wollte *sie* lesen. Seine Gefräßigkeit war Umweg.

Sie hatte eine Klassenreise angesetzt, es sollten ein paar Schlösser der Mark Brandenburg besichtigt werden, um den Schülern deutlich zu machen, was «Preußen» einmal gewesen war; ihre undurchsichtigen Beziehungen zu den russischen Besatzungsbehörden hatten das ermöglicht, den Bus und die Reisegenehmigung und die Unterkunft. Beim ersten Abendessen in einem kleinen Herrensitz nördlich Berlins – requiriert als Erholungsheim für kommunistische Funktionäre und sowjetische Offiziere – hatte die Explosion gezündet, ein Schmerz hob die Schädeldecke, zerblähte und vertaumelte sein Hirn: Sie hatten sich angeblickt. Nackt, von diesem Sekundenblitz entkleidet, saßen sie an der langen Tafel vor Blutwurstscheiben, zerschnittenen Tomaten, Gurkenringen, blassem Brot und länglichen bleichen Käsestücken. Die Bewegungen der Klassenkameraden versanken in einem Aquarium, ihre Worte drangen durch ein Sieb – jeder Zusammenhang war gerissen.

Bernds Gang durch den Park war Flucht und Belagerung. Er witterte, voller Tücke, Gier – ein Tier auf Fang. Es war eine jener märkischen Herbstnächte, deren kühle Glasluft erst allmählich ins Grünviolett-Tintige verschwamm, die jedes Geräusch dünn werden ließ. Man meinte den Geruch der Kartoffelfeuer zu schmecken, dabei war es der bittere Duft des ersten Herbstlaubs und brennender Farbbüsche. Die kleine Burg lag, offenbar Marotte des früheren Besitzers, in ein Riesenkissen blühender Dahlien gepolstert, ein blasses Steinkleinod auf Samt aus Dunkellila und Bordeauxrot und Honiggelb und Orange, ein Katafalk im Farbschaum des vergehenden Jahres. Es war Bernds Lieblingsjahreszeit, von einer leise ziehenden Melancholie. Noch wußte er nicht, daß dieses aufschäumende Sterben Erotik war.

Das Grundstück grenzte an einen See. Weit verweht hörte er jemanden zur Laute singen,

«Es war ein König in Thule
Gar treu bis an das Grab,
Dem sterbend seine Buhle
Einen goldnen Becher gab.»

Der Klang zerstäubte, Wasser kräuselte ihn fort, spülte nur einzelne Worte wie «leert» und «Becher» und «sterben» herbei, bis jäh, laut, deutlich zu hören war:

«Dort stand der alte Zecher,
Trank letzte Lebensglut,
Und warf den heilgen Becher
Hinunter in die Flut.
Er sah ihn stürzen, trinken
Und sinken tief ins Meer.
Die Augen täten ihm sinken;
Trank nie einen Tropfen mehr.»

Es war die Stimme von Rudi Fels, einem kräftigen Burschen, der zwei Klassen weiter kurz vor dem Abitur stand und bei Dr. Bärenbach Nachhilfeunterricht nahm. Bernd war dessen unbekümmerte Sportbegeisterung immer fremd gewesen, und er wunderte sich jetzt weniger darüber, daß Rudi überhaupt hier war, als vielmehr über die verlorene Traurigkeit seines Gesangs. Aber in ihm war wenig Raum für Wahrnehmung des Fremden, so gespannt surrten die eigenen Nerven, er spürte wie nie zuvor: sich. Um ihn war nur Lockung – das wispernde Schilf, dessen kleine Säbel schnitten, die weiche Wärme des moorigen Uferbodens zwischen den Zehen, die zweite Haut des Wassers, in die er schlüpfte.

Haut, Haar, Finger, Zehen, Hüften, Hals: nicht mehr in Wasser schlüpfte er. Bernd ertrank in einem anderen Körper, schlang fremden Atem in sich, stülpte sich hinein in diese neue, andere Haut als glitte er, aufrollende Schlange, aus der seinen. Er begriff nichts und war doch so gegenwärtig wie ein erfahrener Liebhaber. Endlos angesammeltes Sehnen entlud sich in einer mächtigen Inbesitznahme, quälend und erlösend, vernichtend und erobernd. Der See zitterte, das Schilfhaar im Mund kein Schilf, die weiche Wärme kein Moor. Unter der Schädeldecke splitterte Licht, die Heftigkeit dieser ersten Umarmung war flehentlich. Während Bernd sich in Yvonne schlich, fuhr er in ihre Haut, zog sie über sich, stahl sie, ein Schutzschild gegen die Welt. Er verging in ihr, ein Feuer im Rauch, sich selber suchend in der Spur dieses Vergehens. Ein Seebrand.

Sie erwachten voneinander, zueinander. Wollten nicht enden. Lauter kleine Wunder übersprühten ihre

Körper. Kobolde tanzten aus den Hautfalten. Die Fingerspitzen funkten Takte und keine Ebbe löste sie. Ein Mund ein Haar ein Schenkel ein Bein. Diese Nacht währte fünf Jahre.

Bernd lebte mit Yvonne, deren Ehe eine noble Paßangelegenheit unter Genossen in der Emigration gewesen war. Er lebte mit Ausschließlichkeit, er dachte nicht und er verstand nichts. *Ein* Mensch war entstanden aus zweien. Er rauchte ihre Zigarettenmarke, er trug lächerlich viel Lila, überging Geklatsch in der Schule. Mit 17 Jahren war er ein Mann – und dennoch ihr Kind; «mein Junge» nannte sie ihn. Muttergeliebtesohngeliebter. Fegendes Spiel. Ernst.

Die Schule, bisher urinriechender Ort dumpfer Gleichgültigkeit, war plötzlich ein Zärtlichkeitstempel, der List bot und Versuchung, Blinzeln und Zauber; sie hatte kein Anfang und kein Ende – der Tag dehnte sich von Erfahrung zu Erfahrung: Die Lateinstunde machte Spaß wie der Religionsunterricht oder Geographie. Bernd schnappte nach Wissensteilchen und apportierte sie, lauter kleine Liebesblumen. Sein Gehirn, ein hungriger Schwamm, soff den Horizont aus. Eine einzige Kufe voll Geilheit nach Welt. Der Besuch im halbzerstörten Atelier von Arno Breker am Wannsee und Yvonnes Erzählung über den nazidienerischen Bildhauer und seinen französischen Bewunderer Cocteau, der die Pariser Place Concorde mit Muskelheroen vollstellen lassen wollte, war für Bernd so aufregend wie ihr Lager in einer spätsommerlichen Waldkuhle am Schlachtensee. Die beiden hatten keinen Ort, Bernd wohnte bei seinen Pflegeeltern und Yvonne war verheiratet. Ihr Bett war eine hellblaue Kinderdecke, die Bernd Tag für Tag in seiner Schulmappe aus dem Hause schmuggelte; die breiteten sie irgendwo in einem Waldstück, an einem See, in dichtem Gebüsch aus: «kleine blaue Decke» – das war ihr Kosewort für Liebe. Yvonne war einmal frivol genug gewesen, den Code in einer Unterrichtsstunde zu senden; so mancher habe nicht einmal eine kleine blaue Decke gehabt, als er in die Emigration gejagt wurde, hatte sie gesagt und mit der linken Hand ihr Haar zurückgestrichen. Er konnte nicht einmal darauf achten, ob die Kameraden seine Erektion sahen. Die Ameisen, die sie oft wegschütteln mußten, die Kiefernnadeln unter der Zunge, der Sand im Haar – das alles krabbelte und piekte und rieselte über seinen Körper, als er im Schülerklo auf die schmuddelig grau verschmierte Wand starrte.

«In der Berliner Fickanstalt
Werden die Mädchen festgeschnallt,
Hose runter Beine breit
Ficken ist ne Kleinigkeit»

Worte, in einen riesigen Schwanz hineingekratzt, zerprasselten seine Sehnsüchte, Hagelkörner in einem großen Traum. Bernd übergab sich.

Am Nachmittag bat er Yvonne flehentlich, ihr Kosewort nie wieder zu mißbrauchen. «Es gehört nur uns, es ist das Blinkfeuer zwischen Dir und mir – niemand anders darf es sehen.» Bernds Inbesitznahme der Geliebten war von einer selbstverständlichen Totalität; eigentlich will er sie *sein*. Zumindest aber durfte es keine anderen Menschen geben, nicht nahe. In seiner Unerfahrenheit war er nicht einmal eifersüchtig – das hieße ja, auch nur die Möglichkeit einer anderen Nähe sich vorzustellen. Das konnte er nicht. Yvonnes Ehe war ihm ein lästiger Lebensumstand, eine Art unbequeme Verwandtschaft, über die er nicht viel nachdachte. Ohnehin war der Mann soviel älter, er wurde von Bernds Fühlern gar nicht wahrgenommen. Yvonne war die erste Frau, die Bernd besaß – und in seiner animalischen Naivität wollte er sie auch *besitzen*. Das war einfach so; ihre Wimpern und ihre Fältchen in den Kniekehlen, ihr Nacken und ihre Rippenbögen: «Weißt Du, daß ich in Dir wohne?» hatte er zu ihr gesagt, «Du bist mein Haus und mein Durst, mein Dach, mein Kissen und meine Speise. Ich lebe erst seit Dir.» Sein falsches Deutsch hatte sie nicht gestört. Aber die fast doppelt so alte junge Frau hatte sich etwas gefürchtet an dem Tag. Diese völlig ungebremste Heftigkeit machte ihr angst. Faltete sie ihren streichelnden Satz «So hat noch nie jemand zu mir gesprochen» auch als leise abwehrenden Schirm aus?

Es war der Ton reißender Seide. Bernd hat sein Leben diese Sekunde nie vergessen. Sie währte einen Lidschlag lang. Ewig. Es *hatte* also jemand zu ihr gesprochen? Nicht so – aber ähnlich? Hatte *überhaupt* mit ihr gesprochen, zärtlich? Ein Junge ihr Haar geleckt, ihre Brüste umkreist? Fremde Augen das Spiel ihrer Zehen gesehen? Ein anderer Mann war je in sie gedrungen?

Bernd war zwar in Tagen ein Mann geworden – aber ein dummer Bursche von 17 Jahren geblieben. In seinem Glückstanz hatte er darüber nie je nachgedacht, über ein «vorher». Er nahm die Wirklichkeit nicht für wirklich.

«Ich mochte es Dir nicht gleich erzählen», sagte Yvonne stockend, «aber Du hast ja damals das traurige Lied am See gehört: Ich war ein halbes Jahr lang mit Rudi Fels zusammen. Da kamst Du – wir wußten es beide, bevor wir es wußten. Und er hat es an jenem Abend vorausgespürt. Es war anders mit ihm», fügte sie hinzu, als sie Bernds Gesicht sah, «mit uns – das ist das Eine.»

Sehr früh, schon als Kind, hatte Bernd eine seltsame Fähigkeit entwickelt: bedrohte ihn eine wirkliche Gefahr, trennte er die einfach von sich ab; er verschloß sein Bewußtsein, ließ die Gefahr nicht in sich eindringen, machte das Wirkliche inexistent. Ähnlich gewissen Tieren, die ein Körperteil verlieren können, um sich zu retten, vermochte er ein Teilchen Wahrnehmung auszufiltern; kein Tintenfisch, der sich in seiner Wolke Feinden entzieht – vielmehr war er sich selber nicht mehr spürbar, so, als habe er die eigne Schmerzempfindlichkeit abgeschaltet.

In seiner Familie hatte es einen «spinnerten» Onkel gegeben, in Venezuela lebte der, und oft hatte man sich so amüsiert wie angstvoll von dessen «übernatürlichen Kräften» erzählt; er habe Stunden über Fotos von kranken Angehörigen gebrütet, sie besprochen – und die Verwandten seien, wenig später, Tausende von Kilometern entfernt, geheilt gewesen. Bernd konnte sich selber auslöschen, die Fahlfarbe der Nichtexistenz annehmen, wenn ihn das schützte, «heilte». Ein Moment des Somnambulen, zugleich des Willens. Denn im Moment *wollte* er lieben, *wollte* er Yvonne nicht verlieren.

Er hatte sich festgeklammert ans Glück. Und noch war es nicht erschöpft. So hatte er Yvonnes Geständnis stumm verkapselt, ein eingepuppter Tuberkelbazillus. Lügen konnte Bernd nicht – aber eine Lüge *sein*, das konnte er perfekt.

Noch war übrigens ein Ziel zu erreichen: das Abitur. Das war viel mehr als eine Hürde. Ein sportliches Hindernisrennen, das man irgendwie zu schaffen hatte. Irgendwie: denn es *gab* allerlei Hindernisse.

Seit Beginn des Jahres 1948 war Berlin eine blockierte Stadt. Die Sowjetunion hatte den Westalliierten die Zufahrtswege zu den von ihnen kontrollierten Sektoren gesperrt: Vom Januar 1948 an hatten die Alliierten begonnen, die westliche Hälfte der Stadt durch die Luft zu versorgen. Ab Juni war das die einzige Möglichkeit. Bis März 1949 wurden 147 605 Flüge gezählt, eine «Luftbrücke», über die Eipulver und Margarine, Trockenmilch und Reis, Waschpulver und Zigaretten für mehr als zwei Millionen Menschen eingeflogen wurden. Das Kriegsende war drei Jahre nach Kriegsende wiedergekehrt: keine Kohle, Stromsperre, Gasrationierung.

Bernds Abiturvorbereitung lief buchstäblich im Dunkeln ab – bei flackerndem Bunkerlicht und mit Handschuhen gegen die eisige Kälte im Zimmer. Ohne Hemmungen fuhr er zwischendurch mit der U-Bahn in den Ostsektor, wo es Braunkohle-Briketts gab und Kartoffeln und Roggenmehl. Diese Hamsterer waren bei den Westberlinern verpönt, sie wurden in den Zügen angepöbelt und gelegentlich auch auf dem ersten Westberliner Bahnhof, wo sie mit Handwagen, Rucksäcken und mächtigen Hamstertaschen anlandeten, verprügelt von denen, die wieder einmal Frontstadt-Geist hatten und forderten. Bernd scherte das wenig – sein krasser Egoismus und die Rattenerfahrung des letzten Kriegsjahrs im zerbombten Berlin machten ihn taub und tüchtig. Ungerührt rannte er zu einer Telefonzelle, wenn eines der alle dreieinhalb

Minuten landenden Flugzeuge verunglückte: Wer eine solche Nachricht als erster an eine Agentur durchgab – «Gerade brennt 'n Rosinenbomber» –, bekam 5 Reichsmark. Mit derselben geradeaus laufenden Rücksichtslosigkeit bereitete er sich auf die letzte Kurve im Hindernisrennen vor: Er mußte einen Trick finden, wie er das Abitur bestehen konnte, obwohl er die letzten drei Jahre den Mathematikunterricht so konsequent geschwänzt hatte, daß er – als er einmal die Uhrzeiten verwechselt hatte – die Tür zum Klassenzimmer, in dem die Kameraden über einer Arbeit gebeugt saßen, mit einem «Oh, Verzeihung» wieder schloß und spazierenging.

Mit Yvonne hatte er darüber nie gesprochen. Sie mußte es aus Lehrerkonferenzen wissen – aber ohne Verabredung galt bei ihnen eine Übereinkunft: kein Wort über Schule, Lehrer, Schüler. Ohne die geringsten Skrupel hatte er im Spätherbst seinen Mathematiklehrer erpreßt. Als Bernd es einmal nicht rechtzeitig geschafft hatte, nach dem begehrten Schulspeisungskakao mit Keksen fortzuschleichen und «Ollepup», der Mathe-Lehrer, etwas zu früh vor Beginn der Stunde auftauchte, saß er in der Falle. Mit Behagen holte ihn Dr. Mechsler an die Tafel, «Bitte konstruieren Sie eine Ellipse». Bernd nahm ein Stück Kreide, malte ein ungefüges Ei an die Tafel und setzte sich im Gelächtergeprassel. Am Ende der Stunde hieß ihn der Lehrer warten und stellte ihn eher besorgt als wütend zur Rede: «Was denken Sie sich – wie wollen Sie auf diese Weise je das Abi bestehen. Sie nehmen seit drei Jahren nicht am Unterricht teil. Was meinen Sie, wenn ich das melde?» Bernd sah sofort seine Chance, der Lehrer hatte sie ihm mit dem letzten Satz gewiesen. «Das tun Sie man getrost», sagte er unverschämt ruhig, «mal sehen, für wen von uns beiden das unangenehmer wird. Hauptsache, ich komme nicht ins Mündliche.»

Das war inzwischen seine Strategie, so einfach ausgespäht wie gemein. Der Beste in Mathematik war hilflos in Deutsch; und er rauchte heimlich, viel. Aber es gab noch Zigaretten- wie Lebensmittelmarken. Bernd besorgte Zigaretten aus dem Ostsektor, 200 R6 aus dort freigegebenen Kriegsbeständen – und machte ein Geschäft: «Ralph, hier sind hundert Zigaretten. Die zweiten hundert kriegst Du hinterher. Du mußt mich in Mathe abschreiben lassen. Ich schreib Dir den deutschen Aufsatz. Das Technische regle ich.»

Das Technische war aber kaum zu regeln: er mußte Yvonne umgehen. Sie schwamm außerhalb seiner Schmutzwasser, es war selbstverständlich: sie durfte nichts wissen. Sie durfte vor allem am Tage der schriftlichen Abiturarbeit in Mathematik nicht Aufsicht führen. Bernd hatte exakte Pläne. Yvonne aber paßte nicht hinein. Die Tage für die einzelnen schriftlichen Klausuren in Englisch, Latein, Deutsch und Mathematik lagen fest. Aber welcher Lehrer zu welcher Stunde an welchem Tag Aufsicht führte im für die Abiturarbeiten ausgeräumten Turnsaal – das lag nicht fest. Bernd wußte: War Yvonne da, dann fiel er durchs Abitur. Er mußte den Menschen, dessen Nähe sein Glück war, fernhalten, er mußte sie vor sich bewahren; aber wie?

Bernd hatte auf einem wackligen Bauzaun balancierend am Abend, bevor die Parallelklasse dran war, durchs Fenster des Saals gesehen: Die Pulte waren weit auseinandergeschoben. Abschreiben konnte da niemand. So hatte ihm an den langen Abenden und in den frühen Morgenstunden, wenn unentwegt die Dakotas, Yorks oder Skymaster über die Dächer rumpelten, der Mangel seine Idee eingegeben: Er besaß, von vielen Mitschülern darum beneidet und heimlich wohl auch von den Lehrern bewundert, einen dicken silbernen Vierfarbstift; Erbstück des Vaters. Kaum ein Schüler hatte farbige Stifte, schon im Zeichenunterricht oder in Geographie hatte seine Trophäe stets die Runde gemacht. Die Lehrer waren es gewohnt, daß der Farbstift während des Unterrichts ausgeliehen wurde. Jetzt hatte er die Lösung.

Es war ein kühles Frühjahr nach dem Winter ohne Heizung und ohne Licht. Yvonne und Bernd hatten ein winziges, schmutziges Bürozimmer für ihre Liebe, ihren «Stall», wie sie es nannten: Im Ostsektor hatte man ihrem Mann einen Forschungsauftrag für Exilliteratur angeboten – und in diesem Bücherlabor trafen sie sich heimlich. Sie hatten die Alternative: Schreibtisch oder Fußboden. Statt der kleinen blauen Decke nun die gelben Bände des Malik-Verlags, die roten Heftchen der «Weltbühne» oder die schwarze Pappe von Alfred Kantorowicz' Broschüre «Verboten und verbrannt». Es war mehr die unbequeme Umständlichkeit als das Gefühl der Unanständigkeit, was sie schon im März «ausziehen» ließ.

Zwei Tage vor dem Abitur vergaß Bernd die kleine blaue Decke. Sie lagen im dünn wegdämmernden Frühlingslicht, winzige Spinnen und Raupen fielen von den knospenden Blättern der Birken und Weiden, das vermooste Gras war feucht wie sie beide; Bernd hüllte sich in Yvonnes Mandelgeruch und spann sie in seine unersättliche Begierde, immer und immer noch einmal. Er war der hauchzarte Liebhaber und der rechenhafte Verbrecher, der da stieß und streichelte und leckte und Weidenkätzchen ins Haar flocht. Bernd erfickte sich sein Abitur.

Am nächsten Tag lag Yvonne mit einer schweren Erkältung zu Bett. Beim Kontrollieren der Mathematikarbeit wechselten sich Zeichen- und Geographielehrer ab. Sie kannten Bernds Stolz – den dicken, kantigen Silberstift mit den vier farbigen Minen. «Darf ich mal den dämlichen Vierfarbstift von Bernd haben», meldete sich verabredungsgemäß nach eineinhalb Stunden Ralph, und nach weiteren dreißig Minuten erbat Bernd sich den zurück. «Würden Sie mir wohl meinen Stift wiedergeben?» Der Lehrer übergab freundlich die Schmuggelware – der Stift war leer. Vielmehr gefüllt: mit hauchdünnem Seidenpapier, das hatte Bernd von jenem Schreibtisch geklaut – und darauf standen die Lösungen seiner Aufgabe, mit eingearbeiteten Fehlern; besser als mit einer mittleren Note wollte, durfte er nicht abschneiden.

Der Rest war leicht. Das Gegengeschäft, der deutsche Aufsatz, wurde in der Klopapierrolle versteckt – und zur eigenen Erleichterung, als Tanzspiel nach der Angst des Vortags, aber auch zum Schrecken der Lehrer verfaßte Bernd in den vier Vormittagsstunden gleich alle drei Aufsätze, statt ein Thema auszuwählen. Am meisten Spaß hatte ihm gemacht, Stefan Zweigs «Verwirrung der Gefühle» als wichtiger, moderner und daher junge Menschen eher betreffend darzustellen als die Pappklassik von Goethes «Iphigenie». Yvonne mochte ihm zu dem «Seelenparfum» nicht raten.

Ihr war es aber gelungen, eines der seltenen Exemplare des soeben erschienenen, auf dickem Holzpapier gedruckten, in Karton gebundenen «Dr. Faustus» von Thomas Mann zu ergattern. Den hatte Bernd – wie alles, was sie ihm gab – verschlungen, nächtelang, je zwei Kerzen rechts und links neben dem Buch. Ein Wunderkind mit drei Abituraufsätzen wollte sich das Lehrerkollegium nicht entgehen lassen. So war der letzte Vormittag von Bernds Schulzeit ein Abgang auf federndem Trampolin. «Über Thomas Manns neuen Roman ‹Dr. Faustus›», sagte er tückisch bescheiden, als der Schulrat ihn fragte, worüber er mündlich nach den drei eher fehlgegangenen Aufsätzen referieren wolle. «Denn Stefan Zweig in allen Ehren, mein Lieber – aber das gegen Goethe zu setzen, war wohl ein ziemlich plattes Spiel.»

Yvonne saß zwischen dem Schulrat und dem Mathematiklehrer. Sie hatte einen violetten Rollkragenpullover an, spielte mit einem silbernen Drehbleistift, und als Bernd begann, den Untertitel «. . . erzählt von einem Freunde» als vorgeschobene Identität des Emigranten Thomas Mann zu erläutern, der schon im zweiten Satz von «unserer umdrohten Festung Europa» spricht und von «den Geheimnissen unserer Einsamkeit», schob sie sich mit der linken Hand die Haare aus der Stirn. Da sprach klirrend, federnd, hart und eigensinnig, ein Mann: Es war jetzt seine Frau, sie signalisierte das Ende des Versteckens, und er herrschte den nach dreißig Minuten unterbrechenden Schulrat an: «Lassen Sie mich bitte ausreden – ich muß hier eine längere Passage zitieren dürfen, um die komplizierte Personenkonstruktion, die Frage, mit welcher Stimme spricht der Autor, zu verdeutlichen. Hören Sie:

‹Aber lieben? Wen hätte dieser Mann geliebt? Einst eine Frau – vielleicht. Ein Kind zuletzt – es mag sein. Einen leichtwiegenden, jeden gewinnenden Fant und Mann aller Stunden, den er dann, wahrscheinlich eben weil er ihm geneigt war, von sich schickte – und zwar in den Tod. Wem hätte er sein Herz eröffnet, wen jemals in sein Leben eingelassen? Das gab es bei Adrian nicht. Menschliche Ergebenheit nahm er hin – ich möchte schwören: oft ohne sie auch nur zu bemerken. Seine Gleichgültigkeit war so groß, daß er kaum jeweils gewahr wurde, was um ihn her vorging, in welcher Gesellschaft er sich befand, und die Tatsache, daß er sehr selten einen Gesprächspartner mit Namen anredete, läßt mich vermuten, daß er den Namen nicht wußte, während doch der andere ein gutes Recht zur Annahme des Gegenteils hatte. Ich möchte seine Einsamkeit einem Abgrund vergleichen, in welchem Gefühle, die man ihm entgegenbrachte, lautlos und spurlos untergingen. Um ihn war *Kälte* –›»

Die Abiturfeier war Bernd ein lästiger Karneval. Ein etwas stockiger Stolz in ihm hatte schon seit der Kindheit Verkleidungen abgelehnt – Indianerfederhauben oder Seeräubermützen und Augenklappen: Er hatte das nie gemocht. Er war immer in seine eigene Rolle verliebt. Nun sollten sie «Die Laune des Verliebten» im Schulhof spielen und er in einem lächerlichen Rokoko-Kostüm mit Schnallenschuhen, weiß gepudert und eine dicke schwarze Warze auf die Nase geschminkt, den Eridon mimen. Der Hof war beleuchtet von sechs großen Gasleuchtern, die Bernd besorgt hatte – von «seinem Ami»: ein fetter, bleicher Armeepriester; der hatte einmal beim Konfirmandenunterricht über Amerika erzählt, und zum Entsetzen der Jungens aus einem großen Paket nicht Schokolade oder Kaugummi hervorgekramt, sondern – lauter kleine kitschig-bunte Taschenbücher. Bibeln.

«Det nehm ick nich», hatte Bernd empört gefaucht und hinterher zu seinem Freund Günter gesagt, «Dis kostet den teuer, den nehm ick noch aus.» Da kamen also die Armeescheinwerfer her, die vorne das Gelispel – «Hier sind die Blumen» – «Gut» – «Seht doch, wie schön sie sind! Die Nelke brach ich dir» – fahlgrell bestrahlten und hinten den Kartoffelsalat mit Schrippen und die Pappbecher mit Alkolat, aufgebaut auf einem großen Tisch aus dem Biologiezimmer. «Weicher Schanka, was?» hatte Bernd das Buffet getauft und sich absichtlich Senf auf das Spitzenjabot gekleckert. Er fühlte sich zu einem «Biologie-Witz» verpflichtet, weil er gänzlich unerwartet noch in Biologie mündlich geprüft worden war und, mit unverschämter Geschwindigkeit über Goethes Farbenlehre schwatzend, sich eine Eins und damit ein Sehr Gut fürs gesamte Abitur ergaunert hatte; die Kameraden waren darüber so belustigt wie wütend.

Bernd schlich sich von diesem Abend fort wie viele Jahre von der Schule: gleichgültig, leer, etwas frierend. Jetzt war es endlich vorbei. Vorbei aber auch die doppelbelichteten Stunden, in denen Yvonne am Katheder stand und mit ihrem leicht fremd klingenden Ton von Hugenbergs nationalistischem Zeitungskonzern sprach – während er sie nackt sah, ihre Stimme in so anderer Melodie hörte und, schrieb sie Strasser oder UFA an die Tafel, auf ihre Fuchsschweife unter den Achseln starrte. Es war wunderschöner, sirrender Unvernunftsunterricht gewesen, der nur ihm gehörte, nur seine Poren nahmen alles ineinander auf; nur sein Hirn fotografierte allesaufeinmaldurcheinander, GeschichteundLust: HorstWessellippe und Thälmannbauchnabel und NiekischLeberfleck und HitlerVotzenlöckchen und AIZfick.

Auch das vorbei?

Vorbei und anders neu. Den nächsten Abend hatte Yvonne ihn zu sich nach Hause eingeladen. Er war ein paar Mal kurz dort gewesen, hatte auch flüchtig und ohne Interesse Dr. Bärenbach begrüßt und nie Schwierigkeiten gehabt «Ist Ihre Frau da?» zu fragen. Der Mann war ihm so wichtig wie irgendein technisches Teil – es gab ihn, er war wohl nötig, wie Glas im Fensterrahmen: es ist da, es hält Regen und Kälte ab, aber man nimmt es nicht wahr.

An diesem Abend öffnete Dr. Bärenbach, lächelte, sagte sehr nebenbei: «Meine Frau macht sich noch schön für uns – sie ist wohl recht stolz auf ihren Meisterschüler. Ich habe uns eine Maibowle zum Feiern gemixt, ganz international: Krimsekt und ungarischer Riesling und jugoslawischer Kognak und polnische Erdbeeren. Was sagen Sie nun, Herr Tonio Kröger?» Bernd hatte gelernt, Schreck durch Frechheit und Verwunderung durch Geschwindigkeit zu tarnen. «Na, toll», sagte er und ließ sich nicht anmerken, wie sehr ihn das zweimalige «uns» ärgerte, «da machen meine Lucky Strike die Sache ja komplett. Übrigens wars der ‹Faustus›», schob er noch nach – schnippte aber dem Gastgeber aus dem nach Ami-Art nur an der Ecke aufgerissenen Päckchen eine Zigarette heraus. Das konnte ja ein komischer Abend werden mit dem Alten, spulte sein Gehirn. Gar nicht unsympathisch, auf schräge Weise ähnlich lässig in den Bewegungen wie Yvonne, auch diesen leichten Sington in der Stimme. Wirkt ein bißchen wie ihr älterer Bruder, dachte Bernd und trank von dem zugleich klebrigen wie scharfen Erdbeerzeug.

Die Wohnung sah wie eine Buchhandlung aus, in der die letzte Lieferung noch nicht ausgepackt ist – Kisten, Kartons, Bücherhaufen überall, hinter einem altmodischen Sofa in einer Art Glasvitrine Halbleder- oder Leinen-Ausgaben, Klassiker offenbar, und neben dem Schreibtisch ein Regal voll mit den blauen und braunen Papp- und Kunststoffbänden, von denen er schon einige kannte: Makarenko, Alexej Tolstoi, Lenin, Gorki. Gerade wollte Bernd etwas Schnippisches über «Meine Kindheit» sagen, da kam Yvonne die Treppe herunter, in einem blaulila Wollkleid, eng wie ein zu lang geratener Pullover, eine vielfach geschlungene endlos wirkende Kette aus schwarzen Holzperlen um den Hals und mit der linken Hand, die eine kleine blaue Seidentuchflagge hielt, die Haarsträhne bändigend. Ihr Code machte Bernd übermütig, er drehte eine Rokokoverbeugung, wie er es für die gestrige Schüleraufführung gelernt hatte, sein rostbrauner Wuschelkopf berührte fast den Boden. In Dr. Bärenbachs Lachen und Applaudieren hinein sagte Yvonne, «Dem Herrn Einser-Abiturienten» und reichte Bernd ein graues Pappbändchen: Arnold Zweig, «Allerleirauh», auf dessen Titelblatt stand «25 Jahre nach ihrer Gründung beginnt die Büchergilde Gutenberg mit diesem Buche eines großen Erzählers ein neues Kapitel ihrer Geschichte in einer neuen Zeit».

«Wieso, was, wer ist denn das nun – *Arnold?*» –

Bernd hatte nie Scheu gehabt, Yvonne ganz direkt zu fragen. «Ja, mein Herr», sagte offenbar gut gelaunt Dr. Bärenbach, «wer gegen den armen alten Geheimrat von Weimar den Stefan Zweig ausspielt, der soll dann aber auch den Arnold kennenlernen. Der ist nämlich gerade von dort zurückgekommen, wo wir auch waren – aus der Emigration. Und deswegen konnten wir auch gestern abend nicht – da war ein Empfang für Arnold Zweig im Ostsektor . . .» – «Und ich habe mir, nein Dir, diese Ausgabe seiner Erzählung von ihm signieren lassen», unterbrach Yvonne ihren Mann, «das ist mein Geschenk zum Abitur. Gratuliere – und auf die Zukunft.»

Da hob nun jeder ein sehr anderes Glas. Dr. Bärenbach wollte Bernd gewiß nicht kränken mit seinem ewigen «wir» und «uns». Nur hämmerte in Bernds Kopf ein kleiner Kolben unsunsunsuns – das sind doch WIR – Yvonne und ich. Was quasselt der Kerl mit seiner Erdbeerbrühe denn ständig dazwischen? Zugleich spürte er eine Zusammengehörigkeit der beiden, die anders war als sein Durst, mit dem er Yvonne in sich hineintrank; der da war – für Bernd sogar beruhigend – ernst und heiter und gelassen, alles auf einmal. Eigentlich ein tolles Paar, die beiden, fuhr es ihm durch den Kopf, der alte Bursche sieht ja auch ganz gut aus mit seiner grauen Strubbel-Tolle, der hohen Stirn und dieser ulkigen, geheimrätlichen Goldrandbrille; Yvonne scheint größer, weil sie so schlank ist und diesen schwebenden, geradezu herrischen Gang hat – während er in seiner dunkelgrünen exotischen gerippten Samtjacke stämmiger wirkt. Daß sie keine Eheringe trugen, fiel Bernd erst auf, als er – was er noch nie bei einem Mann gesehen hatte – den schmalen Goldring mit einem kleinen lila Stein am kleinen Finger von Dr. Bärenbachs Hand bemerkte. Eigentlich könnte ich mit dem Alten ganz gut auskommen. Scheint ja auch nicht doof zu sein. Jedenfalls gehts mir hier besser als gestern abend in Lackschühchen und Puderperücke und dem widerlichen Kartoffelsalat auf Papptellern mit Mostrich ohne Würstchen. Ulkiger Kumpel, dieser Bärenbach, ob er wohl Bescheid weiß?

«Zu Tisch, bitte», rief in dem Moment Yvonne aus dem Nebenzimmer. Das war dann doch eine Überraschung. Ein Tisch mit Gläsern, Kerzen, knitterfarbigen Servietten – Batik nannte Yvonne das –, und in der Mitte eine Glasschale, in der blühende Seerosen schwammen. Alles auf dem Tisch war fremd, die Zuckerschale aus rubinrotem Glas mit einer Art Silberfigur als Löffel, die kleinen schuppigen Bronzeschlangen, mit denen die Servietten beschwert waren oder eine mächtige Salatschüssel aus Holz.

Yvonne war aus seinem See fortgeschwommen, zurück an ein nur ihr bekanntes Ufer. Ihre leicht schräg stehenden Augen, deren irisierendes Schimmern zwischen Grün und Blau ihm so vertraut war – «Opal», hatte sie einmal lachend gesagt, «ein Stein, der Tränen bringt» –, schienen größer im Kerzenlicht und ihre Backenknochen malten kleine Schatten in die Wangen. Indianisch, dachte Bernd plötzlich, sie sieht wie eine Indianerin aus. «Das sind die paar Sachen, die wir von drüben mitgebracht haben, aus unserer Exilheimat Bogotá», erklärte Dr. Bärenbach; er hatte wohl bemerkt, daß Bernd ziemlich ratlos an dem kleinen runden Tisch saß, vor den Schlangen und Blumen und Silbermännlein als Kerzenhalter; Jahrmarkt und Geheimnis zugleich. Spielten die beiden Menschen mit ihm – der eine ihm so fremd, der andere so Teil seiner selbst wie die rotbraunen Haare auf seiner Brust, die er verloren in einer unbewußten Geste der Selbstversicherung zwischen Zeige- und Mittelfinger der linken Hand unter dem Hemdausschnitt zwirbelte; wer gehörte hier zu wem und wer wohin?

«Wir fangen mal mit dem Salat an», sagte Yvonne und füllte einen dunkelblauen Glasteller, «das tun wir ollen Indianer gerne – zuerst was Frisches.» Das Zeug schmeckte scheußlich: salzig, pfeffrig, sauer, ein scharfes Durcheinander von bitteren roten Scheiben, leider keine Tomaten, irgendwas süßlich Weißlichem und ein paar öltropfende grüne Blätter – das einzige, was Bernd als Salat ausmachte. Paprika und Fenchel hatte er noch nie gegessen, und Salat war für ihn eben Kopfsalat in süßer Sauce mit Milch dran, so aß man das in Berlin zur gebratenen Scholle oder auch zu «Hoppelpoppel» – Rühreier mit Schinken. Alles machte ihn hilflos und aggressiv, auch hinterhältig. Er brauchte jetzt erst mal etwas Klarheit. «Erzählen Sie doch – ich weiß zwar dank ihres Unterrichts –» er wußte nicht, ob er seine Geliebte duzen oder siezen sollte und verfiel in eine manieristische Anrede in der dritten Person – «ein paar Dinge über Exil und Emigranten. Aber eigentlich sehr wenig. Was ist Bogotá? Wo waren Sie und wann denn?» – «Weißt Du, das ist eine lange, vielleicht zu lange Geschichte für einen Abend» – Bernd hörte nur, daß Yvonne ihn ohne Umstände duzte; sie darf also: bin ich hier eigentlich das Kind? Aber er verbarg seine Verletzlichkeit und die Neugier war nicht einmal vorgetäuscht: «Ach, eine letzte Geschichtsstunde kann ja nicht schaden – dann hab ich's ja hinter mir – oder?»

«Wissen Sie, es ist einfach und schwierig für uns, darüber zu sprechen», Dr. Bärenbach schenkte ihm etwas Plattenseer Riesling ein, «als Geschichte ist es rasch erzählt und als Erfahrung kompliziert wiederzugeben. Sie wissen vermutlich –» was Bernd *nicht* wußte – «daß wir beide jüdisch sind, das heißt Yvonne ‹halb arisch›, wie das Goebbels und Co. nannten; ihre Eltern leben noch, beide im französischen Sektor: von denen haben wir übrigens, aus einem französischen Armeeladen, auch die Delikatessen, mit denen wir heute abend schlemmen. Wo gibts sonst Pastete und Cornichons und Camembert. Meine Eltern haben die Nazis umgebracht.»

Bernd spürte Schwindel. Er wußte nicht, ob von dem ungewohnten Essen, vom Wein, von der Lakonie des Berichts. Er spielte mit der kleinen Bronzeschlange, die böse Augen hatte; sie konnte jeden Augenblick zubeißen. Es war dämmerig in dem kleinen Zimmer und die Luft süßlich-verbraucht. «Wir trafen uns in Menorca, Yvonne und ich, gleich 1933; das ist eine kleine spanische Insel, und Spanien war damals ein freies Land, wo man sich vor den Häschern gut verstecken konnte. Meine Frau, ein junges Mädchen aus begütertem Hause, ich hatte eine angeknabberte, verpfuschte Hochschullaufbahn, sie etwas Schmuck von der Großmutter und ein wenig Geld, ich ein paar dürftige Spanisch-Kenntnisse. Unser Startkapital. Wir wollten eine Hühnerfarm aufbauen. Dann kam der Spanische Bürgerkrieg, Franco – für Sie wird wohl ‹Legion Condor› eher das Stichwort sein?»

Eine steigende Aggressivität merkte Bernd in der

fahrigen, kurzatmigen Erzählweise des Mannes. «Ich war nicht in der Legion Condor, Herr Doktor», sagte er ziemlich scharf, «ich weiß wenig von den Dingen, die Sie erzählen, und ich wüßte gerne mehr, als aus dem ‹Alkazar›-Film, den ich als Kind sah, aber ich habe nicht vor, mich für etwas zu entschuldigen, das mit mir nichts zu tun hat.» Er war unversehens noch schärfer geworden, hatte das Gefühl, das bittere Zeug mit Schinken umwickelt, das Yvonne ‹Chicorée› genannt hatte und das halbroh schien, war mehr daran schuld als Dr. Bärenbachs Erzählung. Oder der Umstand, daß Yvonne einfach das Zimmer verlassen hatte.

«Hier, sieh Dir das mal an – ein Foto von uns aus dem Spanischen Bürgerkrieg.» Sie kam mit einer abgewetzten Ledermappe, vollgestopft mit zum Teil zerknitterten Fotos. Bernd sah einen sehr jungen bärtigen, schlanken und ziemlich verwahrlosten Mann neben mehreren fast zerlumpten Kerlen, Kakteen, Palmen – und ein kleines Mädchen in Hosen mit Pagenkopf. Das war mal Yvonne gewesen? Sah aus wie deren kleine Schwester. In ihm quirlten Neugier und Abwehr. Er wollte das alles nicht wissen – und doch wieder genau wissen. Vor allem das nächste Foto machte ihn böse, traurig – trieb ihn weit weg. «Sieh mal, ist das nicht absurd – hier sind wir in Paris, nach Francos Sieg, zu arm, unser winziges Zimmer zu heizen. Eine gemeinsame Freundin, Schriftstellerin im Exil, hat das Wackelfoto gemacht. Liegen im Bett, vor Kälte, und wir stricken – jeder an seinem Ende eines langen Schals. Wenn Du das siehst, weißt Du, was Exil hieß. Elend, Armut, Kälte – aufeinander angewiesen sein.»

Und er? Was dachten sich diese beiden Schalstricker? Und sein Elend, seine Kläglichkeit, seine Armseligkeit? Sein Magen schrie, die Kehle ein Stein – Bernd ertrank in einem Wirbel: Er liebte Yvonne, er mochte sogar diesen fremden Mann, der nach einer strengen Seife roch, er spürte auch, daß ihm da etwas Wichtiges, Ernstes, Schreckliches erzählt wurde; aber es widerte ihn zugleich an, er wollte keine Vertraulichkeiten, wollte sich nicht zwischen Falsch oder Richtig entscheiden müssen.

«Etwas Camembert und einen Schluck Rotwein zum Schluß?» – Yvonnes Stimme weckte ihn. «Weißt Du, oft war es natürlich auch komisch – als wir in Südamerika ankamen, hatten wir ja keine Ahnung, was uns erwartet, wie und wo und wovon leben. Und da fiel mir ein: Ich hatte mich als Kind besonders gern heimlich in die kleine Schokoladenfabrik meiner Großeltern geschlichen, nicht zum Naschen, sondern um zuzusehen, wie dieses oder jenes Konfekt hergestellt wurde – alles mit der Hand: wie da eine Walnuß eingewickelt wurde und dort eine Kirsche im Marzipan verschwand, immer in dieser braunen Schokoladenmasse. Daran erinnerte ich mich – nun in einem Land des Kakaos. So fing ich an, in einem alten Ziegenstall mit einem klapprigen Eisenofen in leeren Blechbüchsen herumzukochen, Datteln oder Feigen zu kaufen, Kaffeebohnen auszuprobieren, zu panschen und zu rühren . . .»

«Hier sind welche von Yvonnes ‹handtipped candies›, sie zaubert sie jetzt manchmal noch, eine Schattenbeschwörung» – Dr. Bärenbach brachte auf einem bemalten Holzteller kleine Konfektstücke, Datteln in Marzipan und Schokolade. Bernd war inzwischen leicht betrunken, fand die Vorstellung, seine Geschichtslehreringeliebte in einem südamerikanischen Ziegenstall mit alten Nescafébüchsen hantierend sehr komisch, hob ein Konfektstückchen als Trophäe hoch und sagte «Auf unsere Squaw».

Doch die Stimmung war umgekippt. Durch den Alkoholnebel nahm Bernd nur vage wahr, daß Yvonne gar nichts mehr sagte, weder aß noch trank – und daß sie in diesem Schweigen zu Dr. Bärenbach hinüberschwamm. Die beiden Entronnenen saßen nicht mehr im Westberliner Eßzimmer mit französischer Pastete und ungarischem Wein; sie klebten unter der sengenden Hitze eines fernen Landes, sie waren nicht beschienen von den herunterkleckernden Kerzen aus dem PX-Store, sondern vom beinernen Mond hinter den Anden. Bernds «unser» war Einmischung. Auch Dr. Bärenbach war jetzt ziemlich betrunken, er hatte sich in sein Schutzschild Arbeitszimmer zurückgeschlichen, eine Kampfkröte hockte auf einer Lehne des blöden, verschlissenen Samtsofas mit den Büchern in Glas dahinter und schnappte durch die offene Verbindungstür unüberhörbar: «Komisch – komisch war es nun ganz und gar nicht. Kein Geld, keine Wohnung, keine Arbeit, keine Freunde, nichts zu essen – Wildnis, Dschungel, fremd, alles fremd, die Sprache, die Menschen, ihre Kultur, ihre Sorgen, ihre Freuden. Komisch – in einem alten Chevrolet die Botschaften der Vereinigten Staaten, Belgiens oder der Schweiz abzuklappern, mit einem Karton Schokolade vorm Bauch? Komisch – ein Hausierer, dessen Frau im Ziegenstall panschte und rührte? Komisch – von der Tür gewiesen zu werden, das in der Hitze zerfließende Schokoladenzeug im Cornflake-Kästchen? Komisch – ‹Heute nix für Sie, Mister, vielleicht morgen. Herrschaft nicht zu Hause, Mister›?

Es war die bitterste Schokolade der Welt, die ‹unsere Squaw› da zusammenpanschte, junger Mann – derweil Sie ja wohl mit Papa und Mama in den Ostseeferien Hakenkreuzfähnchen an den Strandkorb klemmten. Laß mich ausreden –» der Wein schwappte aus seinem Glas, als er Yvonnes Versuch zu unterbrechen, beiseite fegte – «die hatten ja sogar recht: wir *hatten* morsche Knochen, und wir zitterten. Unsere Angehörigen verschleppt oder ermordet, unser Vermögen gestohlen, unser Land ‹aberkannt›, verjagt in die letzten Winkel dieser Erde, paßlose Niemande, Aussätzige, Läuse, Ungeziefer. Nein, Yvonne, es war *nicht* komisch; und wenn einer es weiß, dann bist Du es; wir wären nicht einmal verheiratet, wäre es komisch gewesen.»

Bernd wollte nur noch weg. Er war hier überflüssig, Fremder, Feind, Eindringling. Er war zu jung, um zu wissen, wie man das macht, einfach zu gehen. Er hatte auch das merkwürdige Gefühl, daß der betrunkene Dr. Bärenbach recht hatte, war gar nicht beleidigt – nur fehl am Platze. Irgend etwas stimmte auch zwischen diesen beiden nicht; er wußte nicht, was es war, dieser Widerspruch zwischen dem «uns» – das ihn so gestört hatte – und einer Art Trennwand zwischen den beiden: sie waren Freunde; kein Paar. Dr. Bärenbachs überschwappendes Glas gab ihm die rettende Idee ein: «. . . und ein letztes Glas Rotwein hatte sie vorhin gesagt. Vielen Dank dafür – und für alles. Die Geschichtsstunde ist immer meine Lieblingsstunde gewesen. Dies war wohl auch eine. Und die letzte.» Er sah Yvonne an, daß sie verstanden hatte. Dr.

Bärenbach blieb auf der Sofalehne hocken, seine bohemehafte grüne Cordjacke war in der Dunkelheit schwärzlich und ließ die grauen Haarbüschel weiß scheinen über den unmäßig buschigen schwarzen Augenbrauen. «Tja, Herr Abiturient», sagte er ganz unaggressiv, «es war ein Stückchen Geschichte. Und es war vielleicht Ihre letzte Stunde, wie Sie es nennen. Wir ziehen nämlich mal wieder um. In den Ostsektor.»

Blitznacht Feuersturz Finsterstern Kreiseltosen. Weg. Bernd war weg und ganz da. Seine Haut war gebläht, ein schlotternder Anzug um ihn, er konnte den eigenen Körper nicht fassen, das Haar floh die Schädelhaut und die Augen saßen im Mund. Keinebeinefüßearmehände. Die Nacht ein Abschied und eine Ankunft – Entsetzen drehte sich in Lebensgier zu einem dicken festen Tau. Bernd hatte Glück in sich gesogen mit Yvonne, er wollte es nicht loslassen. Und er hatte unter dem Haß dieses Mannes Freundlichkeit gespürt, Traurigkeit.

Gelandet war er in dieser Nacht in «seinem Club» – das war ein amerikanischer Offiziersclub, unauffällig in einer Kurfürstendammetage untergebracht. Anders als in dem vornehmen NAAFI-Club der Engländer am Reichskanzlerplatz, wo nie ein Deutscher und Zuhälter Zutritt hatten, ließen die Amerikaner allerlei Schwarzmarktschieber in ihr Etablissement; denn nicht nur der Chrom ihrer Straßenkreuzer blitzte vor der Tür, sondern auch so manches schimmernde Schmuckstück, so manche Leica, so manches Tafelsilber verwandelte sich da oben in Camel, Nescafé oder Hershey-Schokolade. Der Club war Markt und Messe. Man kam hinein, wenn man die Rituale kannte: Protzige Kleidung und dickes Trinkgeld für den «Door-Man». Bernd hatte sich für diesen Zweck, um den geliebten grünklebrigen Pfefferminzlikör genießen zu können wie die Glenn-Miller-Musik, eine Uniform entworfen: des toten Vaters dunkelbrauner Zweireiher mit Nadelstreifen, blau-gelb-orange gestreifte Krawatte und geknöpfte weiße Wildledergamaschen zu glänzenden Halbschuhen – alles abgestimmt auf seinen rostbraunen Haarschopf. Perfekte Mischung aus Zuhälter, Schieber und Strichjunge.

Heute abend leistete er sich die teureren Pall Mall und trank scharfe Gin-Martinis. «Lemon-Twist» bestellte er trotzig. Die süße Klebrigkeit aus den verbeulten Büchsen im Ziegenstall lag noch als Leim auf der Zunge und im Magen. Ein pfeildünnes Boot ritt auf dieser Welle zurück. In dem Gewölk aus Angst, Alkohol, Qualm hielt er sich an einem einzigen Gedanken fest: Ich lasse sie nicht los. Auf ein Foto, ganz zu Anfang, hatte sie ihm geschrieben:

«Amicus fidelis, protectio fortis; qui autem invenit illum invenit thesaurum. Ecclesiasticus 6,14
Yvonne-Leben»

In diesen Schatz krallte er sich hinein, torkelndwach hellbenebelt – es war sein Zentrum, das gab er nicht auf und nicht her, glückstoll, verliebt, berechnend: Ein besitzgeiler, habsüchtiger Bankier, noch im Schiffsuntergang seine Schatulle an sich pressend.

Aber es ging kein Schiff unter. Es stampfte vielmehr eines von Rostock nach Hiddensee, und ein seliger Irrwisch kletterte und tobte durch die Gänge und über die Decks des alten Kastens: Die Bärenbachs hatten ein Haus auf der Ostseeinsel gemietet und

Yvonne war dort, um es einzurichten. Bernd hatte drei Wochen vor sich, in denen sie das erste Mal wirklich gemeinsam sein konnten, in einem Haus, einem Bett, einem Ort nur für sich. Keine heimlich verabredeten Treffs und kein Ausnutzen von Kinostunden, Dienstreisen oder Vortragsabenden: Als der Dampfer in Klosters in den Hafen schlingerte, war Bernd über die winkende Figur an der Mole so erregt, daß er seine schnieke Sonnenbrille, teuer erscherberlt bei den Amis, zum Gruß über die Reling warf.

Das Haus lag hoch oben an der Steilküste von Klosters, ein halbrunder, flacher Bau, weiß verputzt, mit altem Reetdach, runden Bullaugen an der Wetterseite und dunklen Holzsprossenfenstern. Es stand in einem gelblich-weißen Flammenmeer blühender Ginsterbüsche, so hoch wie zottelige kleine Bäume, und der Rasen voller fetter Butterblumen war begrenzt von einer dicken Hagebutten-Rosen-Hecke. Yvonne hatte gerade angefangen, das lange verwaiste Haus zu richten, «ich muß das erst peu-à-peu in Schuß bringen», sagte sie, «es gibt hier fast nichts zu kaufen, es gehört Glück dazu, einen alten strohgeflochtenen Stuhl oder einen schönen Holztisch zu finden. Hier, diese friesischen Keramikvasen habe ich in einem Ramschladen entdeckt. Und die Lupinen habe ich auf dem Feld gepflückt – welche Phantasie die Natur hat: Orange und Blau, Lila und Gelb in einer Blüte. Passen sie nicht seltsam zu dieser Picassoarbeit? Die habe ich mir erobert. Du weißt das vielleicht nicht: Dieses Emblem aus vier Gesichtern – schwarz, gelb, rot und weiß – hatte Picasso als Symbol der Völkerverständigung für Brechts Berliner Ensemble entworfen. Aber die hohen Herren verboten das als ‹formalistisch›, so kam die graue Taube auf Brechts Theatervorhang. Aber ich mauere das hier ein – direkt über der Eingangstür –, damit die Leute gleich wissen, zu wem sie kommen. Kein Schiff in der Buddel. Sondern das.»

Für Bernd war es erst einmal zuviel. Hagebuttenpicasso, Ginsterensemble, Brechtkeramik – es vermengte sich, es bedrohte ihn auch, fremdelte. Er wollte das andere nicht in sich hineinlassen. Er nahm es nicht wahr – ein in sich geschlossenes System, das nur für den einen Energiestrom Kraft hatte: Die Liebe mit Yvonne. Nie bisher in seinem Leben hatte er geliebt, war er geliebt worden – was da in ihm nun aufgebrochen war, eine Inbesitznahme von zerstörerischer Kraft, gebar beides: Zärtlichkeit und rohesten Egoismus. Wie ein ihm lange vorenthaltenes Recht trank er Glück, eignete sich diesen Menschen an, einen Fetisch, den er täglich und nächtlich neu verhexte, umtanzte: ihm opferte, indem er sich darbrachte. Yvonnes lange, etwas zu dünne Beine mit schwarzem Flaum an den Innenseiten der Schenkel ließen ihn zittern, nicht nur, wenn er sie leckte, eine zu heilende Wunde. Yvonnes Haar, ein von Kupfertönen durchschimmertes Schwarz, machte ihn benommen vor Begehren. Obszönität kannte Bernd nicht, aber seine Phantasie war schamlos, ein Spiel unentwegt neuer Dimension: Er zwirbelte ihre und seine üppigbuschigen Schamhaare zu winzigen schwarz-roten Zöpfen ineinander und lachte wie ein Kind dazu, «nun kommen wir nie mehr auseinander. Wir sind ja auch beide rothaarig»; denn er bestand darauf, daß sein kastanienfarbenes Haar «rot» sei und sie, obwohl schwarz, «eigentlich rothaarig» sei – «Du hast eben diese durchsichtige Haut aller Rothaarigen», sagte er wie ein Mann voller Erfahrung, und als triumphierenden Beweis zog er ihr da und dort ein kupferleuchtendes Haar aus. Er bestrich ihre Brüste so dick mit warmer Schokolade, bis die zu großen Warzen nicht mehr hervorstanden und leckte sie ganz langsam ab, ein lasterhaftes Kalb im Ziegenstall von Bogotá auf Hiddensee. Er kaufte zu seinem achtzehnten Geburtstag – «Mensch, Yvonne, jetzt bin ich großjährig, mein ganzes Leben lang, und niemand kann mir je wieder etwas sagen» – eine Flasche roten Krimsekt, füllte ihn auf dem Nachttisch in modische, flache Rauchglasschalen, die Yvonne scheußlich fand, schäumte ihn mit seinem steifen Schwanz auf und beträpfelte sie. Er pfeilte sich ins Leben, surrend von einer seit Jahren gespannten Sehne. Pfeil Surren Sehne: Er war es alles zugleich.

Auch so roh. Und sentimental. Eine Woche vor seinem Geburtstag hatten sie einen flimmernden Tag verbracht. Morgens *mußte* Yvonne – «Ich *muß* Dir das zeigen», war eine ihrer stehenden Redensarten – ihm das Haus zeigen, in dem Gerhart Hauptmann gelebt hatte; «wie schön und wie traurig zu denken, daß der mal als Revolutionär begonnen, das wütende Publikum warf eine Geburtszange bei der Premiere von ‹Vor Sonnenaufgang› auf die Bühne und der alte junge Fontane rettete als Kritiker den Dramatiker – und dann mußten wir Fotos sehen, ‹Gerhart Hauptmann hebt die Hand zum Hitlergruß›». Bernd maulte nie über diese Exkurse, «Nachhilfestunden», hatte er längst diese kleinen Lektionen für sich getauft, «Du schneidest mit Deiner klugen Zunge immer ein Scheibchen meiner Dummheit ab.»

Dann waren sie hinuntergegangen in das kleine

Fischerdorf Vitte, dessen Häuser behaglichen Kühen gleich sich ins Gras lagerten, nirgendwo ein Zaun, manchmal ein knorriger, windzerzauster Rotdornbaum neben dem Stall und Klatschmohn in winzigen Gärten vor den niedrigen Fenstern. Viele Türen waren noch zweigeteilt, die obere Hälfte konnte man zum Klönschnack nach innen aufklappen. «Die Zeit steht still, das ist ein dummes, kitschiges Wort», sagte Yvonne, als sie in einer warmen Kuhle hinter dem Strand lagen; Bernd streichelte den blonden Strandhafer in ihre dunklen Haare hinein und rieselte, die Hand eine Sanduhr, den feinen Glimmer über ihren Körper. «Aber weißt Du, ein kleines bißchen steht und stand die Zeit doch still. Meine Mutter hat hierher, auf diese winzige vergessene Insel meinen Vater in den ersten Nazijahren gerettet. Ganz am Anfang durfte er ja noch in seinem Beruf arbeiten – er war Theaterfotograf und war engagiert beim Jüdischen Kulturbund; den gab es noch bis 1940. Aber, dann wurde es schlimm in Berlin: Gelber Stern und keine Lebensmittelmarken und Gestapo und Zwangsarbeit für Mischehen. Hier gab es das alles nicht – und paar Blaubeeren oder eine Kanne Milch vom Bauern konnte man immer ergattern. Da stand ich schon im Ziegenstall von Bogotá . . .» Bernd hatte ihren Mund verschlossen, hatte sie zugedeckt mit sich aus dem zwanghaften Gefühl «ich will sie beschützen». Von weit her schlug ein Kuckuck ihre Atemstöße, er hörte nicht auf und nicht auf. «Wir sind unsere Blaubeeren und unsere Milch.»

In einer kleinen Teestube gab es markenfreien Streuselkuchen und Hagebuttentee und es gelang ihm, aus den langen Pall Mall-Zigaretten Ringe um ihren Mund zu atmen, ihre Nase, um den kleinen Finger. Seltsamerweise bediente sie ein junger Mann, lustig und fremd mit einer schiefsitzenden Baskenmütze und strubbeligem Bart. «Hätten Sie nicht Lust, meine Bilder anzuschauen», fragte der ganz unvermittelt. «Was'n für Bilder?» – «Ich hab da hinten im alten Stall 'ne kleine Ausstellung, nur so für mich, nix Akademie oder Kunstschule oder so – ich mal für Liebe.» Aus Liebe meinte er wohl, dachte Bernd – aber eigentlich ist *für* Liebe viel schöner. Bernd war das erste Mal in seinem Leben in einer Ausstellung. Bisher kannte er nur das Wort, die Sätze, die Bücher als Lasso um die Welt. Hier nun, im Ohr noch den rauhen Raubschrei der Möwen, in den Augen noch die Wellenrippen des nassen Sands, in der Nase noch den fischigen Geruch des Tangs und in den Poren das Salz und den Wind und die kleinen Säbel des Sichelgrases – hier nun riß etwas auf. Da war das alles auf einmal: Wolkenfetzen und das Silberglitzern des Mondes auf spitzer Gischt und man hörte man schmeckte man tastete mit den Augen die brüllende Brandung und das Wispern der Pappeln und das schwarze Hummelbrummen um die Lupinenkerzen. «Mein Gott, ist das schön», sagte Bernd ganz still; er atmete die Schönheit des Tages nur aus. Und wollte sie *besitzen.* Wie seine Liebe. Immer, wenn etwas ihn berührte, regte sich in Bernd auch eine rasende Besitzgier.

«Was kostet denn das große Bild dort mit den Mondwolken?» Es war eigentlich gar keine echte Frage, nur ein Nachgeben dem Habenhabenhaben-Gefühl; denn der frischgebackene Abiturient, ohne Beruf, ohne Eltern, ohne Einkommen – kaufen konnte der kein Bild. Der junge Maler freute sich über die Freude. Er nannte einen Betrag – aber jeder Betrag wäre zu hoch gewesen für Bernd. Drei Tage lang ging er jeden Nachmittag zu dem Baskenkäppibartmann in den Stall, er nahm das markenfreie steinharte Stück Streuselkuchen und die henkellose Tasse Hagebuttentee mit dort hinein, setzte sich auf eine Kiste, die in groben Druckbuchstaben eine englische Aufschrift trug und wanderte in «seinem» Bild umher. «Ich liebe es»; mehr sagte er nicht. Am vierten Tag war neben dem Bild ein dicker roter Kreidestrich an der Wand. «Was soll denn das?» fragte er den Bart. «Ich habe es heute früh verkauft – stell Dir vor, endlich hat jemand was gekauft!» – «Nnnein!» Bernd war vollkommen außer sich. «Verkauft! Aber Sie können doch das Bild nicht einfach verkaufen. Mein Bild! Der Mann versteht das Bild doch gar nicht – es *kann* niemand sonst verstehen. Nur weil irgend so ein Kerl Geld hat, wer weiß woher, irgendein Scheißkerl, mir ganz egal, der hängt sich jetzt mein Bild dahin, irgendwohin, der hat doch keine Ahnung, meine Wolken, mein Mond, meine dahinjagende Nacht.»

Bernd rannte davon, hinauf nach Klosters, verschwitzt, wütend, Steine mit den Fußspitzen beiseite spritzend. «Mein Bild ist verkauft», schrie er Yvonne an, «stell Dir vor, irgendein reicher Idiot hat es gekauft, einfach gekauft, man kann doch nicht einfach so Bilder kaufen, nur weil dieser Schimpanse Geld hat, Geld haben alle, was ist das schon – ach, Scheißscheiße.»

Den nächsten Abend, so war es verabredet, wollten sie seinen Geburtstag vorfeiern. «Ich mach uns was Besonderes zum Abendessen – aber Du darfst nicht vorher gucken», hatte Yvonne gesagt. «Geh mal noch ein bißchen runter an den Strand. Wir essen in Deinem Zimmer – wegen ‹volljährig› und so, der Herr.»

Als Bernd zurückkam, hatte Yvonne eines dieser langen «Pulloverkleider» an, eine Art Woll-Mantel, beige-grau wie der Sand am Meer, um den Hals die endlose Kette mit den schwarzen Holzperlen und das kleine blaue Tuch angesteckt. «Nun komm», sagte sie und drehte eine Rostlocke aus seinem Schopf um ihren Finger. Da jagte die Wolkenmondnacht. Da hing das Bild. Sein Bild. Der idiotische reiche Scheißschimpansenmann mit dem Geld wer weiß woher: Yvonne.

«Ich möchte bei Dir bleiben.» Sie lagen in einem blau sich wellenden Meer, ein bis zum Boden hinabbröselndes, lang ausschwingendes Feld kleiner blaßblauer Blüten, die ein brummendes Lied sangen: Tausende dicker schwerer Hummeln hingen in den duftenden Büscheln aus winzigen zarten Kelchen, jede einzelne schneckenförmig nach außen geringelt und an den Stengeln ganz zarte, fächrige Blätter wie Distelhaare. «Unsere kleine blaue Decke – ganz groß. Es gibt sie.»

Bernd hatte sich in Yvonne eingerollt, nuckelte an ihr, ein rotwollenes Lämmchen. «Aber was ist nun mit Ostsektor und so. Zieht Ihr weg?» Yvonnes Hand, mit der sie sein Brustfell gelockt hatte, ganz leise die Naht bis zum Bauchnabel hinabgleitend, einmal herum und wieder hinauf, wurde hart. «Ja, wir ziehen um, noch diesen Herbst. Es hat mit Stephan zu tun – und damit auch mit mir.» – «Also gehört *Ihr* zusammen, eben doch Ihr beide – nicht wir. Du gehst nie von ihm weg, kommst nie zu mir?» Bernd, der Schüler, hatte das nie gefragt; seit einem Monat war er ein Leben älter. Gut, daß der Wind diese namenlosen Blumen fächelte und die Hummeln ein schwirrendes Netz über dieses blaue Meer schwangen. Weit hinten zog ein tuckernder Trecker seine wallende weiße Schleppe hinter sich her, gewebt aus tausend flügelnd vibrierenden Möwenfedern. Der Horizont war zugenäht von einem Zaun, auf dem graue Wolle blühte, die Schafe hatten sie in den Stacheln hängen lassen. Niemand konnte sein leises Zittern merken. Jetzt war auch Yvonnes Stimme hart. «Nein, ich werde von Stephan nicht fortgehen. Und von Dir auch nicht. Stephan hat mir das Leben gerettet. Stephan macht sich nichts aus Frauen. Stephan liebt mich. Stephan weiß, daß wir uns lieben. Stephan ist Jude, Kommunist und homosexuell. Ich gehöre zu ihm.»

«Homosexuell?» Bernd hatte soviel nicht verstanden von diesen hervorgepreßten Sätzen, ein trotziges, trauriges Märchen aus fremder Welt; nun wollte er erst mal das Simpelste verstehen. «Ich habe das auch in der Schule schon gehört, das Wort, es war ein komisches Neck- und Schimpfwort – aber ich weiß nicht genau, was es heißt.» – «Du weißt es auch noch nicht, wenn ich es Dir erkläre. Es klingt einfach und ist kompliziert: Ein Mann, den der Körper einer Frau kalt läßt, der die Hüften und Schultern, den Nacken und die Schenkel eines Mannes schön findet, streichelt. Für eine Frau ist es schwer und leicht zugleich, das zu verstehen – sie liebt ja selber den männlichen Körper, aber sie kann zugleich schlecht verwinden, daß der Mann ihren nicht liebt.»

«Ich finde das alles gar nicht so kompliziert» – Bernd war selber überrascht, daß er so wenig überrascht war. «Ich kann mir vorstellen, einen Mann zu lieben – wenn ich Dich nicht liebte. Aber warum habt Ihr geheiratet?»

«Das hat viele Gründe. ‹Geheiratet› haben wir übrigens gar nicht. Du weißt ja sehr wenig von Stephans und meinem Leben. Er ist noch in der Nacht des Reichstagsbrands verhaftet worden, Februar 1933, egal ‹als› was, und im Columbia-Haus am Potsdamer Platz halb totgeprügelt worden. Zufälle, Beziehungen, sein Name – er war schon als junger Mann durch einige Publikationen sogar im Ausland bekannt – halfen ihm zu entkommen. Als ich ihn in Spanien traf, war er ein todkranker Mann – der Fuchs, der knapp der Falle entronnen war. Er ist heute noch schwer krank, die zwei Monate Gestapokeller hat sein Herz nie überstanden. Ein Stück davon war in der Falle hängengeblieben.»

«Aber was ist nun», Bernds Neugier war roh und direkt, «seid Ihr nun oder wart Ihr verheiratet, ja oder nein?»

«So hör doch zu, ich erzähl es Dir doch gerade. Wir waren zusammen in den Internationalen Brigaden, davon hat Stephan ja neulich abends gesprochen, im Kampf gegen Franco. Nach dessen Sieg flohen wir nach Frankreich – erinnerst Du Dich an das klägliche Schalstrick-Foto aus Paris? Dann kam der Krieg – ich wurde interniert, zusammen mit Tausenden deutscher antifaschistischer Emigranten.»

«Wieso interniert? Von wem? Wo? Ihr wart doch *gegen* die Deutschen, ich meine, die Nazis?»

«Ja, aber für die Franzosen waren wir Deutsche – Antifaschisten oder nicht. Wir wurden eingesperrt, in KZ-Lager. Stephan nicht. Er hatte einen tschechoslowakischen Paß. Die Tschechoslowakei unter Masaryk war ein liberales, demokratisches Land, und sie hat vielen Emigranten geholfen. Heinrich Mann, weißt Du das, hatte zum Beispiel einen tschechoslowakischen Paß, auch Thomas Mann. Und mit diesem Paß hat Stephan, mit Hilfe des tschechischen Konsuls, in Marseille ein Papier gefälscht – eine rückdatierte Heiratsurkunde. Ich war Tschechin und ich war seine Frau. Oder umgekehrt. Ich kam aus dem Lager Gurs in den Pyrenäen, kurz bevor die vormarschierenden Nazis mich dort geschnappt und in ein deutsches KZ deportiert hätten. Es war – wie soll ich es Dir beschreiben – alles auf einmal: Solidarität unter Genossen; Hilfe unter Juden; Liebe unter Freunden; auch ein Geschäft – denn über Stephan gab es irgendein Dossier wegen einer Jahre zurückliegenden Affäre mit einem Studenten in der Schweiz, das konnte die Einreise in die USA verhindern, solange er Junggeselle war. Und ich hatte noch etwas Geld. Das half uns bei der Bestechung und verschaffte uns die Tickets für die Luxus-Überfahrt im glühenden Bauch des Bananendampfers nach Südamerika, drei Wochen ohne Luft, kaum Wasser, kaum Nahrung, kein Medikament für Stephans Herzanfälle. Ich weiß nicht, ob Du das jetzt verstehst, Bernd: Stephan ist mein Mann, egal wie, und ich bin seine Frau, egal wie.»

«Und *ich* bin auch, egal wie, Dein Mann», sagte Bernd leise, liebevoll, genau. Die Sonne ging unter im Bodden, eine violette Blutorange, die ganz oval wurde als sie aus dem grünen Glas schmolz in das schäumende Blei. Aber es zischte nicht. Und weil er Yvonne in diesem Augenblick übermächtig stark liebte und begehrte, fügte er hinzu: «Ich könnte mir vorstellen, mit Stephan zu schlafen.»

Diese Frühsommerwochen machten aus der kleinen Ostseeinsel ein vielfach Ding: Liebesboot, das durch die nie endende Brandung gischtete, und historisches Seminar, Debattierclub und Volkshochschule; denn mit lasziver Gier saugte Bernd die zweiunddreißigjährige Frau aus: «Und wie war das nun mit Chagall?» bohrte er, oder «Hast Du noch andere Gershwin-Platten?» Im Haus gab es einen kleinen in die weiße Wand gemauerten Kamin aus roten Backsteinen und Holz lag in Mengen zwischen den sturmverkrüppelten Koniferen; da saßen sie lange Abende, Yvonne zeigte ihm dicke Kunstbände oder legte Schallplatten auf, eine Decke aus tausend kleinen bernsteinfarbenen Fellflicken umgehängt – da saß wieder seine Squaw vor dem Flackerfeuer mit den Schatten unter den vorstehenden Backenknochen, und Bernd, ein Wesen ganz und gar aus Löschpapier von rötlichen Fäden durchzogen, kauerte auf einem riesigen weißen Schafwollkissen und hörte, sah, roch, schmeckte; schlang es alles in sich hinein.

Er lernte, daß man zu Rotwein Käse aß (den scharfen mageren Ziegenkäse holte er mit dem Fahrrad aus Neuendorf) und daß «Lotte in Weimar» der Sehnsuchtsroman des Emigranten Thomas Mann war; daß es einen großen chilenischen Poeten namens Pablo Neruda gab und daß der Schauspieler, den er noch kürzlich im Deutschen Theater als Ödipus so bewundert hatte, von Thomas Manns Sohn Klaus wegen seiner Nazilakaienkarriere zur Hauptfigur eines Romans umgedichtet worden war; daß Klaus Mann, der in amerikanischer Uniform nach München eingezogen war, dort feststellte, daß die Nazis aus Thomas Manns Villa ein SS-Bordell gemacht hatten. Und immer wieder landeten sie bei seiner Frage «Und was ist nun mit dem Osten? Wieso zieht Ihr um?»

«Aber begreifst Du denn nicht, daß jemand wie ich manchmal geradezu Atemnot bekommt? Das goldene Parteiabzeichen der Nazis gilt ja im Westen fast schon wieder als Befähigungsnachweis: der ‹größte Bildhauer Deutschlands›, wie Arno Brekers Verteidiger, der seine Einstufung als ‹Mitläufer› erreichte, ihn nannte, habe es nur ‹pro forma› getragen; kurz zuvor – auch er trug das Ding – wurde Hitlers Finanzier Hjalmar Schacht entlassen, begrüßt mit Applaus und einem großen Gladiolenstrauß; der dritte mit dem goldenen Bonbon, Ferdinand Porsche, gründet gerade eine neue Autofabrik. Ach, Bernd – bin ich wirklich in dieses Land zurückgekehrt? Und ein Anwalt namens Gritschneder möchte die tote Eva Braun als ‹entlastet› eingestuft sehen.»

Es war kein Weinen. Aber Bernd sah, daß Yvonne fror. Sie zog die Schultern mit dieser ganz eigenen Bewegung ein, als wolle sie etwas abwälzen. Ihre Kälte legte auch die Distanz zwischen sie, er spürte, daß sie sich in einen Schatten zurückzog, wo sie für ihn unerreichbar war. Seine Hilflosigkeit machte ihn aggressiv. «Aber Yvonne – Du tust, als würden im Osten nur Rosen ohne Dornen gezüchtet. Ich muß Dir sagen: Ich schäme mich sogar manchmal, in der FDJ zu sein – wenn ich höre und lese, wie man Rollkommandos gegen bürgerliche Politiker einsetzt.»

Die absurde Berliner Situation des Jahres 1949 wollte es, daß das noch tagende Berliner Stadtparlament seinen Sitz im Ostsektor hatte. Dort waren unter Plakaten «Weg mit dem bankrotten Magistrat» und «Raus mit den Westmächten aus Berlin» Abgeordnete verprügelt, Sitzungen gestört, ein AP-Korrespondent als «Ami-Schwein» beschimpft worden. Mit Rammböcken hatten die herangefahrenen Jugendlichen Saaltüren und Fenster zersplittert. Die tumultuarischen Szenen, belächelt von SED-Funktionären und überwacht von Ostberliner Polizei, waren deutliche Vorbereitung einer politischen Spaltung der Stadt. «Als der amtierende Bürgermeister zu zivilgekleideter Kriminalpolizei sagte, ‹Ich fordere Sie auf, mit Ihren Leuten das Stadthaus zu räumen. Wenn Sie sich weigern, halten Sie sich hier illegal auf›, sagte ein Kommissar lässig: ‹Also: wir bleiben.› Willst Du sowas in Schutz nehmen, Yvonne – Dich so und von denen beschützen lassen? Ist das gemeint, wenn sie da neulich in ihrem Radau sangen, ‹Völker, hört die Signale, auf zum letzten Gefecht›?»

«Bernd, bitte, ich bitte Dich herzlich – laß uns nicht Streitworte gegeneinanderscheppern. Du weißt, daß ich *das* nicht meine. Du kennst mich gut genug, um zu wissen: Wenn ich sage, das ungebärdig um sich schlagende Neue ist mir näher als das leise – faule – Alte, dann meine ich nicht das gräßliche deutsche Wort, ‹Wo gehobelt wird, fallen auch Späne›. Ich hoble nicht, ich hasse diese Späne. Aber ich hasse noch mehr die Nachrichten, die ich jeden Tag höre und lese und die mich verkleben; denn ich bin, solange ich hier lebe, ein Teil davon: Die Familie Himmler hat ihr kostbares Gut Lindenfycht unbeanstandet behalten; ehemalige Soldaten marschieren im Parademarsch vor dem ehemaligen Oberbefehlshaber des deutschen Heeres, Generalfeldmarschall von Brauchitsch – Munster, Lüneburger Heide, September 1948. Selbst die Teilnehmer dieses merkwürdigen Kongresses in Herrenchiemsee, der dem Vernehmen nach die Verfassung eines westdeutschen Separatstaates berät – tragen sich in das Gästebuch des Schlosses ein, in dem wenige Seiten davor, mit goldenem Hoheitsemblem verbrämt, die Signatur ‹Adolf Hitler› steht. *Das* soll mein Staat sein oder werden? Ich bin unter einem anderen ‹Hoheitsemblem› geboren, Bernd – und ich *kann* es bald nicht mehr hören: Veit Harlan filmt wieder, Ilse Werner pfeift wieder, Werner Krauß spielt wieder Theater, und Camilla Horn, unter der Überschrift ‹Wie erwartet platinblond› tritt wieder in Conférencen auf. Daß Goebbels' Ersatz-Marlene Zarah Leander wieder Triumphe feiert – wen wundert das noch? Bei ihrem Auftritt in Heidelberg jubelten ihr bei ‹Der Wind hat mir ein Lied erzählt› tausend Menschen zu, und als sie ihr Durchhaltelied ‹Ich weiß, es wird einmal ein Wunder geschehn› röhrte, brach der Saal vor Beifallstrampeln bis unters Gebälk fast zusammen. Ich weiß schon gar nicht mehr, ob ich das schauerlich finden soll – oder die Nachricht, daß Martha Goebbels' erster Mann Günther Quandt, neben Flick Deutschlands reichster Mann, im Dritten Reich Hauptaktionär und Aufsichtsratsmitglied von fünfzig Waffen-, Metall- und was weiß ich für Gesellschaften – natürlich ebenfalls als ‹Mitläufer› eingestuft wurde; er war also kein ‹Nutznießer› des Regimes. Bernd, Bernd, geliebter Bernd – mir ist manchmal, als müsse ich ersticken. Da formiert sich etwas, ich weiß selber noch nicht, *was* es ist – zäh, braun, süßlich, eine moorige parfümierte Schokoladenpampe, schlabberig – schmatzend. Es sind die alten, umgeschmolzenen Weihnachtsmänner, nur das Goldpapier ist abgepellt.»

Ein Hauch, ein Schatten, ein klebriges Spinnweb hing zwischen beider Haut, als sie zueinanderkrochen. Das schöne Schiff hoch oben auf der Steilküste von Hiddensee – schwankte es in fletschenden Riffen? Krächzte der Wind plötzlich, erzählte ein Lied, das Gift in sie goß? In Yvonnes Haar lag Salz.

Zurück in Berlin zeigten sich sehr handfeste Schwierigkeiten. 1948 hatte die Währungsreform wie ein undurchschaubares, schlecht inszeniertes Spiel gewirkt. Niemand traute dem über Nacht aufgetauchten Geld, dessen grünliche, schmale Scheine den Dollars so ähnlich sahen, die man vom Schwarzmarkt und anderen krummen Geschäften kannte. Es war unseriöses Geld, fischig, flüchtig, mit dem verglichen die biederen Reichsmarklappen solide schienen, gemächlich, deutsche Kupferstiche, zuverlässig. Es hieß sogar, es sei in Übersee gedruckt worden – aus Transportproblemen sei deshalb die errechnete Umtauschquote pro Kopf in zwei Raten ausbezahlt worden. Im vom Geldwechsel überraschten Ostsektor gab es zuerst gar kein Geld. Aber eine Entwertung, ebenfalls im Verhältnis 10 : 1 hatte 24 Stunden später auch stattgefunden: auf die alten Reichsmarkscheine wurden briefmarkenähnliche Aufkleber gepreßt; «Tapeten-Mark» tauften die mundschnellen Berliner sie. So war ein Hunderter eben nur noch zehn Demark, wie das neue Zeug in West und Ost jetzt hieß, wert. Als Yvonne ihm einen Hut kaufen wollte – tagelang hatte Bernd von diesem dunkelbraunen Modell mit extrabreiter Krempe geschwärmt, am Hutband ein paar blaue Eichelhäherfedern und in Bernds Träumen wohl eine Ergänzung zu seiner Amiclub-Schieberuniform –, da hieß es in dem schicken Laden Niquet am Kurfürstendamm: «Nein, um Gottes willen, dieses neue Amigeld nehmen wir nicht. Wir liegen doch mitten in der russischen Zone – das lassen die Russen keine paar Tage zu. Nur gegen Tapeten-Mark.» Aber so verspielt nervös blieb die Situation nicht. Inzwischen hatte die Stadt einschneidende Veränderungen erlebt.

Im Ostteil war unter dem Vorsitz von Friedrich Ebert, dem Sohn des ehemaligen Reichspräsidenten, eine eigene Verwaltung installiert worden. «Ich wünschte, ich könnte ihn einen würdigen Sohn seines Vaters nennen», bemerkte der US-Militärregierungschef General Clay. Eberts Partei, die SED, stellte sich in Westberlin nicht zur Wahl – dort siegte die SPD mit über 60 Prozent und nominierte mit dem ehemaligen kommunistischen Emigranten Ernst Reuter, der 1918 Sowjetkommissar der Wolga-Republik und später unter dem Namen «Friesland» Generalsekretär der KPD gewesen war, den Oberbürgermeister. Berlin wurde ein Plural. Deutschland auch. Die Anzeichen für das Erdbeben grollten seit Monaten. Der Frage eines englischen Korrespondenten, «Ist es ein Junge oder ein Mädchen», als sich im Juli die Türen einer Geheimsitzung im amerikanischen Hauptquartier, dem Frankfurter IG-Farben-Haus öffneten, und der Antwort eines amerikanischen Beraters, «Ich glaube, es sind Zwillinge» – diesem merkwürdigen Patenspruch eines staatsähnlich konsolidierten Westdeutschland waren hektische Monate vorausgegangen.

«Wir wissen nicht, wo unsere Männer sind», hatten des Jammerns gewohnte deutsche Hausfrauen geantwortet, wenn sie von Journalisten nach dem Aufenthaltsort von Finanzsachverständigen und Staatsrechtlern befragt wurden. Die saßen, mit kleinem Gepäck, auf einem amerikanisch bewachten Fliegerhorst der alten deutschen Luftwaffe. Und als der Sprecher der CDU-Fraktion im Frankfurter Wirtschaftsrat die Währungsreform als «unmittelbar bevorstehend» bezeichnet hatte, kommentierte eine Zeitung lapidar, «Neu ist daran nur die Offenheit, mit der hier der Sprecher der stärksten Wirtschaftsfraktion eine Frist von drei bis vier Wochen fixierte.» Es gab sogar Plakate, die «2000 Mark in neuer Währung» dem versprachen, der die Frage «Wann kommt die Währungsreform» beantworten könne. Als es im Juni so weit war, herrschte in der Öffentlichkeit eine Alarmstimmung wie im Mai 1945: Zusammenbruch oder Befreiung war die Frage bei der «Kapitulation der Reichsmark». Die Zigarettenwährung stürzte über Nacht, eben hatten «Amis» noch 40 Mark gekostet, jetzt notierten sie zu 60 Pfennige; eben hatte man für ein Pfund Butter 800 Mark bezahlt, da kostete es plötzlich 10 Mark; Kaffee verschwand, tauchte auf, wurde knapp, teuer, billig, stieg über den alten Reichsmarkkurs, und zum erstenmal seit Jahren warfen die «Damen» am Frankfurter Hauptbahnhof oder am Kurfürstendamm in Berlin ihre Augen auf deutsche Freier. Gehamstertes Hartgeld war der große Renner, denn Münzen waren nicht abgewertet und nicht neu geprägt, für das alte Zwanzig-Mark-Stück bekam man 10 000 alte Reichsmark – die man aber nicht los wurde. Zwanzig Zentner Zehnpfennigstücke beschlagnahmte die Polizei bei einem Hamsterer, der damit um 360 000 Mark ärmer war.

Zahlreiche Berliner lebten in dem einen Währungsgebiet, arbeiteten aber in dem anderen – bei der S-Bahn oder im Elektrizitätswerk, an der Universität oder im Theater. Die anfängliche Regelung, daß das jeweils anderswo verdiente Geld einfach auf einer postamtähnlichen «Umtauschstelle» gewechselt wurde, war nicht lange durchzuhalten: Das über Nacht aufgetauchte üppige Angebot offenbar die Hungerjahre hindurch gehorteter Waren im Westen machte das «Amigeld» soviel attraktiver, wertvoller. Ein gigantisches Durcheinander von schwarzen, grauen und offiziellen Kursen bewirkte unter anderem, daß in Westberlin lebende Ostgeldverdiener einen kleinen Prozentsatz 1 : 1 umgetauscht erhielten. In gewisser Weise zu Recht. Denn wer im Ostteil der Stadt arbeitete, bekam nicht nur die dort gültigen Lebensmittelmarken, sondern konnte auch alles andere – Möbel oder Buttercremetorte im HO-Laden, Radioapparate oder Fischkonserven – einkaufen. Die Praxis, als Bewohner Westberlins das gesamte in Ostberlin verdiente Geld in Westgeld zu tauschen, dann zum Kurs 1 : 4 das Westgeld wieder zurückzutauschen, vervierfachte so manches Gehalt – und schaffte geradezu luxuriöse Vorteile. Alsbald wurde eine Umtauschquote eingeführt; so konnten die Westberliner Ostgeldverdiener ihre Miete, Gas- oder Telefonrechnung in Westgeld bezahlen und mußten alles andere «drüben» kaufen. Eine so konfuse wie komplizierte Lebenssituation: Man stand vor den inzwischen attraktiven Geschäften Westberlins, voller Kienzle-Uhren, Sarotti-Schokolade, Kreppsohlenschuhen oder Jacobs-Kaffee, und konnte, obwohl in Dahlem oder Tempelhof lebend, nichts davon kaufen; statt dessen mußte der Bibliotheksangestellte oder die Maskenbildnerin, der Museumskustos oder die Philosophieprofessorin, der Klempnermeister oder Schneider in überfüllten Ostberliner Läden Schlange stehen und um Waren von schlechter Qualität kämpfen, die sie dann auf endlosen U- und S-Bahnfahrten in Beuteln und Taschen und Säcken nach Hause schleppten. Sie waren unverschuldet Menschen zweiter Klasse geworden. Die meisten von ihnen hatten ja keineswegs politisch optiert, lediglich in dem Betrieb weitergearbeitet, in dem sie seit Jahren, oft ein Leben lang tätig waren – in einer Buchhandlung oder einem Frisiersalon in der Friedrichstraße, in der Universitätsbibliothek Unter den Linden oder im Lampengeschäft in der Leipziger Straße; es war üblich und normal in Berlin «in der Stadt» – wie man das Zentrum nannte – zu arbeiten und «draußen» zu wohnen. Nun waren das zwei Währungsgebiete – als verdiente ein Münchner, der in Grünwald wohnt, aber in der Maximilianstraße arbeitet, nur Lire, oder ein Hamburger, der in Volksdorf wohnt, aber am Ballindamm arbeitet, nur Dänenkronen. Die Stadt zerfiel, nein: war zerschnitten worden in zwei Länder. U- und S-Bahn verbanden die Hälften – aber wer morgens zur Arbeit fuhr, zahlte die Hinfahrt in anderer Währung als abends die Heimfahrt.

Im Frühjahr 1949 wurden 5 892 000 «Haltet-aus-Zigaretten» von britischen Flugzeugen gebracht – der Volksmund sagte, «Mehr Rauch aus den Straßenbahnabteilen als aus den Fabrikschornsteinen». Schon nach drei Monaten hatten amerikanische Piloten eine Strecke bewältigt, die sie 66 mal zum Mond oder 630 mal um die Erde geführt hätte. Die Engländer hatten inzwischen ihre viermotorigen York-Maschinen und die größten Luftfrachter der Royal Air Force ‹Handley Page Hastings› eingesetzt, sogar Sunderland-Wasserflugzeuge, die in Gatow landeten. Im Winter 1948/49 lagen fast 7000 Betriebe in Westberlin still, 12 000 arbeiteten verkürzt, mehr als 120 000 Menschen waren arbeitslos oder Kurzarbeiter. 8000 Tonnen war der tägliche Bedarf an Gütern in der blockierten Stadthälfte, aber mehr als 5000 Tonnen schafften die «Puddingbomber», selbst die amerikanischen «fliegenden Güterwagen» nicht – darunter 2500 Tonnen Kohle, was weder für die Industrie noch für die Haushalte reichte. «Luise, Ernst und Ferdinand – die sichern uns den Haushaltsbrand» sangen spöttisch die frierenden Berliner; auf die Vornamen der drei Bürgermeister Schröder, Reuter, Friedensburg waren nämlich drei Kohleflöze getauft worden, die man allen Ernstes im Bezirk Reinickendorf angebohrt hatte. Das Stadtparlament verabschiedete ein Berggesetz.

Das Währungsgefälle betrug anfangs 1 Westmark = 3 Ostmark, nach ein paar Monaten bereits 1 Westmark = 4 Ostmark. Bald nannten die pfiffigen Berliner es die DeMarkationslinie: Ostgeld war zwar nicht verboten, aber niemand brauchte es mehr zu nehmen – kein Arbeiter als Lohn, keine Marktfrau als Bezahlung. Man munkelte von einem bevorstehenden Kurssturz 1 : 15, wodurch das Ostgeld – auf knapp 300 Millionen wurde der Umlauf in Westberlin geschätzt – automatisch verschwinden würde. Eine Zeitung schrieb: «Mit der Einführung der Westmark als einzigem legalem Zahlungsmittel in den Westsektoren wurde eine Trennungslinie durch Berlin gezogen, die an Schärfe fast einer internationalen Grenze gleichkommt.» So waren es bald auch politisch zwei Welten. Wie in einem Magnetfeld die Eisenspäne ordneten die Menschen sich dem jeweiligen Pol zu. Ganz deutlich waren politische Erwägungen Teil des Finanzplanes – oder umgekehrt.

Im März 1948 war die Zusammenarbeit in jenem alliierten Kontrollrat geplatzt, der seit 1945 im Gebäude des ehemaligen Preußischen Kammergerichts, Elssholzstraße 31–32 tagte, wo Freisler die «Verbrecher» des 20. Juli verurteilt hatte. Seit jenem 30. Juli 1945, an dem General Eisenhower, Marschall Schukow, Feldmarschall Montgomery und General Koenig dort konferiert hatten, war dies der Sitz der Viermächteverwaltung für Deutschland – eine etwa tausendköpfige viersprachige Regierung für das besetzte Land. Nachdem der kettenrauchende Sowjetmarschall Sokolowski im März 1948 die Sitzung des Kontrollrats verlassen hatte – «Westmächte sprengen Kontrollrat» tickerte die sowjetische Nachrichtenagentur –, begann die Lawine zu rollen. Die sowjetischen Behörden beanspruchten ganz Berlin für sich, Londoner Zeitungen fragten besorgt, wie Berlin – durch die Luft? – versorgt werden könne, wenn die Russen die Zufahrtsstraßen sperren. Im April berichtete die sowjetisch lizensierte «Tägliche Rundschau» von «Grenzverbrechen» und die (Ost) Berliner Zeitung «Berliner Zeitung» von «der Pest der Interzonenschieber». Sokolowski beanspruchte Kontrollrecht für alle – auch für alliierte – Transporte von und nach Berlin. Politische Verlautbarungen benutzten schon jetzt die Begriffe Währungsreform und separater Weststaat. Während der Londoner «Observer» schrieb «In Berlin wird Deutschland gewonnen oder verloren», berichtete am 8. April 1948 Reuter aus London, die USA-Regierung habe ein Fünf-Punkte-Programm zur Bildung einer westdeutschen Regierung vorgeschlagen; die amerikanische «Neue Zeitung» sprach ebenfalls von Plänen für die Bildung einer deutschen Westregierung. «Die Bildung eines Weststaates und die Spaltung Deutschlands ist die größte Gefahr für den Frieden» rief bei der Mai-Kundgebung im Berliner Lustgarten der Gewerkschaftsfunktionär Hermann Schlimme. Das rote Löwenmäulchen im Knopfloch des Ostberliner CDU-Politikers Otto Nuschke, der die «Richtlinien für die Verfassung der Deutschen Demokratischen Republik» im August vor dem Ostberliner Parlament vortragen sollte, war sprichwörtlich geworden. Laßt Blumen sprechen.

Das alles waren keine finanztechnischen oder wirtschaftlichen Fragen mehr; es ging nicht um Schwarzmarkt-Camel, Reichsmark-Butter oder D-Mark-Kaffee. Das waren politische Optionen. Für Yvonne und Stephan Bärenbach war der Umzug in den Ostsektor zwar auch ein Ende der Geldlästigkeiten, aber vor allem ein Anfang: mit dem Abschied vom Westen hatten sie eine Entscheidung gefällt. Sie sahen im amerikanisch dominierten Westen den Kalten Krieg und im sowjetisch inspirierten Osten die Chance für Humanität und Sozialismus. Es war ihre Konsequenz aus Vertreibung und Flucht, aus Lager und Exil. Die sie vertrieben hatten, saßen im Westen wieder in Ämtern oder genossen ihre Pensionen; die Flüchtlinge aus Schanghai oder Amsterdam, Moskau, London oder New York kehrten zurück – in den Osten der Stadt.

Stephan Bärenbach war einer der renommiertesten Rückkehrer aus der Emigration. Seine literaturtheoretischen Arbeiten während der zwölf Jahre in zahlreichen deutschsprachigen Exilzeitschriften, aber auch in entlegenen englischen, spanischen und französischen Publikationen erschienen, hatten ihn zu einem Gerücht gemacht; kaum jemand kannte den Mann im fernen Bogotá persönlich, die Zentren der Emigration waren Moskau, Kalifornien und Mexiko gewesen. Man empfing ihn mit großen Ehren in Ostberlin, das anfangs provisorisch zurechtgezimmerte Institut wurde auf direkten Beschluß des ZK als zentrales «Institut zur Erforschung der Exilliteratur» gegründet, verankert zwischen Universität und Akademie der Künste. «Der Künstlerforscher», spottete Yvonne, der man einen Lehrauftrag zur Geschichte der Arbeiterklasse angeboten hatte.

«Karlshorst? Ihr zieht nach Karlshorst? Wo liegt denn Karlshorst?» fragte Bernd so verblüfft wie ratlos. Wie die meisten Berliner kannte er von Berlin nicht mehr als sein «Quartier» und die Innenstadt. «Wie kommt man denn da überhaupt hin? Von hier aus? Scheint ja reichlich weit weg von Dahlem.» Das erste Mal holte Yvonne ihn mit dem Wagen ab, ein alter BMW mit russischer Zulassungsnummer. Sie hielten in einer kleinen Nebenstraße vor einer großen, vernachlässigten Villa, deren brauner Putz in großen Fladen abblätterte, windschiefe, ehemals grüne Fensterläden hingen vor ungestrichenen Fenstern. «Das wär's» – Bernd schien, als klinge Yvonnes Stimme bedrückt. «Bis vor kurzem hat hier ein hoher sowjetischer Offizier gewohnt, der Besitzer – ein mittlerer Fabrikant von irgendwelchem Eisenzeugs – ist geflohen, das Haus enteignet. Es gehört sozusagen niemandem. Hier werden wir wohnen.»

Bernd war erst einmal überrascht, daß in diesem ihm unbekannten Stadtteil Berlins so großzügige Villen existierten. Eine große, halbrunde Terrasse führte in einen tiefen, vollständig verwilderten Garten mit einem mächtigen Walnußbaum, hohen Kiefern und allerlei Flieder- und Goldregenbüschen, und um ein leeres Wasserbecken standen üppige Kastanien. Neben dem Haus war eine große Garage und darüber, durch einen eigenen Eingang zu erreichen, eine winzige Wohnung mit Blick in den Garten, zweieinhalb Zimmer mit einem kleinen Bad und einer elektrischen Kochnische. «So was war wohl mal eine ‹Chauffeurswohnung› – jetzt ist es mein Reich. Sieh mal –» Yvonne war deutlich bemüht, ein Fremdgefühl zu verscheuchen – «das ist doch geradezu komisch, dieses Aquarium. Wer das wohl so perfekt installiert hat?» Tatsächlich bestand die Wand neben dem Durchgang zum zweiten Zimmer aus einem beleuchteten Aquarium voller Pflanzen, ohne einen einzigen Fisch. «Die Fahrt hierher ist übrigens gar nicht so umständlich, Du fährst mit der U-Bahn von Dahlem-Dorf bis Wittenbergplatz, dann steigst Du um in Richtung Warschauer Brücke und von dort nimmst Du die S-Bahn nach Karlshorst. Oder Du fährst von Dahlem mit der U-Bahn bis Alexanderplatz, von dort bis Lichtenberg und dann weiter mit der Straßenbahn Nr. 69 nach Karlshorst.» Gar nicht so umständlich – es war so ziemlich eine der weitesten Strecken, die das Berliner Verkehrsnetz bieten konnte, von einem Ende der Stadt zum anderen. Wegbeschreibung als Bitte. Es wurde eine lange Reise.

Inzwischen war Bernd entschlossen zu studieren. Er wollte Journalist werden. «Bloß das nicht», hatte Yvonne ihm entgeistert abgeraten, «da kannst Du nie sagen, was Du denkst. Im Westen nicht wegen Geld, im Osten nicht – na ja. Ich habe eine bessere Idee: Archäologie. Du hast Interesse für Geschichte, und Du hast eine ausgeprägte Sensibilität für Formen. Ein verlockendes Gebiet, es ist das Einst und das Heute zugleich. Probiers doch einfach mal.»

Auf ihren Rat hin hatte er einen kleinen Aufsatz für den Zeitungswettbewerb der FDJ über «Die Kunst der Sklavenhaltergesellschaft» eingereicht und den zweiten Preis gewonnen. Das verschaffte ihm eine Stelle als Aushilfskraft im Archäologischen Institut in Ostberlin, eine Mischung aus Bücherbote und Quellensucher für die wissenschaftlichen Mitarbeiter. Allerdings löste das nicht nur Probleme, sondern schuf auch neue.

Wo sollte Bernd eigentlich studieren? Und wovon? Er hatte bisher vom Erbe seines Vaters gelebt, 100 000 Reichsmark, die er in einem raffiniert ausgeklügelten System aus Zinsen und geringer Kapitalentnahme langsam auffraß. Es hätte ausgereicht, bis er selber verdiente, aber es waren nach der Währungsreform nur noch 10 000 DM, die Zinsen nicht der Rede wert. Geld für allerhöchstens zwei Jahre. Arbeit gab es in Westberlin nicht. Für seine Aushilfsarbeit im Osten bekam er Ostgeld. Die soeben in Dahlem gegründete Freie Universität lag nahe; aber für Bernd war es eine «Yankee-Uni», eine Art pseudowissenschaftlicher Kalte-Kriegs-Schule. Sein bißchen Bildung stammte von Yvonne, war marxistisch geprägt, und das rasche Umschmelzen von Schokoladenosterhasen in Maikäfer, wie er den hurtigen Wechsel von Nazis zu demokratischen Antikommunisten nannte, ekelte ihn. Er sah im Osten den radikaleren Neubeginn und immer wieder auftauchende Zweifel bekämpfte er mit dem ihm lieb gewordenen Thomas-Mann-Satz vom Antikommunismus als Grundtorheit unserer Epoche. Weil er sich nicht entscheiden konnte, bewarb er sich an beiden Unis; einmal in West-, einmal in Ostberlin, zumindest eine würde ihn ablehnen, das war dann die Entscheidung.

Er bekam die Zulassung von beiden. Die Humboldt-Universität, 45 U-Bahn-Minuten entfernt, bot ihm die Immatrikulation für Geschichte und Kunstgeschichte, den Erlaß der Gebühren, weil Bernd Vollwaise, aber kein Stipendium, da er kein Arbeiter- oder Bauernkind war. Die Freie Universität wollte ihn für dieselben Fächer zulassen, ohne Gebühren und mit dem Stipendium einer amerikanischen Foundation für die Dauer der ersten vier Semester.

Die Entscheidung lag nun bei Bernd. «Lies mal die Schriebe», sagte er zu Yvonne, nachdem er durch regennasse Scheiben 85 U- und S-Bahnminuten lang in die beiden Städte gestarrt hatte, von Dahlem nach Karlshorst. War das nun sein Lebensweg?

Ein Weg durch die deutsche Geschichte war jede U- oder S-Bahnfahrt in Berlin jedenfalls. Dies Spinnennetz überspannte die Stadt, es waren ihre Ganglien – ob die Züge nun über den Landwehrkanal rumpelten, am Art-Deco-Postamt Skalitzer Straße vorbei oder kurz vor dem Halleschen Tor sich vom Hebbeltheater wegschwangen, wo Bernd vor kurzem Joanna Maria Gorvin in Jürgen Fehlings Inszenierung von Sartres «Fliegen» bewundert hatte. Erinnerung überall; die Reklame brüllte zahnlos durch den abgebröckelten Putz der Häuserwände «Pommersche Meiereien» – aber es gab kein Pommern mehr. Die Stationen hießen Kottbusser Tor oder Schlesisches Tor oder Görlitzer Bahnhof – doch Kottbus war ferner denn je, Schlesien war weg und Görlitz Grenzstadt. Der Bahnhof dieses Namens existierte so wenig wie Zündapp-Motorräder, und die schlanke, wehende Dame im weißen Hut, die über den altmodischen Schriftzügen «Persil bleibt Persil» schwebte, trug ein wie von Motten zerfressenes Kleid. Die alten Eisentreppen hinauf und hinab trabten rastlos, eilig wie alle Berliner, die Frauen in ihren dreiviertellangen Jacken, abgeschnittene Mäntel meist, manchmal aus Persianer, fast immer mit einem Krimmerkragen. «Wieso nur haben alle Berlinerinnen über Fünfzig O-Beine», dachte Bernd oft; und alle Männer tragen Schals, ordentlich unter dem Mantelkragen von rechts nach links gelegt. Nie andersrum, nie geknotet. Die Frauen Einkaufstaschen in der linken Hand, die Männer Aktentaschen in der rechten. In den besseren Vororten aus Leder, je mehr man sich dem Stadtzentrum näherte, desto seltener wurden die Persianer und desto häufiger die Kunstledertaschen. Bernd konnte, ohne auf die Stationsschilder zu sehen, erkennen, ob der Zug noch Heidelberger Platz hielt oder schon Spichernstraße passierte, ob Wittenbergplatz schon vorbei war, gar Gleisdreieck. Ab Kottbusser Tor gab es kein Leder mehr, fast nur noch O-Beine, und unter der sich billig kräuselnden Dauerwelle leuchtete die rötlich entzündete Kopfhaut.

«Klassenreise», nannte Bernd es, wenn er mit der Bahn «spazierenfuhr» – jede Linie hatte ihre eigene

Klassenstruktur; auf der U-7 waren spätestens nach Bayerischer Platz die mit übereinandergeschlagenen Beinen lässig ihre Rocklänge korrigierenden rauchenden Damen von fetten alten Dackeln verdrängt, auf der S-2, egal in welcher Richtung, ob sie in Papestraße einstiegen oder in Wollankstraße, hatten alle Männer Warzen im Gesicht und Haare in den Ohren, und die S-1 fuhr, von Anhalter Bahnhof quer durch die ganze Stadt bis Wannsee, durch eine gleichbleibend dichte Wolke von Chanel Nr. 5.

Man mußte auch gar nicht die länglichen Schilder sehen, um zu wissen, daß diese Station nicht auf die Kaiserin Augusta getauft war, sondern auf Rosa Luxemburg oder jene nicht auf Kurt Schumacher, sondern auf Karl Marx: Die Politik hatte die Gesichter geprägt. «Ostmenschen haben genauere Gesichter», hatte er einmal zu Schorschi gesagt – und etwas anderes gemeint; eine sonderbare, manchmal lastende Ernsthaftigkeit, die Männer mit kantigen Zügen, viel Elend hing oft über den Augen. Weniger geschminkte Plappermäulchen der Frauen.

Beide Universitäten gefielen Bernd bei einem Probebesuch nicht. Die Dahlemer wirkte wie ein Barackencamp der US-Army, bunt, hell, provisorisch auf Rasenflächen und zwischen Villen; alles schien zu heiter, kariert, zwitschernd-unseriös. Eine Universität hatte er sich anders vorgestellt – schon eher wie die Unter den Linden, ein ehemals pompöser, jetzt halbzerstörter Bau. Hier ging man noch regelrecht über Trümmer, Mörtelschutt; allenthalben geborstene Säulen, mit Sperrholz vernagelte Glasstürze der früheren Eingangshalle, die jetzt mit einem Pappschild «Vorsicht. Einsturzgefahr» versperrt war: ein kläglich-kümmerlicher Ort, in dem unendlich viele mürrische und besorgt oder zumindest ernst blickende Menschen in schäbiger Kleidung, oft waren es noch die umgefärbten Uniformjacken, herumirrten. Die Bibliothek war geradezu furchterregend, wenn er sie mit der hellen Kasino-Atmosphäre des Dahlemer Lesesaals verglich, wo man an leichten Metalltischen kleine farbige Karteikarten durchblätterte; hier waren die Kataloge riesige in Leder gebundene Folianten, in denen handschriftlich mit Feder und Tinte die Titel eingetragen waren, hinter einer säuberlich mit Lineal gezogenen Linie die Signatur; sie bedeckten ganze Wände. Der Lesesaal eine Gruft, möbliert mit uralten langen Tischen, Bronzelampen mit grünen Kugeln und kerzengeraden Armsesseln. Eine Lese-Charité, in der weißbekittelte, bebrillte und blasse Bibliotheksärzte und -pflegerinnen stumm umherhuschten. Alles wirkte auf geheimnisvolle Weise uralt, auch die Studenten.

Bernd war von den beiden Versuchsgängen so angewidert, der grellen modischen Clubfrivolität hier und der fahl modernden Schuttkühle dort, daß er den Gedanken ans Studieren fallenlassen wollte. Aber was sollte er tun? Er hatte kein Geld, keine Eltern, keine Verwandten, keine Wohnung, keinen Beruf. Erbittert und niedergedrückt saß er in seiner winzigen Bude, aus Sparsamkeit von einer Fünfundzwanzig-Watt-Birne nur kümmerlich beleuchtet, und starrte ratlos auf die Schreiben der beiden Universitäten. Nicht studieren – das allein war ja auch noch keine Lösung. Die einzige Richtung, die sein Leben kannte, war die auf Yvonne zu. Die Intensität, mit der er las, in Kinos, Theater, Vorträge, Museen oder Ausstellungen rannte:

Es war eine permanente Liebeserklärung – er lebte für sie, in ihr, aus ihr; eine kleine, gierige, verängstigte und egoistische Zecke.

Am Abend nach seinem mürrisch-hilflosen «Lies das mal» sagte Yvonne: «Der Alte Lerchenweg ist fertig. Stephan meinte, ob wir nicht morgen zusammen essen wollen. Er muß dann für ein paar Tage nach Leipzig, irgendeine Bibliothekstagung oder so was. Komm doch – es muß ja nicht wieder Streit geben.» Bernd hatte den Streit des komischen Abiturabends gar nicht als so ernsthaft in Erinnerung. Und wenn schon – besser ein Streit als gar nichts.

Das Haus hatte sich äußerlich überhaupt nicht verändert. «Fertig?» dachte Bernd, als er die Fladen des fehlenden Putzes sah, die abgeblätterte Farbe der Fensterkreuze und die hängende Klinke in der offen stehenden, klemmenden Gartenpforte, «sehr fertig wirkt es ja nicht.» Dann war er aber doch überrascht. Eine Insel. Ein Floß hatten sich die beiden gezimmert – weil die Heimat ihnen fremd geworden war, hatten sie die geborgte Heimat, das Fremde der bitteren Jahre benutzt, sich ihr Nest zu bauen. Lateinamerika in Berlin-Karlshorst. Das ganze Erdgeschoß war mit dicken Sisalhanfmatten ausgelegt, im Flur stand nichts anderes als eine große Korbflasche voller Gräser, an einer Wand hing eine bunt grimassierende Maske. Der große Wohnraum mit dem Halbrund zur Gartenterrasse hatte keine Gardinen, keine Vorhänge, nur da und dort waren über einen Stuhl indianische Decken geworfen. Bevor der Raum sich ausbuchtete zu dem Terrassenfenster, stand quer ins Zimmer eine große flache Couch mit einer Felldecke, wie Bernd sie schon aus Hiddensee kannte, nur aus dunkleren und noch kleineren Fetzen. Über der Couch an der Wand der hornschimmernde Panzer einer Riesenschildkröte und davor ein niedriger, langgestreckter Tisch aus dünnem geflochtenem Bambus. An einer Wand am anderen Ende des Raumes, gruppiert auf einem langen, ganz schmalen Glastisch sonderbare große und kleine Figuren, Brotschrate aus dem Märchen: Tiere mit Vögeln im Geweih und Frauen mit mehreren Brüsten, Reiter mit Schlangen im Haar und Jäger auf Kühen und katzenhafte Fabeltiere. «Indianische Terrakotta-Figuren, herrlich, nicht wahr?» Dr. Bärenbach wirkte anders, heiterer und älter zugleich. Er hatte sich einen dichten, buschigen Schnurrbart stehen lassen, der die untere Partie seines Gesichts so beherrschte wie die Stirn von den Augenbrauen bestimmt wurde. «Unsere strengen Kunstoberen würden es wohl formalistisch nennen – was ihnen aber in diesem Falle schwer fiele: es ist ja originale Volkskunst.» Mit spöttischem Lächeln, in der linken Hand eine Pfeife, begrüßte er Bernd – herzlich, salopp und ein klein wenig reserviert. «Kommen Sie, ich zeige Ihnen noch rasch meine Bibliothek, Yvonne braucht noch ein paar Minuten für ihre Paëlla.»

Fast die ganze Wand zum Nebenzimmer konnte man aufschieben – und stand nun in jener damals unausgepackten «Buchhandlung»: ein großer, etwas länglicher Raum, die Wände bis zur Decke mit Bücherregalen bedeckt, als Schreibtisch ein altes Möbel, eigentlich nur eine große, dicke Schreibplatte auf Beinen und in einer Ecke noch einmal solch ein fellbedecktes Canapé mit zwei Sesseln und einer mächtigen Messingschale voller Früchte. «Nicht reinbeißen», lachte der Gastgeber, «das ist alles bemaltes Holz. Früchte spielen in diesen Ländern, aus denen wir das alles mitgeschleppt haben, eine große Rolle – Nahrung, Fruchtbarkeitssymbole . . . ach was weiß ich!» Unwillig, als habe er sich bei einer Taktlosigkeit ertappt, unterbrach sich der Hausherr. Das ist er hier wirklich, ging es Bernd durch den Kopf, der Mann ist verändert. Der ist hier zu Hause. Von da, wo er nicht zu Hause war, hat er sich alles mitgekarrt, sein Getier und Gefell und Gebimmel und Gebammel – um die alten und neuen Uniformknöpfe nicht scheppern zu hören.

«Das sind Votiv-Amulette» – endlich Yvonnes Stimme, «Tag, mein Lieber, und herzlich willkommen im Indianerzelt von Neurußland. Diese kleinen Silberarme und -beine und -ohren und -hände: das stiften die Indianer und lassen es sich weihen; damit das kranke Körperteil, Arm oder Bein, Ohr oder Hand geheilt werde. Stephan hatte dieses mystische schwarze Schmetterlingskästchen mit den Silbergliedern schon auf seinem Schreibtisch stehen, als er drüben endlich einen hatte – und es wurde erst jetzt ausgepackt und aufgestellt. Von hier ist gut Votivsprüche bannen –»

Bernd wußte nicht, war das nun heiter oder auch ein bißchen skeptisch-traurig. Yvonne war so anders hier, gemessener, fraulicher – selbst ihre Stimme schien ihm anders zu schwingen. Oder lag es nur am Gang, an den schlaksiger wirkenden Bewegungen? Er hatte sie noch nie in Hosen gesehen, und der enge Anzug aus dunkelbraunem, grobem Leinen machte sie zwar noch schlanker, zerbrechlicher – aber auch eigentümlich herb, ja herrisch. War es nun Yvonne oder Frau Dr. Bärenbach?

«Sogar ich weiß, Herr Dr. Bärenbach», begann Bernd bei Tisch vor der großen Schüssel mit dem undefinierbaren Essen – aber er wurde heiter-unwirsch unterbrochen, «Lassen wir das bitte mit dem Herrn Doktor, wenns geht. Sagen Sie Stephan zu mir, ich nenne Sie ja auch Bernd.»

«Gut, Herr – ich meine: Stephan. Also, was ich sagen wollte. Ich weiß schon, daß es ungehörig ist, als Gast und als soviel Jüngerer, Streit vom Zaune zu brechen; und bitte glauben Sie mir, daß ich gar keinen Streit suche. Aber mich macht das hier alles ziemlich hilflos: Votivtafeln oder wie die Dinger heißen und Felldecken und bemalte Holzananas und das Zeug hier, Entschuldigung, das wir essen – bin ich nun in Karlshorst, bei den Russen, oder in Kolumbien oder wo? Verstehen Sie – ich finde das alles auch wunderschön, die terraweißderteufelwie Figuren und den Schildkrötenpanzer und die Strohstühle hier am Tisch. Und dieses ulkig bemalte Porzellan. Aber geht denn das? Yvonne sagt, ‹Indianerzelt in Neurußland› – aber hier sind keine Indianer. Hier sind bloß die Russen. Und zu denen wollten Sie doch?»

«Nein, mein Herr Archäologiestudent, das wollten wir keineswegs – zu den Russen. Was wir wollten, was wir getan haben, ist: in dem Teil Deutschlands leben – wenn es schon zwei davon gibt –, in dem ich mich nicht dauernd fragen muß, was hat der 1941 getan, dem ich gerade die Hand gebe . . .» – «Verzeihung, wenn ich Sie unterbreche. Sie kennen mich ja wenig, aber soviel wissen Sie von mir wohl doch, daß ich sogar als Schüler schon Ärger in meinem feinen Gymnasium hatte, weil ich – na ja, ich will hier nicht angeben. Aber die alten Nazis hören doch am

U-Bahnhof Kochstraße nicht auf zu existieren? Mitgemacht und ‹Heil Hitler› gebrüllt hat man doch nicht nur in Berlin-Grunewald oder Köln oder München? Doch auch in Magdeburg oder – Berlin-Karlshorst?»

«Hör mal, Bernd», griff Yvonne jetzt ein, und er war gespannt auf wessen Seite, «darum geht es nicht. Gewiß haben alle mitgemacht, mitgebrüllt, mitsiegen wollen und keiner hat meinem Vater, als er den Gelben Stern trug, auch nur ein Päckchen Zigaretten zugesteckt. Nur: hier, in diesem Teil der Stadt und des Landes sitzen die nicht in Ämtern. Sie leiten nichts mehr. Mag sein, daß mein Briefträger hier Blockwart war und meine Friseuse BDM-Führerin. Aber sie haben hier nichts zu sagen. Kannst Du Dir nicht vorstellen, wie wichtig das ist, nach allem? Wer immer Stephans Eltern umgebracht hat – der hat keine Pension verdient. Und hier kriegt er keine.»

«Weiß ich, übrigens wohl auch mit Ausnahmen. Aber was mich so irritiert, ist ja nicht, daß Ihr hier leben wollt, sondern daß Ihr hier und zugleich drüben lebt. Was immer das sein mag, was ich hier esse – und, ich gebe es ja zu: köstlich finde – hier habt Ihr das nicht gekauft.»

Stephan Bärenbach war eigenartig unaufgeregt, Yvonne schien viel gereizter. Er zündete sich seine Pfeife an und lachte. «Auch dieser Tabak ist englisch. Und was wir essen, das heißt Paëlla und das ist aus Reis und Huhn und Muscheln und allerlei Gemüse und Gewürz. Und nun will ich Ihnen mal was sagen – bitte, gar nicht gegen Sie gerichtet, aber hören Sie gut zu: Niemandem, absolut niemandem gestatte ich für die nächsten tausend Jahre – also zwölf –, mir vorzuschreiben, was ich esse, trinke, rauche. Sie haben uns eingesperrt, verprügelt, beraubt, um den halben Erdball gejagt, die Herren vom Herrenvolk. Yvonnes Mutter hat ihren Mann buchstäblich jede Woche einmal neu aus der Erde gekratzt, hat geweint und gedroht und gelogen und geschrien und gebettelt, war Hure und Marketenderin, sie hat sich in der U-Bahn vor ihn gestellt, damit man den Gelben Stern nicht sah und sie hat jahrelang ihre kleinen Rationen mit ihm, dem man zu leben das Recht absprach, geteilt, das bißchen Brot, das bißchen Margarine, das bißchen Magerquark und sie hat mit ihm die letzte Zigarette gebrochen, in der Mitte durch: Wenn diese Frau jetzt, weil ihre Familie aus Frankreich stammte, bei der Französischen Militärkommandantur zu essen kriegt – wer hätte mehr Recht auf dieses Essen? Wenn Yvonnes Mutter, die Jahre, endlose Jahre, nicht wußte, ob und wo und wie ihre einzige Tochter lebt, diesem Kind jetzt ein lächerliches Huhn, eine Handvoll Muscheln oder ein Pfund Reis schenkt, von mir aus auch Seife oder ein Paar Strümpfe, und Kognak und Tabak für mich: für wen auf aller Welt gibt es das Zeug, wenn nicht für die Yvonnes dieser Welt? Bernd, verstehen Sie mich – oder uns – nicht falsch; wenn ich erregt bin, nun doch wider meine Absicht, dann nicht *gegen* Sie. Wir kämpfen doch um Sie – wissen Sie das nicht?»

Das war plötzlich sehr leise, nicht direkt bittend, aber ernst. Bernd wollte gerade ziemlich schnippisch sagen «Ach lassen Sie man, ich kämpfe schon für mich selber», da fügte Yvonnes Mann noch etwas hinzu:

«Sehen Sie – Yvonne hat mir erzählt, daß Sie Thomas Mann sehr verehren, daß Sie ihm als Schüler spontan geschrieben haben und er Ihnen sehr freundlich aus Kilchberg geantwortet hat. *Das* meine ich. Mir ist die Literatur von Mann nicht so sympathisch; aber das ist eine andere Frage. Daß so jemand Ihnen, dem Schüler Bernd Walther 1950 handschriftlich antwortet – das heißt: Hier kämpft jemand, der auch verjagt und verhöhnt wurde um Sie, nämlich um die Jugend, oder für die Hoffnung, daß es mit Euch anders werde. Und nun hören Sie, was Ihre führende Zeitung, die ‹Frankfurter Allgemeine›, vor ein paar Tagen – am 6. Juni 1950 – über diesen Ihren geliebten Thomas Mann schrieb: ‹Es geht nicht an, in Geburtstagssentimentalität zu vergessen, was uns von Thomas Mann scheidet. Er tritt uns als Exponent einer bis zur Dummheit gehenden Abneigung gegen Deutschland entgegen und diesem Affekt, der ihn zu verzehren scheint, antworten aus dem Volk, dem er einmal angehörte und von dessen Schicksal er sich nicht 1933, sondern 1945 trennte, Verachtung und Wut›.» Das herausgerissene Zeitungsblatt knisterte in seiner Hand. «‹Dieser Schriftsteller ist eine Linse, die die Strahlen der Partisanen-Bosheit sammelt – aber freilich einer besonders gearteten. Wie seinem Werk, seinem Denken, seiner Sprache alles Elementare fehlt, so ist auch dieser Haß kein flackerndes, sondern ein schwelendes Feuer, Vernichtungslust in Form von moralischen Urteilen, kein freier Ausbruch, sondern ein Würgen des Kloßes, der sich in der Kehle verklemmt hat. Zudem ist der Haß weltgeschichtlich nicht mehr aktuell, er ist Thomas Manns private Lust und nichts anderes als die Außenseite einer maßlosen Eitelkeit, wie sie sich nicht nur in jedem seiner sich in sich selbst spiegelnden, sich selbst Beifall klatschenden

Sätze, sondern etwa auch in der Behauptung ausspricht, er repräsentiere heute den deutschen Geist. Der Clan Mann ist eine Giftzisterne geworden, und es tröstet nur, daß die Zahl derer, die aus ihr schöpfen, immer geringer wird. In einem freilich, im Haß, ist er echt – der Giftlack, den er über seine Figuren spritzt, ist ihre eigentliche Wirklichkeit.›»

Schwarze Schweigefittiche hingen im Raum, bis Bernd sagte: «Ich bin nicht so gerne ‹die Jugend›, wissen Sie; vor kurzem hieß das ‹Jungvolk›. Ich bin ich. Und vielleicht sind mir die anderen schnurzpiepe. Ich habe Sie ja auch nur gefragt, weil ich selber unsicher bin. Gut, vielleicht haben Sie recht, vielleicht gibt es dieses Ausnahmegesetz für Menschen, die durchgemacht haben, was Sie durchgemacht haben: die Muscheln von den Franzosen und der Tabak von den Tommies und was weiß ich von wem noch was. Das Haus ja wohl von den Russen.»

«Du weißt, daß das nicht stimmt, Bernd», jetzt war Yvonne offenbar gekränkt. «Das Haus untersteht der deutschen Stadtverwaltung und der zahlen wir Miete. Der uns gewährte Vorteil ist, daß man Leuten wie uns ein so großes Haus zuweist.» – «Ist mir auch egal.» Bernd lachte sogar. «Wir hatten doch verabredet, uns nicht zu streiten. Ich frage ja nur. Und Huhn oder Reis, das interessiert mich im Grunde überhaupt nicht. Aber Sie, Stephan – wie ist es in Ihrem Beruf? Sagen Sie da auch ‹In den nächsten zwölf Jahren möchte ich mir von niemandem vorschreiben lassen . . . zum Beispiel, was ich lese?› Sehen Sie, ich weiß nicht, wohin mit mir, was wo aus mir wird, wie, wovon leben, auch *was* ich überhaupt – oder ob ich überhaupt *nicht* – studieren soll. Der Westen kotzt mich an, der Osten macht mir angst. Ich habe hier was mitgebracht, einen Aufsatz aus der ‹Täglichen Rundschau›, was damit doch ziemlich sowjet-offiziell ist, oder? Also hören Sie mal . . .»

Diesmal unterbrach Yvonne. «Ich hatte mir eigentlich was Lustiges ausgedacht, aber nun sind wir so ernst geworden. Ich wollte nämlich zwischen die Holzfrüchte eine echte Ananas legen und mal sehen, wer die falsche und wer die richtige wählt. Aber das Spielchen wäre jetzt zu blöd – trotzdem können wir aber die Ananas schlachten. Für uns war das jahrelang das Billigste und Selbstverständliche, aber hier ist es eine große Sache, selbst in Büchsen. Also laßt uns erst mal das Messer an das Obst legen – bevor Du es uns an die Gurgel legst –»

«Ach Quatsch, Messer, ich bin nur neugierig, das weißt Du doch . . .» Irgendwie wußte Bernd nicht weiter. Die Situation war ihm immer wieder unklar, unbehaglich, bedrückend auch. Ging das, hier so zu dritt sitzen, «Fettlebe machen» – wie das Berlinische solche Mahlzeiten nennt –, und mit dem Mann seiner Geliebten diskutieren, als sei er fremd und sogar, im Gegenteil, kein Fremder. Dabei war er beides. Ihm offenbar freundlich gesonnen, aber auch ein Rivale. Nicht «so»; Bernd war sich da seiner Sache ganz sicher, die beiden waren Freunde, Genossen. Liebende: das waren er und Yvonne. Dennoch. Warum verschwendete dieser fremde Mann mit seinen vielen Funktionen Zeit an ihn, den Geliebten seiner Frau? Er könnte fast sein Vater sein, er hatte zwei – wenn nicht mehr – Leben hinter sich, er hatte anscheinend kein Privatleben. Das fiel Bernd ganz plötzlich ein, von ganz weit weg fiel dieser Stein in seine Phantasie: wie lebt der eigentlich? Der weiß zwar, daß ich an Thomas Mann geschrieben habe – aber ich weiß überhaupt nichts, nichts von seiner Gegenwart, einiges aus der Vergangenheit. Herrn Dr. Bärenbachs *Gegenwart*, das war für Bernd Yvonne. Er ärgerte sich. Seit drei Tagen, eine Ewigkeit, hatte er nicht mehr mit ihr geschlafen – und hatte sich auf den Abend gefreut. Gut gut, ein kurzes Abendessen, «Schloßbesichtigung», ein «Tag, wie gehts» für den Herrn Doktor – aber gesehnt hatte Bernd sich nach ihren Füßen, den Zehen, die er so gerne ganz lange und zart streichelte und dann langsam mit kaum ihre Haut berührenden Fingerspitzen die Beine hinauf – ein Flirren, das sie beide brennen machte. Statt dessen saß er hier und hantierte an der Ananas herum, noch nie hatte er so was gegessen und wußte auch nicht, schneidet man von der Scheibe erst diese verwarzte Schale ab oder das Ding erst in Stücke und aß man das Harte in der Mitte mit oder wie? Sie saß ihm gegenüber – sie saßen sich alle drei gegenüber an dem runden Eßtisch –, und doch hörte sich im ersten Augenblick ihre Stimme weit weg an:

«Du wolltest doch irgendeinen Artikel vorlesen? Oder daraus? Was denn für einen Artikel aus der ‹Täglichen Rundschau›? Den müßten wir ja auch kennen – aber wir waren viel unterwegs und der Umzug und das Herrichten hier.» Dr. Bärenbach hatte sich ein dickes Kognakglas genommen und vor Bernd ringelte sich der fette braune Warzenwurm der Ananasschale.

«Tja, keine Ahnung, wer das ist, ich kenne den Namen nicht, und er wird auch nicht erklärt. Orlov heißt er.»

«Ach der, ja, natürlich kenne ich den», sagte Dr. Bärenbach, «der stammt nicht von *einem* Autor. Das ist das Pseudonym für ein sowjetisches Kollektiv – immer Zeichen, daß es sich um etwas Hochwichtiges und Hochoffizielles handelt. Mehr eine Verlautbarung als ein Artikel.»

«Was die Sache eher schlimmer macht. Hört doch mal zu.» Sie waren alle drei erschöpft und angespannt – wach, zugleich erotisiert, spürte Bernd; es war nichts Feindseliges zwischen ihnen, nur Elektrizität. «Ich muß leider weg», sagte Dr. Bärenbach, «ich hab' mir noch den Wagen bestellt, die Sitzung geht morgen früh in Leipzig schon um 6 Uhr los, da ist es besser, ich breche jetzt auf, als hier in aller Herrgottsfrühe um drei Uhr. Das Thema wird uns, fürchte ich, erhalten bleiben.»

Drüben in Yvonnes «Laube», wie Bernd die kleine Wohnung über der Garage getauft hatte, war alles ganz anders, lichter, leichter. Das konnte damit zusammenhängen, daß Yvonne ihr kleines Reich ohne jede Farbe ausgestattet hatte: die Möbel, die groben Leinenbezüge der Sessel, die Schrankwände und Bücherregale, die Fußbodenplatten aus Stein – alles in einem grau schimmernden abgeschliffenen Weiß; sogar zwei schmale Halb-Reliefs an einer Wand – ganz stolz hatte sie ihm die kürzlich gezeigt: «Gipsgüsse nach Oskar Schlemmer-Arbeiten» – lebten nur durch die Schatten, die ihre Linien warfen. Die winzigen Mansardenräume waren eine Fassung, eine Vase für eine einzige Blume – Yvonne. Eine tätowierte Blume; denn das Licht für die beiden Zimmer kam von dem großen Aquarium: über Yvonnes Körper glitten die Fische, ihre Haar-Algen wellten sich im lautlosen

Fließen des Wassers und die schwankenden kleinen Bambuspflanzen und Lianen spielten mit ihren Brüsten. Bernd, ein kräftiger roter Raubfisch, schlang das alles in sich hinein, sein Körper eine einzige gefräßige Zunge; er atmete mit den Augen und seine Kiemen dürsteten nach jedem Wispern, jedem Seufzer. Die Spannung der letzten Stunden entlud sich in einem Begehren voller Roheit. Es war seine Rückeroberung. Er drängte sich nicht in Yvonnes Körper, sondern in ihre Existenz, wollte alles, ganz und gar haben, sich an ihre Stelle zwängen – die Muscheln und das Huhn, den feuchten Wintermantel mit dem Gelben Stern und Stephans Schnurrbart mit dem ironischen Lächeln und die Pfeife. Er wollte das alles sein. Und das sollte ihr gehören. Er wollte Indianer sein und warzige Ananas und Terrakottafabelwesen mit Engeln im Haar und kleinen Ziegen auf den Flügeln. Nach ihrer ersten Erfüllung, noch immer voller Begierde, drehte er den Hiddenseer Schokoladenspieß um. Bernd bestrich sich von oben bis unten den Körper mit bittersüßer Pampe – «Du sagst doch immer, nackt habe ich etwas Negerhaftes» – und tanzte im grünlichen Licht des Aquariums vor Yvonne seine Explosion. Er zerrte sich ihr Kopfkissen hervor, zerriß es, überschneite sich mit Bettfedern, sie klebten sich an die dunkelbraune Haut, setzten ihm eine weiße Perücke auf, wo immer er Haare hatte – ein schwarz-weiß gefiederter Faun, ein Derwisch tanzte der russischen Indianerin sein Glück, seine Sehnsucht, seine Geilheit. Als beide ruhig lagen, sagte Bernd, «ich studiere bei Euch».

Der Beginn des Studiums war ein Hürdenlauf. Die Erleichterung über die eigene Entscheidung, sich an der Ostberliner Humboldt-Universität zu immatrikulieren, wich bald einer Bedrückung, die zu vage war, um sich leicht auflösen zu lassen. Da gab es ein FDJ-Sekretariat im Hauptgebäude mit ständig eiligen, kurzangebundenen Funktionären, die von einer unbekannten Sitzung zur nächsten flitzten, aber in den Seminarräumen oder bei den Vorlesungen nicht zu sehen waren. Eine ferne Regierung. Nur wenn Bernd, ohne Funktion, aber neugierig, da hineinging, hatten sie Zeit, fragten nach Westberlin und ob er auch mal an der Freien Universität gewesen sei und mit wem er denn hier so spräche. Bernd war Mitglied der FDJ – aber in Westberlin, wo er Versammlungen oder Kulturabende leitete, an einer wütenden RIAS-Schülerparlament-Debatte teilgenommen hatte. Da er aber den gräßlichen «Bonbon» nie trug, konnten die hier in dem geschäftigen Zimmer das nicht wissen. Ein dämmerndes Mißtrauensgefühl hielt ihn davon ab, eines seiner ersten Gespräche mit zwei Kommilitonen zu erwähnen, das ihn geradezu schockiert hatte. «Wieso denn? Sie sind doch Westberliner? Dann müssen Sie doch nicht?» hatten die entgeistert reagiert, als er denen erzählt hatte, er sei FDJ-Mitglied. «Was heißt ‹müssen›? Versteh ich nicht – kein Mensch ‹muß› in der FDJ sein. Ich *will* das, finde es richtig, es ist meine Sache. Sie müssen ja nicht, wenn Sie nicht wollen.»

Die beiden hatten ihn verletzend spöttisch angesehen mit einer Handbewegung, mit der man einem jungen Hund einen Klaps gibt, gesagt, «Na ja. Vielleicht ziehen Sie ja mal um. Sie werden dann merken, daß das Brot hier anders schmeckt.» Was für ein Blödsinn, fand Bernd – Brot ist Brot; und außerdem *aß* er ja Ostberliner Brot und es schmeckte ihm. Offenbar zwei reaktionäre Heinis. «Jedenfalls scheint es hier 'ne Menge Reaktionäre zu geben», hatte er unbestimmt auf die Frage, mit wem er hier wohl so spräche, geantwortet, «So wie Sie aussehen, können wir uns gut vorstellen, daß Sie mit denen leicht in Kontakt kommen». Hörte sich an wie eine Rüge. Bernd wußte auch, was die meinten. Schon in einer der ersten Vorlesungen war ihm ein anonymer Zettel durch mehrere Bankreihen auf sein verritztes Klapp-Pult geschoben worden. «Warum legen Sie sich nicht gleich lang?» Er hatte sich nämlich, wie aus der Schule oder seinen Clubs gewohnt, ziemlich schräg in seinen Sitz geflegelt und das linke Bein auf den freien Platz neben sich gefläzt. Und in einer Vorlesungspause war «der mit seinen Amisöckchen» nicht zu überhören gewesen. Karierte Socken oder Kreppsohlen-Schuhe oder eine dicke blau-rot-grün gemusterte Wolljacke mit schrägen Reißverschlüssen, eine seiner liebsten Schwarzmarkt-Erwerbungen, galten hier nicht als Kleidungsstücke, sondern als Signale. Aber sie wiesen in die falsche Richtung: Sie lockten Studenten an, die sich nach dem Westen sehnten und die in dem Kommilitonen aus Westberlin einen Gesinnungsfreund wähnten; verblüfft und leicht verärgert wandten sie sich rasch von ihm ab – wie man den Hörer bei ‹Falsch verbunden› auflegt –, wenn sie ihn reden hörten. Umgekehrt war er für die Arbeiter- und Bauernstudenten, in denen nun Bernd Gleichgesinnte wähnte, ein bürgerlicher Papagei; sie konnten mit diesem «Laffen» nichts anfangen, hatten nie Jugendliche aus bürgerlichen Verhältnissen und ihre gewisse Sicherheit im Auftreten erlebt. Selbst seine

Wendigkeit in Seminardiskussionen, sein lebhaftes Nachfragen oder rasches Widersprechen verdroß sie; machte ihnen wohl die ungewohnte Welt der Großstadt, der eiligen Betriebsamkeit und die eigene Schwerfälligkeit besonders bewußt.

Bernd war diese ersten Monate vollkommen außer Balance. Einerseits war er schon sehr erwachsen, ein «verheirateter Mann», den Albereien und Witze nicht interessierten. Das Gekicher war ihm so fremd wie die heimliche Zettelschreiberei. Oder die Kritzelei der Abortferkeleien – er brauchte das nicht, denn er *lebte* das ja. Andererseits hätte er sehr gerne gleichaltrige Freunde gefunden. Auch die Anforderungen, das Lehrangebot, ließen ihn gleichgültig. Nur Yvonne hatte er sich getraut zu fragen: «Die Geschichte der Kunst ist eine Paläontologie des Geistes» – so stand der allererste Satz seiner allerersten Vorlesung in seinem allerersten Kollegheft. Aber er verstand ihn nicht. Bernd war profund ungebildet. Er hatte seine Neugier, Schnelligkeit auf die paar Themen konzentriert, an denen er Spaß hatte – Geschichte, Kunst, Literatur. Wilhelm Liebknechts grün gebundenes «Fremdwörterbuch» aus dem Dietz-Verlag, das Yvonne ihm am nächsten Tag schenkte, war so willkommen wie angebracht.

So lebte er neben der Universität her. Anfangs hatte er begeistert in den vom Vorführen kümmerlicher Privatdias unterbrochenen Kunstgeschichtsvorlesungen von Richard Hamann gesessen, er liebte dessen schmalen Kopf mit dem weißen Haar, den leisen Vortrag, und bewunderte den Enthusiasmus, mit dem dieser berühmte Gelehrte seine beiden Lehrstühle – in Marburg und in Ostberlin – ernst nahm.

Doch bald merkte er, daß er nicht zuhörte; die Gedanken schweiften ab, er ertappte sich, daß er seiner Traurigkeit, «Nie werde ich das alles selber sehen, nie werde ich in Rom sein», nachhing beim Vorführen eines Bernini-Brunnens, statt mitzuarbeiten. Er war ein besserer Leser und das Durcharbeiten der zweibändigen «Geschichte der Kunst» von Hamann war interessanter, befriedigender als die nachmittägliche Dämmerstunde in dem eiskalten Hörsaal. Er nahm den Universitätsbetrieb nicht ernst, belegte zwar «Frühgeschichte der Philosophie» – aber ging dann während der Vorlesungsstunden lieber in das herrliche alte Tageskino unter den S-Bahn-Bögen des Bahnhofs Friedrichstraße, wo jeder Mord oder jeder Kuß zerdonnert wurde von den drüber wegrasenden Zügen. Er gehörte nirgendwo hin: Die Frau, die er liebte, gehörte zu einem anderen Mann – er blieb der Liebhaber, der Gast; die Universität, an der er studierte, lag in einem mehr und mehr sich von ihm weg-entwickelnden Land; aber von den Begriffen, Werten, Inhalten der Welt, in der er lebte, entwickelte nun er sich weg; die Professoren, die ihm noch am meisten Eindruck machten, waren bürgerliche alte Herren in abgeschabten Jacken und mit speckigen Mantelkragen, unförmige, zerschlissene, ausgebeulte Mappen mit sich herumschleppend – aber er wollte doch fort von der Bürgerwelt; die Studenten wiederum, die gerade diese ernsten, um ihre Schüler besorgten Lehrer «reaktionäre alte Säcke» schimpften, konnte er überhaupt nicht verknusen – obwohl es seine Genossen waren. Er fand ihre militante Fortschrittlichkeit so mies und verdächtig wie die Geheimbündelei einiger älterer Semester, die heimlich mehr und mehr Vorlesungen an der Freien Universität hörten – in Dahlem, von wo aus Bernd jeden Morgen nach Ostberlin fuhr. Er wollte unbedingt mehr vom Marxismus verstehen, dessen Thesen und Konsequenzen auf die Frühzeit anwenden, mit der er sich ja sein Leben lang beschäftigen würde – aber der junge, etwas flotte Dozent, bei dem er die Vorlesung «Einführung in die Probleme des Materialismus» hörte, stieß ihn ab. Viele Studenten vergötterten den brillanten Kopf, nannten ihn genial, andere veralberten ihn als linken Dandy, der in Westberliner Boulevardzeitungen mondäne Theaterkritiken schrieb und hier ebenso schick in Marxismus machte. Daß eine berühmte Schauspielerin ihn kürzlich wegen einer flapsigen Kritikerflegelei geohrfeigt hatte, erzählte man sich eifersüchtig-amüsiert. Bernd schien der Mann oberflächlich; er hatte für alles eine Erklärung – und Bernd eben nicht.

So kam es auch schon bei seinem ersten Referat zu einem Eklat. Bernd wollte die Arbeit des 1942 verstorbenen Archäologen William Matthew Flinders Petrie erläutern, der weniger mit vorgefaßten Ideen jongliert als durch objektive Grabungsfunde die Wichtigkeit des Alltäglichen hervorgehoben hatte. Bernd nannte das eine «materialistische Methode», die den Forscher unter anderem dazu geführt hatte, 1889 in Khun und Gurob ägäische Keramik zu identifizieren, die damals noch nicht einmal in der Ägäis als solche erkannt worden war.

«Trotzdem», hatte Bernd geendet, «sind die Person von Petrie und seine Arbeit ein gutes Beispiel für Unsicherheiten und Unwägbarkeiten. Seine bedeutendste Entdeckung, 1894, die prädynastische Nekropole im oberägyptischen Negade lehrte ihn – und damit uns –, mit allzu exakten Datierungen vorsichtig zu sein. Daher Petries System der ‹Staffeldatierung›.»

Die Debatte im Seminar trug alle Anzeichen der Entrüstung. Wo er denn nun stünde, ob er denn die Kategorie Geheimnis wieder in historische Abläufe einschmuggeln wolle, fragten empört seine Jugendfreunde von der FDJ. Wogegen einige der Älteren den Begriff «materialistische Methode» als zu übertrieben und zu einseitig rügten; gewiß, man kenne ja Petries Buch «Seventy Years in Archaeology», in dem er diese exakte Arbeit am Beispiel der Erforschung von Stonehenge darstellt, aber . . .

Bernd war schockiert und amüsiert zugleich. Er hatte von seiner Suche, seiner eigenen Unsicherheit sprechen wollen, wäre am liebsten noch auf das Problematische der Stratigraphie eingegangen – und die hier wollten nur Fertiges auf Flaschen abziehen, eine rechts eine links. Auch die Intervention seiner Professorin – die als zweiten Titel noch einen Dr. theol. hatte für ihre Arbeit über Bibelarchäologie, in der sie Grabungsfunde mit biblischen Aussagen konfrontierte – konnte ihn nicht beruhigen. «Ich möchte den Kommilitonen, wenn ich darf, doch ein paar Sätze vorlesen, auf die ich bei der Vorbereitung des Referats stieß, und die etwa die Unvereinbarkeit des Hermes mit der Crédit Mobilier, des Jupiter mit dem Blitzableiter betonen; also die Einmaligkeit des Kunstwerks. Diese Äußerungen geben vielleicht keine Antwort – aber man sollte über sie nachdenken», schloß Bernd hochmütig, «auch und weil sie den Begriff ‹Geheimnis›, wenn nicht benutzen, so doch meinen.

‹Bei der Kunst ist es bekannt, daß bestimmte Blütezeiten derselben keineswegs im Verhältnis zur allgemeinen Entwicklung der Gesellschaft, also auch der materiellen Grundlage, gleichsam des Knochenbaus ihrer Organisation stehen. Zum Beispiel die Griechen verglichen mit den Modernen oder auch Shakespeare. Von gewissen Formen der Kunst, zum Beispiel dem Epos, ist es sogar anerkannt, daß sie in ihrer Weltepoche machenden klassischen Gestalt nie produziert werden können, sobald die Kunstproduktion als solche eintritt; also daß innerhalb des Bereichs der Kunst selbst gewisse bedeutende Gestaltungen derselben nur auf einer unterentwickelten Stufe der Kunstentwicklung möglich sind. Wenn dies im Verhältnis der verschiedenen Kunstarten innerhalb des Bereichs der Kunst selbst der Fall ist, ist es schon weniger auffallend, daß es im Verhältnis des ganzen Bereichs der Kunst zur allgemeinen Entwicklung der Gesellschaft der Fall ist . . . Die griechische Kunst setzt die griechische Mythologie voraus, das heißt die Natur und die gesellschaftliche Form selbst schon in einer unbewußt künstlerischen Weise verarbeitet durch die Volksphantasie.›

Der Text, aus dem ich hier zitiere, heißt ‹Einleitung zur Kritik der Politischen Ökonomie›. Sein Autor heißt Karl Marx.»

Bernd hatte den Kampf aufgenommen. Attacken bereiteten ihm Genuß; daß er auf so harsche Ablehnung gestoßen war, integrierte ihn. Es war ja sein eigener Widerspruch, in dem er lebte und den diese Diskussion nur deutlich gemacht hatte. Er kannte Brechts Gedicht «Fragen eines lesenden Arbeiters», der schöne, schmale Band mit seinen Gedichten, den Yvonne ihm zur Immatrikulation geschenkt hatte, war zerlesen und zerknittert und voller Anstriche, viele Zeilen kannte er auswendig:

«Das große Rom
Ist voll von Triumphbögen. Wer errichtete sie? Über
wen triumphierten die Cäsaren? Hatte das vielbesun-
gene Byzanz
Nur Paläste für seine Bewohner? Selbst in dem
sagenhaften Atlantis
Brüllten in der Nacht, wo das Meer es verschlang,
Die Ersaufenden nach ihren Sklaven.»

Aber das hing in seinem Kopf; es war Wissen. Dagegen stand ein Widerstreben, ein undefinierbares Unbehagen – er witterte etwas wie Gefahr; das war Gefühl.

Doch stets, schon als Kind, hatte Bernd logisch verkehrtherum reagiert: Entweder war er die Eidechse, «verlor» eine Bedrohung; oder tat das, wovor man ihn warnte. «Faß nicht in die Kerze, Du verbrennst Dich» war für den Sechsjährigen eine zwingende Aufforderung gewesen – die Narbe an der Nagelkuppe des linken Zeigefingers hatte er jetzt noch. Auf einer Kindergeburtstagsfeier hatte der Zehnjährige in einem Knallbonbon den Spruch gezogen, «Fällt auf den Rücken im Grase und bricht sich die Nase»; ein Lebensmotto. Bernd überquerte immer bei Rot die Straße, verkehrt, wie die laichenden Lachse den Fluß stromaufwärts springen. Ein Lebensgesetz, das ihm noch tiefe Wunden schlagen sollte. Es war wie ein verbogener Instinkt: statt nach einer Warnung zu fliehen, ging er in die Gefahr wie in eine Lockung hinein. Und war nicht der seltsame Gesang des blonden Schulkameraden, damals am See, auch eine Art Warnung gewesen?

Bernd zog nach Ostberlin.

Er zog zu Yvonne, zu seiner Arbeit, zu einer Aufgabe, zu neuen Freunden; zog er auch zu sich? Zuerst einmal zog er weg: aus einer Welt, an die ihn nichts mehr band, die er verachtete, die nicht einmal die Spannung des Widerstands bot. Ein Flußspringer, der von Eisscholle zu Eisscholle geschnellt war – und nun am anderen Ufer stand.

Der Abschied war ein Hautabriß, etwas blieb kleben am vereisten Blech des Vergangenen. Traurigkeit war es nicht, aber ein Fetzen Erfahrung, Erleben. «Partir, c'est mourir un peu» hatte Bernd irgendwo einmal gelesen. Dieses leise Ziehen im Magen hatte er, als seine paar Sachen und Bücher gepackt waren.

Die Ankunft, das Neue war ein Strudel. Bernd hatte sich listig in ihm so gedreht, daß er ohne Schaden auftauchte: Das Schwierigste in Ostberlin, eine Wohnung, hatte er im Handstreich erobert. Mit ziemlich viel Frechheit.

In jenem Institut für Archäologie hatte er inzwischen Fuß gefaßt. Er war nicht mehr nur der Bote, der die Bücher aus der Bibliothek holte, sondern durfte nach einem Jahr selbständig bibliographieren, kleinere Texte übersetzen und wurde zu den Planungen einer archäologischen Vierteljahresschrift hinzugezogen. Das hatte verschiedene Ursachen. Zum einen waren junge Leute mit bürgerlichem Wissensstand in Ostberlin eine Rarität, vor allem mit Sprachkenntnissen. Zum anderen war ungewöhnlich rasch eine Freundschaft zu den beiden leitenden Mitarbeitern des Instituts gewachsen. Der Direktor, Wolfgang Leszek, war kein Archäologe, sondern ein Berliner «vom Spittelmarkt», was, wie jedermann in Berlin wußte, eine Umschreibung für «Konfektionsbranche» war.

Der Mitinhaber einer kleinen Tuchwarenfirma war 1935 emigriert und auf abenteuerlichen Wegen in Schanghai gelandet. Dort hatte er mit Maos «Fischen im Wasser» illegal gegen die Kuomintang gearbeitet und war auf diese Weise mehr und mehr in die konspirative kommunistische Arbeit geraten. In einer Stadt, die nicht nur von chinesischen Spionen jeglicher Couleur wimmelte, sondern auch von deutschen, englischen, amerikanischen und russischen; für den jüdischen Tuchhändler aus Berlin eine schwer überschaubare Bühne, auf der er auch prompt stolperte. Irgendein «Schatten» war auf seine Legende gefallen, man munkelte von einem schwebenden Parteiverfahren, das ihn schließlich von Schanghai bis Berlin verfolgte. Für eine wirklich führende Position war der vor drei Jahren nach Deutschland Zurückgekehrte deshalb nicht geeignet; andererseits konnte die Partei es sich nicht leisten, einen bewährten und gebildeten Genossen überhaupt nicht einzusetzen. Da Leszek – wie viele mittelständische jüdische Unternehmer in Berlin – zeitlebens kulturelle Interessen gehabt und da er sich in den Jahren in China mit wahrer Leidenschaft auf die Spuren der versunkenen Reiche begeben hatte, wurde er zum Chef des neu gegründeten Archäologischen Instituts berufen. Der kleine, dicke Zigarrenraucher mit einer hohen Stirnglatze, Hamsterhängebäckchen und kleinen Knopfaugen, die selbst dann noch lustig zwinkerten, wenn er wütend war, schien über diese Lebensvolte ständig zu schmunzeln.

Als Bernd sich dem Mittvierziger vorstellen mußte, damals nach seinem ersten kleinen Aufsatz, blieb er mit dem linken Fuß in den Fransen einer falschen Perserbrücke an der Tür des viel zu pompösen Dienstzimmers hängen, rutschte aus, fiel und schlitterte in mächtigem Schwung bis vor den hellen Kirschholzschreibtisch. «Kein so guter Anfang, was?» sagte er rasch, um die eigene Verlegenheit zu überspielen, und Wolfgang Leszek, ein tweedbespannter Teddy, hatte gegrinst: «Besser als beim Abgang zu stolpern.» Sie hatten beide gelacht.

In Schanghai hatte Wolfgang Leszek eine Wienerin kennengelernt, Dr. Stephanie Bornstein, eine in Innsbruck promovierte Kunsthistorikerin, die sich und ihren Mann, einen seinerzeit in Wien bekannten Kabarettisten, in der Emigration durchbringen mußte, indem sie im Schanghai-Museum den englischsprachigen Katalog ergänzte. Sie war eine filigran-zarte, winzige, flinke Person mit einer empfindlichen Porzellanhaut, ähnlich den damals von ihr betreuten Keramiken, einem Kopf voller kunstvoll aufgetürmter grauer Wipplöckchen und einer Vorliebe für weiße, plissierte Seidenjabots und schwarze Satinkostüme. Eine entzückende, in die Un-Zeit geratene Schnitzler-Figurine – ein Autor, den sie ständig zitierte, über den sie einen nicht enden wollenden Schatz von Anekdoten zur Verfügung hatte. Sie war die Unruhe des abgelegen in einer Etage der Taubenstraße untergebrachten Instituts, für Bernd die süchtig belauschte Inszenierung einer fernen fremden Welt: ob sie von den Wochenendausflügen erzählte, die «man» von Wien nach Venedig zu machen pflegte oder davon, daß Französisch zu sprechen in bürgerlichen Kreisen eine Selbstverständlichkeit gewesen war – «Was haben wir über Fehler im deutschen Proust gelacht, ein Ausruf bei einer Vernissage, ‹Un Monde, un Monde›, war mit ‹O Welt, O Welt› übersetzt statt mit ‹schrecklich überfüllt›». Venedig, Proust, Schanghai – Bernd war in Bilder und Gefühle gestürzt, die er aufregender fand als die Dias im weiß gekalkten, verdunkelten Seminarraum.

Hier hüpfte dieser schwarz-weiße Vogel umher und zwitscherte den ganzen Tag auf zwei Telefonen, die sie liebevoll im Arm durchs Zimmer trug, alte Kästen mit silbernen Hebelchen und Knöpfchen, auf denen sie so zärtlich spielte, als wolle sie Katzen zum Schnurren bringen. Das schnurrte und miaute den ganzen Tag, wobei sie es fertig brachte, ständig eine Zigarette zu balancieren, während die letzte vergessene noch ein weiteres kleines Loch in die Schreibtischplatte glühte. Stephanie Bornstein bestand darauf, schwerkrank zu sein, überall in ihrem chaotischen Büro lagen angeknabberte Zwiebäcke herum zwischen großen Thermosflaschen mit Tee. Das war Bernds Chance gewesen; denn Zwieback und Zigaretten waren knapp in Ostberlin, Tee gab es überhaupt nicht. Dr. Bornstein hatte zwar einen österreichischen Paß, aber sie fuhr nie nach Westberlin; wie die Parteirüge über Wolfgang Leszek lag über ihr und den Jahren in China – das letzte Land, das 1938 noch eine «Quota» für die bedrohten Juden eingeräumt hatte – etwas Unausgesprochenes, Dunkles. Ihr Mann – «Wir waren ein Jahr verheiratet, ich wußte gar nicht, daß er Kommunist war, damals in Wien waren alle alles: Freudanhänger oder Mahlerfeinde oder Schönbergverehrer oder eben Marxisten» – war von Schanghai als Kurier nach Moskau beordert worden und nie zurückgekehrt. Darüber wurde nicht gesprochen. Diese Menschen hatten Schatten. So brachte

Bernd ihr gelegentlich etwas Tee oder ein Paket Zwieback mit, auch mal «Aktive», wie die besseren Westzigaretten immer noch hießen, und ganz unverhohlenen Jubel hatte ein Karton Roger-Gallet-Seife ausgelöst, Bois de Santal.

Das alles war ein Spiel mit komplizierten Regeln. Zwischen den beiden Schanghai-Rückkehrern gab es die Gemeinsamkeit der vergangenen Elendsjahre und des Knicks in der politischen Biografie. Ein unsichtbares hohes Gericht hielt die ständig mögliche Bestrafung parat. Auf makabre Weise verlieh die Gefahr eines besonders strengen Urteils – etwa Parteiausschluß, gleichbedeutend mit völligem Zusammenbruch der Existenz – einen gewissen Adel; es war die erlesene Gefahr für auserwählte Genossen, wie einst Tuberkulose die elegante Krankheit der besseren Bürger. So war Wolfgang Leszek der Chef von Stephanie Bornstein geworden. Er spielte mit ihr, ein melancholischer Bär mit einer possierlichen Maus. Die Mäanderlinien der Komplicenschaft waren aber noch verschlungener.

In listiger Unschuld hatte Bernd gleich zu Beginn von seiner Freundschaft mit den Bärenbachs gesprochen – und die winzige Atempause bei Wolfgang Leszek wohl wahrgenommen; Dr. Bärenbach war ein berühmter Mann mit hohen Verbindungen und ohne Schatten, allein das Wort «Karlshorst» signalisierte anderes als eine Wohnadresse. Es gab ein ameisengenau funktionierendes Codesystem in diesem entstehenden kommunistischen Staat, damit genaues Abbild der denunzierten westlichen Klassengesellschaft, in der «Avenue Foch» oder «5th Avenue» oder «Eaton Square» auch nicht eine bloße Adresse waren. Ganz genau wußte das Bernd noch nicht – doch was er wußte, setzte er schamlos ein. Diese beiden Entronnenen mochten den ehrgeizigen, frechen Weststudenten mit der gerüchtedunklen Verbindung zu höchster Parteiprominenz. Diese beiden unter der Drohung Lebenden brauchten ihn aber auch, denn sie waren zur Bewährung verurteilt. Das war ihnen allen nützlich. Bernd hatte kürzlich einen kleinen Artikel über die Peu-Richard-Keramik gebracht, deren mit Rillen- oder Bandmustern verzierte Exponate, 3. Jahrtausend vor Christi Geburt und namengebend für eine französische Kultur des späten Neolithikums, in der projektierten Vierteljahresschrift nur durch seltene Aufnahmen zu illustrieren waren; solche Aufnahmen hatte er aus dem Maison de France am Kurfürstendamm besorgt und gleich beigelegt. Nicht nur vom Schwarzmarkt wußte Bernd, wie man etwas verkauft. Er war kein Erpresser, aber er setzte seinen Preis hoch.

«Ich brauche eine Wohnung», hatte er im Anschluß an die Projektsitzung gesagt, «ich will weg aus Westberlin. Ihr müßt mir dabei helfen. Ich ziehe in kein Studentenheim. Eine winzige, kleine eigene Wohnung will ich, egal wo. Wer aus dem Westen zuzieht, hat da doch gewisse Vergünstigungen?» Sie waren zwar aus dem fernen Osten zugezogen, aber Stephanie wie Wolfgang wußten, was er meinte. Den silbernen Vierfarbstift.

«Ein Schloß, Mensch, Schorschi, ein richtiges Schloß» – Bernd jubelte, ein beschenktes Kind in seiner glückserfüllten Habgier. Er tanzte durch die Wohnung. Zum erstenmal in seinem Leben besaß er etwas Eigenes, etwas, darüber nur er verfügen konnte: Eineinhalb Zimmer, Küche, Bad, Balkon. Für eine Künstlerkolonie war in den dreißiger Jahren diese kleine Siedlung im Zentrum Berlins entstanden, moderne funktionale Wohnungen um einen Innenhof gruppiert. Die Friedrichstraße Nr. 129 war nicht eigentlich eine Straße, eher eine Mischung aus Hinterhof und Platz, mit alten Kastanien bestanden, eine Art Toreinfahrt ging zur Friedrichstraße, man war in wenigen Minuten im Deutschen Theater oder im Berliner Ensemble oder in der Oper, die im alten Admiralspalastkino untergebracht war. Zur Uni, zum Archäologischen Institut, zum geliebten vermufften Tageskino – alles ein «Katzensprung».

«Und niemand kann mich mehr anöden ‹Mach das Licht im Flur aus› oder ‹Du hast im Bad Wasser laufen lassen› – ich mach jetzt erst mal sämtliche Lampen an und drehe alle Wasserhähne auf und das brennt und rauscht die ganze Nacht.» Viel mehr als Lampen gab es im «Schloß» noch nicht und Georg Müller, genannt Schorschi, sollte beim Einrichten helfen. Es war Bernds neuer Freund, ein gleichaltriger Kommilitone, den er bei der Einführung in den Materialismus kennengelernt hatte; das war die einzige übergreifende Vorlesung, die von Studenten der verschiedenen Disziplinen besucht wurde. Schorschi war Germanist. Die Freundschaft basierte auf einem Irrtum. Bernd hatte den ungelenk wirkenden, quadratschädeligen und immer allein sitzenden Burschen schon länger beobachtet und sich im stillen über ihn lustig gemacht – seine billige Aktentasche aus imitiertem Preßleder, graue Sandalen und eine schlabberige Strickjacke mit so großen Holzknöpfen, daß sie gähnende Löcher gerissen hatten. Der ganze Mann war irgendwie falsch zusammengewachsen, das dünne blonde Haar zu kurz und brav gescheitelt, Schultern und Hände zu mächtig und die enorme viereckige Stirn sah sinnlos kämpferisch aus. Nur das vorspringende Kinn verlieh dem Gesicht etwas Zupackend-Genießerisches. Bernd bemerkte aber auch, daß dieser Student zwar linkisch, aber nicht mürrisch war; er schien nicht eifervoll Kontakt zu suchen, setzte sich stets abseits, eher diskret als verdrossen. Eines Tages erschien er in einer besonders scheußlichen neuen Jacke, offenbar teuer im Westen erstanden, ein Ding aus gelbem Cordsamt mit olivgrünen Strickbünden an Kragen und Ärmeln, die dem sonst so selbstverständlich ernsten Kerl einen Ton des Tangobubihaften verlieh. Bernd konnte gar nicht wegsehen von diesem lächerlichen Fetzen. «Was haben Sie für eine todschicke Jacke an», sagte er beim Hinausgehen, «sieht ja toll aus.» Das Gesicht des Kommilitonen riß auf. «Wirklich, finden Sie das wirklich? Daß ausgerechnet Sie das sagen.» Bernd schämte sich, er war in Sekundenschnelle umgekrempelt von dieser arglosen Freude über seine Gemeinheit. «Wissen Sie, Sie sind doch Westberliner, hat man mir erzählt» – das klang so, als sei Bernd zuständig für jede Kleiderordnung. Bernd war reichlich verblüfft über diese unerwartete Kompetenz – und darüber, daß irgendwer offenbar über ihn geredet hatte. Aber der stolze Jackenbesitzer ließ ihn nicht zu Wort kommen. «Sie werden lachen, aber jetzt kann ich es Ihnen ja sagen: Ich hab die Jacke für ein Vermögen gekauft, drüben, verstehen Sie, und hab dabei allen Ernstes gedacht, ob der die wohl gut finden wird? Der – sind Sie.»

Eine kleine Liebeserklärung – unter Männern. Die

Einfachheit, mit der da jemand auch nicht die geringste Sorge hatte, sich etwas zu vergeben, aber auch nicht den geringsten Verdacht, belogen worden zu sein, stülpte Bernd um. Der hatte wohl keinen Geschmack, war aber kein Simpel, war nur ehrlich. Eigentlich war die Jacke gar nicht so häßlich.

«Haben Sie was vor jetzt oder wollen wir zusammen essen?» – «Nein, vor habe ich nichts, Vorlesung ist ja erst wieder um drei – aber essen, wissen Sie . . .» Bernd begriff das Zögern. «Quatsch», sagte er, «ich habe auch kein Geld. Ich wohne zwar im Westen, aber ohne Dollarpapa. Aber ich verdiene ein bißchen – los, ich lade Sie ein, hier Unter den Linden hat ein neues HO-Lokal aufgemacht, da kann man ohne Marken essen. Wir probieren das mal.» Eine Mischung aus schlechtem Gewissen, Angeberei, aber auch Werben um jemanden, den er jäh sehr sympathisch fand. Vielleicht wäre das endlich jemand hier an der Uni?

«Das ist ja seltsam, was Sie da erzählen – übrigens, ich heiße Müller, Georg Müller», sagte der Jackenmann vor einem großen tschechischen Pilsner, dessen Schaum ihm einen lustigen Schnurrbart aufgeklebt hatte, «oder vielleicht sollte ich besser sagen, ich bin seltsam, weil ich automatisch Westen mit Geld gleichsetze. Ich dachte immer, Sie hätten Geld – auch wegen der Kleidung. Und nun sagen Sie, Sie *verdienen* Geld – ja, wie denn das? Studenten verdienen doch nichts. Arbeiten Sie denn irgendwas?» Was Bernd ihm dann bei dem markenfreien Gulasch mit pappigem Reis und einem ertrunkenen Salat erzählte, war für seinen neuen Freund geradezu abenteuerlich. Ein Student, der regelmäßig ‹ins Büro› geht, der andauernd schwänzt, der lieber liest als Vorlesungen hört oder am Tage im Kino sitzt. «Und wie machen *Sie* das, haben Sie ein Stipendium?» Bernd fand rasch heraus, daß er einen Antipoden kennengelernt hatte. Konsequenz einer Unaufrichtigkeit. Georg Müller war der Sohn eines sächsischen Eisenbahnwärters, hatte als Holzfäller gearbeitet, dann in Crimmitschau einen russischen Dolmetscherkursus glanzvoll absolviert und war dabei dem sowjetischen Lehrgangsleiter aufgefallen. «Holzfäller, Du studierst», hatte der Major gesagt und sich dafür eingesetzt. Georg Müller war, was Bernd bisher nur als Gattungsbezeichnung kannte, ein Arbeiterstudent.

Alles an diesem Mann war anders, fremd und richtig zugleich. Er hatte kein Abitur, er war bis vor einem Jahr noch nie in einer größeren Stadt gewesen und er hatte noch nie mit einer Frau geschlafen. «Wissen Sie, daß ich Berlin gar nicht richtig kenne, mich auch immer noch verfahre, falsch umsteige oder die Busnummern verwechsle? Mir ist diese Menge Menschen fremd und manchmal macht sie mir auch angst. Wie soll man da überhaupt mit jemandem sprechen? Ich habe Sie ja auch schon eine Weile beobachtet – aber nie hätte ich es fertiggekriegt, Sie einfach anzusprechen. Und eine Frau – schon gar nicht. Es ist blöd, immer nur arbeiten – aber ich wüßte nicht mal, wie man das macht mit Huren oder so, obwohl ich schon oft dran gedacht habe.» Bernd kam sich vor wie ein bunter, lockerer Vogel, er fühlte sich keineswegs überlegen, als er erzählte, er lebe schon seit längerer Zeit mit einer verheirateten Frau; er konnte es nicht recht benennen, warum er sich fast unterlegen vorkam gegenüber Schorschis Geradlinigkeit; ihm kam vieles an sich selber flatterhaft, vertänzelt vor, unernst und hurtig. Alles war zu früh bei ihm, nicht ausgereift, nicht organisch gewachsen: schon als Kind ohne Eltern, schon als Knabe eine Geliebte, schon als Student Arbeit und Wohnung.

In der standen sie nun, reichlich albern. Schorschi und Bernd sahen sich fast täglich, der eine erzählte von der Romantik, die er besonders liebte, vom «Goldenen Topf», «Klein Zaches», «Undine» und «Kater Murr», der andere von den Etruskern, die er gerade zu entdecken begann. Schorschi wollte ihn unbedingt überreden, Russisch zu lernen. «Wo Du nun nach Rußland gezogen bist.»

Vorerst mußte sein russisches Schloß erst mal aufgedonnert werden, wie Bernd das nannte. «Da laß mal 'n alten Holzfäller ran», hatte Schorschi ohne Umschweife erklärt, «ich möchte doch wetten, daß Du nicht Gardinen aufhängen kannst.» Auf die war Bernd nämlich besonders stolz – er hatte sich im Westen billigen Kleiderstoff gekauft, dunkelbraunen, dünnen Cordsamt, und daraus Gardinen nähen lassen –, wenn man sie zuzog, sähe die ganze Wand wie mit Samt bespannt aus. Die dem Fenster gegenüberliegende Wand wurde beklebt mit einer Riesenvergrößerung von Hieronymus Boschs «Das jüngste Gericht», zur Zeit Bernds Lieblingsbild; das war Yvonnes Einstandsgeschenk – ihr Vater hatte die Fotografie und Vergrößerung hergestellt. «Irgendwo muß ich noch eine ordentliche Couch und viele Blumenkübel erjagen», meinte Bernd, «mehr ist im Moment nicht drin fürn Salong.»

Die Blumen brachten ihm die Kommilitonen mit. Denn durch die Freundschaft mit Schorschi hatten beide mühelos andere Studenten kennengelernt: Gerda, eine patente, dickliche und offenbar in Schorschi verschossene Theaterwissenschaftlerin mit puppenhaft winzigen Ohren und Nase und leicht hervorquellenden Augen; Ute, eine Kunststudentin, die bereits in der «BZ am Abend» ein paar Ausstellungsberichte veröffentlicht hatte und über die der Klatsch wissen wollte, sie habe ein Verhältnis mit dem smarten Materialismus-Dozenten – ein großes vollbusiges Mädchen, das sich ständig in den Hüften zu wiegen schien und das vor allem durch eine höchst kunstvoll ineinandergeflochtene, dichte schwarze Haarkrone auffiel, die sie größer wirken ließ. Ein Archäologiekollege hatte Bernd kürzlich mächtig imponiert, weil der – daher auch sein Interesse daran – nur mit einem Zettel in der Hand, ohne ausgearbeitetes Manuskript, ein Fünfundvierzig-Minuten-Referat über die Etrusker frei sprechend bewältigte. «Mein Gott, woher wissen Sie das alles, so aus dem Kopf», diesmal log Bernd nicht, als er den Kommilitonen ansprach. Aber das Wunder ließ sich erklären. «Na hören Sie mal, ich habe immerhin bald zehn Semester auf dem Buckel, irgendetwas muß doch hängenbleiben, nein? Ich wundere mich umgekehrt über Sie – Sie sind doch Erst- oder Zweitsemester, nicht wahr? Dies ist doch ein viel zu schwerer Kurs für Sie? Entweder sind Sie ein Genie oder ein Hochstapler. Aber immerhin, Ihr Referat neulich war dufte.» – «Also einigen wir uns auf genialen Hochstapler, ja?» Sie sprachen jetzt öfter miteinander, und Bernd machte kein Hehl daraus, daß er den Älteren bewunderte, obwohl ihm nicht klar war, was ein Archäologe am Rundfunk wollte – das war nämlich Joachim Stehlers Berufsziel.

«Volle Pulle» hatte Bernd seinen Einstand getauft und richtige kleine Einladungsbriefe verschickt, fünfzehn insgesamt. Die Badewanne war halb voll Kartoffelsalat, in der Küche stapelten sich Bier und ein paar Flaschen Wein, obendrauf das Juwel: eine Flasche Wodka. Die brave Gerda hatte Bernds Blumenkübelwunsch verbreitet und kam nun, eine große Philodendronpflanze balancierend, als erste die Treppe herauf, hinter sich einen «schwankenden Wald von Birnam», wie sie die Gummibäume und Zimmerlinden und Kentiapalmen schleppenden Kommilitonen bildungsbeflissen nannte. «Du hast eine große Karriere als Souffleuse vor Dir, mein Schatz» – Schorschi pflegte sie ziemlich grob zu necken, seine Form, sich dem Pummel zu entziehen. S- und U-Bahn waren ihm unheimlich – Frauen auch. Wie eine Schutzhaut zog er sich einen Alkoholnebel über; zwar waren alle bald betrunken, Bier und Schnaps und Wein durcheinander und schließlich noch drei Flaschen roten Krimsekt, den der ältere Archäologiestudent und zwei seiner Freunde mitgebracht hatten – die Korken schossen sie vom Balkon in den Himmel. Immer und immer wieder spielten sie Lys Assias «O mein Papa» und tanzten zwischen den großen Pflanzen, am wildesten Ute. Sie hatte ihr Haar aufgelöst und wirbelte die lange Mähne zwischen Pflanzen und Männern, ein Torero mit schwarzem Tuch, die Stiere lockend und ihnen mit Hüftschwung ausweichend.

Schorschi war schon vor Mitternacht verschwunden – bis Bernd ihn fand, nackt in der Badewanne zwischen den Kartoffelsalatresten schlafend, eine dünne Rotzbahn lief aus seiner Nase in die getrockneten Senfflecke um den Mund. Erst die kalte Dusche weckte ihn, aber «Scheiße, Mensch, ich hab genug», brummelnd torkelte er in Bernds Bett, fand sich mit Mühe und Not in einem von Bernds Pyjamas zurecht. Gegen zwei Uhr früh waren alle gegangen – nur Ute nicht. Sie war überdreht, tanzte ohne Schuhe, allein, mit erhobenen Armen das Haar zu einem Schleier auffächernd, sprang auf die Couch und sang «Ich bin die fesche Lola, der Liebling der Säsong . . .» gegen eine alte Platte an, auf der Marlene ihren populärsten Schlager rauchte. «Isn hier los?» – Schorschi stand im Zimmer, in weinrot-grauen Flanellhosen, die zu eng und zu kurz wie gestreifte lange Unterhosen an ihm klebten und die nur sein Ständer daran hinderte, hinunterzurutschen. «Na, hier ist es ja jetzt gemütlich, kein Wunder, daß ich wach werde.»

Es hatte aber die Wirkung der Nadel, die in einen Ballon sticht – die Luft war raus. Zu trinken gab es nichts mehr, niemand legte eine neue Platte auf, Ute begann, sich mit nachlässiger Selbstverständlichkeit auszuziehen, mit der graziösen Sanftheit einer großen Katze, Schorschi kratzte sich an den Beinen und Bernd suchte in den zerquetschten Päckchen nach einer letzten Zigarette. Ihr Übermut war Asche, Beklemmung, Ratlosigkeit. Keiner wußte so recht, wie es weitergehen sollte. Schließlich stand Bernd auf und holte das Bettzeug aus dem Schlafzimmer. «Hier, Ute, Du kannst hier schlafen. Ich hab drüben noch eine große Wolldecke, die können Schorschi und ich uns teilen. War 'n schönes Fest.»

Natürlich konnten die beiden keineswegs sofort einschlafen. «Mensch, Bernd, das war doch nun klar. Toller Busen. Aber was ist denn mit Dir, willst Du nicht oder kannst Du nicht? Ist ja nun wieder ulkig –

die will mit Dir pennen und ich liege hier und hab' einen Steifen. Soll ich Dir helfen?» Bernd verstand das Angebot nicht. In seinem Kopf schaukelten die Bilder durcheinander – Utes schwarze Lockmähne, Schorschis grau-rot gestreifter Flanellschwanz, der rote Sektschaum auf dem Balkon, nach dessen süßlichem Parfum er aufstieß, und der Aufmarsch der Gummibäume im Treppenhaus. «Mensch, ich schlaf nicht mit andern Frauen, verstehst Du das nicht? Es ist gar nicht Treue oder so», komisch, das konnte er ganz klar denken, «Treue muß man sich ja vornehmen, ist so was wie ein Willensakt. Bei mir ist das anders. Es ist außerhalb meiner Phantasie, mit der kann ich eine andre Frau nicht mal streicheln. Ich nehme mir gar nichts vor – aber ich *kann* gar nicht. Da züngelt nichts. Es gibt für mich nur eine Frau, meine.»

Die beiden lagen, Löffelchen in Löffelchen, und trieben in den Schlaf. «Du bist und bleibst eine komische Nudel. Ganz ist mir das ja nicht klar, Deine Frauengeschichte. Ich denke immer: Loch ist Loch.»

Bernd war angekommen. Ein Pfeil, der sich selber ins Schwarze geschnellt hatte, noch zitterte von der Anstrengung, vor Begierde. Oder zitterte in ihm etwas anderes? Wohnung und Studium und Freund und die erste Sprosse der Karriereleiter. Und Yvonne. Woher die Unruhe, die in ihm pochte?

Sein Lebensgefühl hatte sich verdreht. Die Uhr des Jahres 1950 zeigte jetzt in umgekehrte Richtung, wenn er die Trümmermauer des früher so prächtigen Hertie-Kaufhauses in der Leipziger Straße zum Potsdamer Platz entlangging. Die Wechselstuben und Nackedeiheftchen, die Schokoladenbuden und

Tabakkioske waren nun Ziel einer Expedition in die Fremde. Früher nur komisch, picklig-farbiger Teil seiner Welt, Hautausschlag der Stadt Berlin; nun mit bösen Lefzen grinsend, von vulgärer Feindlichkeit. Als habe er eine Stimmgabel am unteren Ende angeschlagen klangen alle Töne in Bernds Leben anders.

Auch im FDJ-Zimmer, diesem Taubenschlag in der Uni. «Hör mal, Jugendfreund, Du mußt Dein Mitgliedsabzeichen tragen», herrschte ihn ein langer Dünner an, «Du darfst hier nicht rumlaufen wie und wann Du willst. Du hast auch ab jetzt regelmäßig Donnerstag an unseren Sitzungen teilzunehmen, abends ab sechs.» Bernd war in Sekunden voll ohrenrauschendem Zorn, eine Welle von Wut schäumte über seinen Kopf, drückte alle Vernunft heraus. «So – ich muß, ich darf nicht und ich habe? Und wer, bitte sehr, bist Du überhaupt? Sind wir hier in der HJ und Du bist mein Fähnleinführer oder wie? Damit das ein für alle Mal klar ist – ich muß überhaupt nichts, und ich darf, was ich will. Guten Morgen, meine Herren.» Wie war das noch gewesen, dieser Satz mit dem Brot? Er sah die Kommilitonen noch gelegentlich, die so verblüfft abweisend damals reagiert hatten, «die zwei Reaktionäre».

Schorschi erzählte ihm am nächsten Tag, daß die Sensation bis zu den Germanisten gefunkt worden war, daß es irgendeine geheimnisvolle Leitungssitzung gegeben habe, schon am Morgen, und daß die Affäre gewiß noch Folgen haben werde. «Aber was für Folgen denn? In meinen Zulassungspapieren steht nichts von FDJ, Geld kriege ich auch keins – also dann eben ohne die» – Bernd brauste selbst jetzt noch auf. Eine Woche später kam im Seminar ein etwas älterer

Student, den er nur vom Sehen kannte, zu ihm. «Sag mal, Jugendfreund Walther, wir haben da morgen abend eine Diskussion über Dich und Deine Faschismus-Unterstellungen. Es wäre wohl richtig, wenn Du da anwesend wärst.» Das war so grau gesagt, daß es Bernd nicht klar war, ob man ihn vor ein Gericht zitieren oder zu einer Debatte einladen wollte. «Natürlich unterhalte ich mich gerne mit Euch. Ich weiß zwar nicht, was Du mit Faschismus und Unterstellungen meinst, aber gut. Ich bin da.»

Feindseligkeit bestimmte anderentags die Atmosphäre. Von seinen Freunden war niemand da, die gehörten alle zu anderen Studiengängen. Die Archäologen waren ohnehin ein kleiner Haufen innerhalb des Fachs Kunstgeschichte, und die meisten waren älter, wie der mit dem Etrusker-Krimsekt. Die Begrüßung war dünn. Der lange Hagere begann sofort mit großer Schärfe vorzutragen, daß man wohl Disziplinarmaßnahmen überlegen müsse. «Wir können nicht hinnehmen, daß ein Jugendfreund die FDJ mit der HJ gleichsetzt.»

«Moment mal», unterbrach Bernd ganz schnell, «ich weiß zwar nicht, was Disziplinarmaßnahmen sind, aber ich weiß, was ich gesagt habe. Das nämlich nicht.» – «Du hast mich Fähnleinführer genannt.»

«Also wollen wir uns vernünftig unterhalten oder wollen wir Streit? Ich sage sogar gerne: es tut mir leid, wenn Du das so aufgefaßt hast. Aber *gesagt* habe ich was anderes. Nämlich, daß ich mich nicht herumkommandieren lasse, und *gefragt* – nix gleichgesetzt – habe ich, ob wir hier eigentlich in der HJ sind . . .» – «Ja, eben, das ist doch unzumutbar, das muß nicht nur zurückgewiesen werden», mischte sich jetzt der Student ein, der ihn eingeladen hatte. «Zurückgewiesen werden muß gar nichts.» Bernd spürte, wie diese Wutwelle in ihm hochstieg, «weil man nur etwas zurückweisen kann, was jemand behauptet hat. Wenn Ihr richtig zuhören könnt, oder wollt, heißt meine Formulierung ja genau das Gegenteil: daß für mich, für mein Verständnis, die FDJ eben *nicht* ähnlich ist der HJ.»

«Wir sind hier nicht bei den Jesuiten, sind auch nicht im Westen . . .» Da wars. Da war es ausgesprochen. Hier galt also anderes Maß? Gab es eine West- und eine Ost-FDJ? Hatte man ihn ertragen, mit seinen karierten Söckchen und Kreppsohlen und ohne Abzeichen, solange er der «Jugendfreund West» war? «Ich seh hier auch wenig betende Hände», meinte Bernd schnippisch, «und in welchem Stadtteil die Humboldt-Universität liegt, weiß ich auch. Was sollen die albernen Belehrungen? Was soll überhaupt das Ganze?»

«Hör mal, Jugendfreund», sagte jetzt eine sehr hübsche junge Kommilitonin, deren kupferrotes Haar Bernd schon oft in Vorlesungen oder bei der Einführung in den Materialismus aufgefallen war; Schorschi hatte da auch schon Feuer gefangen und amüsiert das Berechnende der Person bemerkt, ihre eng anliegenden grünen Pullover oder ein schalartiges, großes grünes Umhängetuch – immer den Kontrast zu dem herrlichen Flammenschopf betonend –, «Hör mal, Dir ist wohl der Ernst der Situation nicht klar. Wir sind hier nicht irgendein Verein, in dem jeder machen kann, was er will.» Sie hat auch eine ‹rote Stimme›, schoß es Bernd durch den Kopf, scharf, aggressiv, metallisch. «Die FDJ ist so etwas wie eine politische Partei und hier wird Disziplin verlangt.»

«Irgendeiner spinnt hier.» Jetzt war Bernds Stimme auch ziemlich schrill, und er sprach viel zu schnell wie immer, wenn er aufgeregt war. Durch einen Doppelhall, ähnlich wie bei falsch geschalteten Lautsprechern, hörte er sich selber: «Wenn ich nämlich in eine politische Partei eintreten will, dann trete ich in eine politische Partei ein. Ihr habt ja nicht alle Tassen im Schrank, was? Disziplin? Wo steht das? In welchen Statuten? Ich hab nix mit Disziplin unterschrieben, das Wort kommt in meinem Fremdwörterbuch nicht vor. Ich bin doch nicht meschugge. Ihr wollt wohl demnächst die Leute stramm stehen lassen oder was?»

Niemand sagte ein Wort. Da kam aus der hinteren Hälfte des Raumes, zwischen den Aktenregalen und Schreibmaschinentischen ein junger Bursche mit strubbeligem Haar hervor, der hatte fast die ganze linke Hälfte seines Gesichts entstellt durch violettroten Blutschwamm, was ihm ein seltsam gutmütiges, behagliches Mienenspiel verlieh. ‹Absonderlich›, dachte Bernd, ‹er sieht ja ganz absonderlich aus – er hält die Hände wie auf seinem Parteiabzeichen, als gäben sich zwei fremde Menschen die Hand.› – «Also gut», klappten scherenscharf die Worte aus diesem freundlich unbewegten Gesicht –, «Du mußt Dir klar werden, wohin Du gehörst. Bist Du einer von uns – oder willst Du Extrawürste gebraten haben. Die Zeit der Extrawürste ist vorbei.»

«Also gut», äffte Bernd die Scherenworte nach, «ich bin in diesen Laden eingetreten aus Vergnügen, aus eigener Initiative, dort, wo man diesen Verein überhaupt erst suchen mußte; nämlich im amerikanischen Sektor. Ich habe da eine ganze Menge gearbeitet, schon als Schüler, wie Ihr wohl wißt, und hatte mir vorgestellt, hier an der Uni viel Spaß dabei zu haben, zu lernen, vielleicht auch mal selber solch einen Abend zu machen über Geschichte der Arbeiterbewegung – das ist ja so ein Thema von mir.» Bernd wußte in dem Augenblick nicht, ob er bewußt diese Drohwaffe hervorgeholt hatte, diese hier gewiß als Gerücht bekannte Verbindung zu einflußreichen Leuten. «Politik – na klar. Deswegen bin ich ja hier und nicht anderswo – aber auch Spiel und Gemeinsamkeit und Spaß. Aber Partei und Disziplin und Du mußt und Du darfst nicht – nicht mit mir. Extrawürste hin und her: da bin ich wohl in der falschen Würstchenbude gelandet. Muß ja alles nicht sein. Also gut, hast Du eben gesagt – aber übrigens nicht, wer Du überhaupt bist – also schlecht; offenbar bin ich dann keiner von Euch. Hier ist das kleine blaue Heft, mein Mitgliedsbuch, das sah wohl dann im Westen auch anders aus. Ihr könnt's behalten. Ich trete aus aus Eurem Verein.»

«Ich heiße Bernhard Franke und bin der Sekretär der SED hier an der Uni.» Das paßte gar nicht mehr – aber niemand reagierte. Das kleine blaue Kalikoheft lag auf einem Pulttisch vor Bernd. «Na, da hast Du ja heute tolle Arbeit geleistet», sagte er und ging.

Bernds Leben glitt aus dem Gleichgewicht, er jonglierte mit zu vielen Bällen, die sich bald nicht mehr in der Luft halten ließen, ihm vor die Füße platschten. Im Institut galt er als guter Student, an der Uni war der Rumor seiner erfolgreichen Institutsarbeit sein Schirm und an beiden Arbeitsstätten schützte ihn die allen unklare, aber überall herumgeklatschte Beziehung zu hohen Funktionären. Mit seinem Chef

Leszek verband ihn ein Komplott, das sogar den spektakulären FDJ-Austritt trug wie ein Brückenpfeiler: Bernd hatte vor kurzem gefragt, ob er Koestlers «Sonnenfinsternis» kenne und der von einer Parteirüge bedrohte Genosse hatte gesagt, «Das werde ich nie lesen» – in einem Ton, mit einem Gesicht, die Bernd richtig verstand als «das werde ich nie zu lesen kriegen, nie lesen dürfen». Kurz darauf legte Bernd in einem verschlossenen Umschlag das kleine, grellbunte Taschenbuch während einer Sitzung auf Wolfgang Leszeks Schreibtisch. An einem Sonntag hatte er ihn in seiner gemütlich-verkramten Junggesellenwohnung besucht, weil sie ein besonders schwieriges Thema der minoischen Kleinplastik für die geplante Zeitschrift besprechen wollten.

Sie hatten sich gegenseitig einen amüsanten Streit versprochen, weil die Forschung keine exakte Antwort auf die Frage hatte, ob die Hieroglyphenschrift der rassisch stark gemischten Kreter nun einer semitischen oder anatolischen oder frühgriechischen Sprache zuzuordnen sei. «Ich bin auch rassisch sehr gemischt und schwer zu entziffern», hatte Wolfgang Leszek ihn begrüßt, sich in seinem braunen Trainingsanzug grinsend zwischen die Sofakissen gelümmelt und Bernd das Buch zurückgegeben – «wie das da; das ich nie gelesen habe». Beide hatten schweigend verstanden. Diese listige Gemütlichkeit bewahrte Bernd jetzt vor unangenehmen FDJ-Diskussionen im Institut.

Mit Yvonne wurde es ein lastender Abend. Er kannte das schon: wenn sie stakste statt glitt, mit dem linken Daumen unter der Hand weg jenen Ring am Ringfinger drehte und drehte und drehte – dann leitete sie eine Unrast ab, die sie sich nicht eingestehen mochte. Als Bernd die Stufen zur «Laube» heraufschlich, hörte er Lotte Lenya Brechts Ballade «Vom ertrunkenen Mädchen» singen; das war ein Zeichen. Yvonne wollte ihm verzeihen, sie wußte, daß er dieses Lied liebte; statt Attacke signalisierte sie Gemeinsamkeit, Weichheit. Mit jeder Stufe stieg aber auch der Ärger in Bernd hoch – er wollte sich nichts «vergeben» lassen, ihm war die Zärtlichkeit klebrig. So gab er nur nach, gab nicht sich – ein winzig kleiner Willensakt statt der großen Unersättlichkeit. Als er bei ihr lag, ging ihm durch den Kopf, wie sehr es ihn störte, daß in seinem Kamm immer Haare von ihr klebten. Erst als sie zu sprechen begann, war Bernd da. Sie hatte eine andere Platte aufgelegt, Ernst Buschs zart klirrende Metallstimme hißte die Flaggen der Geschichte, die mit seinen Kampfworten zu ihm herüberwehten: «Spaniens Himmel breitet seine Sterne über unsre Schützengräben aus. Und der Morgen grüßt schon aus der Ferne, bald geht es zum neuen Kampf hinaus. Die Heimat ist weit, doch wir sind bereit. Wir kämpfen und siegen für Dich, Freiheit.» Die Glut von Yvonnes Zigarette irrlichterte im Aquarium, sie begann leise zu sprechen.

«In mir ist eine seltsam ziehende Angst. Dabei weiß ich gar nicht, hat sie mit dem Lied zu tun oder mit uns. Plötzlich erinnere ich mich daran, was meine Mutter erzählte: wie eine etwa siebenjährige Nachbarstochter, von uns oft gehätschelt und mit kleinen Geschenken verwöhnt, meinen Vater unbedingt mit ‹Heil Hitler› begrüßen und ihm vorsingen wollte, ‹Als die goldne Abendsonne sandte ihren letzten Schein, zog ein Regiment von Hitler in das kleine Städtchen ein›.

Mein Vater, damals noch Fotograf im jüdischen Kulturbund, war gerade von der Beerdigung Max Liebermanns gekommen, Februar 1935; Publikum war verboten, aber er hatte heimlich Aufnahmen gemacht, von den sieben Menschen hinter dem Sarg, von der Witwe, dem Rabbiner, einem Anwalt. Die Fotos – heimlich per Diplomatenkurier außer Landes geschmuggelt – gingen um die Welt.»

«Aber Yvonne, Du erzählst in einem Satz wieder zuviel, versteh doch, daß ich's nicht verstehe.» Bernd war ganz wach – die Gier, die ihn verlassen hatte, kam als Welle von Neugier zurück; eine hirnliche Zärtlichkeit statt der von Haut und Haar.

«Es ist zuviel, Lieber, es sind lauter doppelt und dreifach belichtete Fotos, die meine Traurigkeit aus dem Gedächtnis schöpft. Ein Obernazi, Staatskommissar Hinkel vom Reichsministerium für Volksbildung und Propaganda, war der Schirmherr dieses makabren jüdischen Kulturbundes – ‹Der Jude Abraham Aron ist berechtigt, im Bereich des jüdischen Kulturbundes fotografische Aufnahmen zu machen› stand auf Papas Ausweis, ‹gezeichnet Hinkel›. Liebermann war aus der Akademie, deren Präsidentschaft er 1932 niedergelegt hatte, gleich zu Beginn der Naziherrschaft ausgetreten. Deswegen mußte der weltberühmte Mann – einen alten Baum kann man nicht mehr verpflanzen; mit diesen Worten hatte er die Emigration abgelehnt – auf dem Friedhof am Senefelder Platz verscharrt statt beerdigt werden. Einer seiner Kollegen, Emil Nolde, fand es passend und angebracht, dem Reichspropagandaminister Goebbels zu dieser Zeit zu schreiben, er habe schon vor Beginn der Nationalsozialistischen Bewegung als fast einziger deutscher Künstler in offenem Kampf gegen die Überfremdung der deutschen Kunst, gegen das unsaubere Kunsthändlertum und gegen die Machenschaften der Liebermann- und Cassirer-Zeit gekämpft. Liebermanns Witwe schluckte übrigens Gift, als man sie wenige Jahre später in den Zug fürs KZ verfrachtete. Kurz zuvor hatte sie noch entsetzt mitangesehen, wie ein Kind neben seiner Mutter hopste, lachte und lustig herumsprang – es hielt die Deportation für ein Spiel.

Max Liebermanns berühmtes Bild ‹Fischmarkt in Amsterdam› verbrannte im November 1938 in der Berliner Synagoge – 176 brannten in Deutschland. Am Tage zuvor begrüßte Renate von nebenan meinen Vater mit ‹Heil Hitler›, weil sie in der Schule und beim Spielen auf der Straße das sentimentale Lied gehört hatte; und am Tage danach sitzt Herr Hinkel mit ausländischen Journalisten in der Loge des Jüdischen Theaters, um der Weltpresse zu zeigen, es ginge alles seinen normalen Gang. Die jüdische Hauptdarstellerin Elfriede Borodin mußte zwischen den Auftritten dieser Komödie Herzspritzen bekommen, der Leiter Fritz Wisten war 24 Stunden vorher aus dem KZ Sachsenhausen wieder herbeigeschleppt worden – Papa hat ihn noch am Abend, kahl geschoren und um Jahre gealtert, fotografiert.»

«Fritz Wisten? Den kenne ich doch?» Bernd rettete sein Entsetzen ins Neugierig-Sachliche. «Ist der jetzt nicht Intendant der Volksbühne? Das ist ja verrückt. Seine Tochter studiert bei uns Theaterwissenschaft; sie macht aber einen sehr reichen Eindruck, Haus am Schlachtensee und so . . .»

«Ja, Wistens Frau, eine, wie man damals sagte ‹arische› ehemalige Schauspielerin, hat Geld. Beides – und daß sie mit Emmy Sonnemann, Görings Frau, einmal auf der Bühne gestanden hatte, bewahrte Wisten vor dem endgültigen Verschwinden im KZ. Es war anders und ähnlich bei uns. Papa und mein Bruder mit dem Gelben Stern, Mama konnte ihnen nicht mal zu Weihnachten eine Freude machen. Als sie Heiligabend in der Sophienkirche Ruhe finden wollten, schreitet der Pastor von den Altarstufen herab, auf sie – die deutsche Frau mit den Sternträgern – zu, breitet die Arme aus: aber nicht Segen spendend, sondern sie aus ‹seinem› Hause weisend. Das Haus, in dem der Spruch, Eli, Eli, lama asaftani – Gott, mein Gott, warum hast Du mich verlassen – ein so häufig interpretiertes Predigtmotto war.»

Bernd war ganz Igel, stellte sich tot. Die leergelaufene Schallplatte schliff ein stumpfes Geräusch durch den Raum, die Fische im Aquarium schwebten grimassierend, nur sein Aschenbecher lebte voller rotglühender Würmer. Er konnte Yvonne nicht berühren. Er konnte nur etwas Dummes sagen. «Ich wäre nicht geblieben.»

«Ach, was wißt Ihr schon?» Bernd hörte das «Ihr». «Eben gabs noch einen ‹Volksbund jüdischer Frontsoldaten›, der 1934 mit Tausenden von Menschen ‹unsere Gefallenen› ehrt und einen Heldengedenktag begeht – da tragen Rheindampfer schon schiffslange Aufschriften ‹Wer beim Juden kauft, stiehlt Volksvermögen›. Eben noch der Fahnenappell einer jüdischen Jugendgruppe zum Jahresgedächtnis von Hindenburgs Todestag – da schreibt man einer Bekannten unserer Familie schon, Absender ‹Pestalozzi-Fröbelhaus›, ‹die augenblickliche Lage zwingt uns leider, Sie zu bitten, den Unterricht einstweilen nicht zu erteilen, um jeder Beunruhigung in unseren Häusern die Grundlage zu entziehen›. Eben kriegt mein Vater noch ein Angebot von United Press nach Indien – da kommt schon die Verordnung, daß die arische Frau und die Kinder nicht mitdürfen. Eben noch, kurz vor der Olympiade 1936, Joseph Schmidts letztes Konzert von Papa fotografiert, da kommt schon eine Denunziation: Er hatte in der Stehbierkneipe der Münzstraße sich mit Illegalen aus der Gruppe der Arbeiterfotografen getroffen; früher frühstückten da die Müllkutscher, draußen ihre dicken schwitzigschweren Pferde vor den riesigen Metallwagen – jetzt Spitzel. Eben noch wird das Jüdische Museum verwüstet – da ‹dürfen› sie, um zu überleben, diesem Aushängeschild ‹Jüdischer Kulturbund› dienen – wo Jessner Richard Beer-Hofmann oder Stefan Zweigs ‹Jeremias› inszenierte oder Hans Wilhelm Steinberg dirigierte; jetzt ist er als William Steinberg in Amerika berühmt. Eben noch wird die jüdische Sportlerin Helene Meier, aus USA kommend, von dieser verdammten Olympiade ausgeschlossen – da lehnt die berühmte Schwimmerin Judith Deutsch mit einem spektakulären Brief ihre Teilnahme ab: Sie wolle nicht in einem Becken schwimmen, an dem noch vor wenigen Wochen ein Schild hing ‹Für Hunde und Juden verboten›, in dieser Reihenfolge.

Hör nur das Lebenszickzack eines einzigen Freundes meines Vaters. Der Schauspieler Herbert Grünbaum kommt 1934 aus Zürich nach Berlin. Um seine Eltern herauszuholen. Der Vater stirbt. Die Mutter wird deportiert. Grünbaum bleibt, spielt am Jüdischen Theater des Kulturbunds – den Edom in

Zweigs ‹Jeremias›, den Rabbi Moshe in der ‹Goldenen Kette› von Perez – viele Rollen. 1939 emigriert er in die Niederlande, flieht 1940 vor den Nazis nach Palästina, arbeitet im Kibbuz – und jetzt spielt er wieder bei Fritz Wisten an der Volksbühne.

Meine Mutter hat um Papa gekämpft wie eine Tigerin, eine heulende und kreischende Kindertruppe eingesetzt. Ihr eigener Vater hatte dem Schwiegersohn und den Enkeln verboten, das Haus zu betreten, und als sie in Panik eine Nacht Unterschlupf für sich und ihren Sohn bei einer Cousine suchte, stellte deren Mann ihr die beiden Pappkoffer vor die Tür und schob sie samt meinem Bruder hinaus. Meine Mutter hat – als das Wort ‹Mischehen Rosenstraße weitersagen› durch eine Februarnacht des Jahres 1943 wisperte – mehrere hundert Frauen alarmiert und ist mit denen zu dem ehemaligen Haus der Jüdischen Gemeinde gezogen, zwischen Littenstraße und Spandauer Straße, unter der S-Bahn durch zum Hackeschen Markt: die einzige wirkliche Demonstration in der Nazi-Zeit. Die Frauen kämpften um ihre jüdischen Männer – eine schweigende kleine Armee in Kopftüchern und mit Henkeltaschen; die Straßenbahn bimmelt – sie weichen nicht; Polizei kommt – sie schwappen in die Heidereuter Gasse, in die Burgstraße, in die Spandauer Straße. Der mitternächtliche Bombenangriff, bei dem die Hedwigskirche, die Münze, die Reichsbank zerstört wurden, beendete die grause Szene. Der Spuk war vorbei, um Platz zu machen dem nächsten.

Bürgschaften aus den USA, Affidavits, Visa: mal war das eine verfallen, mal kam das andere zu spät. Und als alles da war, abgeschickt von einer jüdischen Hilfsorganisation aus Fermingdale in New Jersey und meine Mutter in die ehemalige Friedrich-Ebert-Straße rast, die nun Hermann-Göring-Straße hieß: ist die Botschaft geschlossen. Deutschland hat den USA den Krieg erklärt. Aber sie wußten das nicht. Jüdische – auch ‹jüdisch versippte› – Familien durften kein Radio haben, keine deutsche Zeitung abonnieren. Manchmal gingen sie zum Ullstein-Schaukasten am Hackeschen Markt und lasen den Aushang. ‹Ich wäre nicht geblieben›, wie leicht sich das sagt. Wohin? Mit was für Geld? Israel – für viele war das eine Wüstenei in Palästina. ‹Wir waren und wir sind Deutsche› dachten und sagten viele. Sie wollten sich von biertrunkenem Pöbel nicht ihre Heimat absprechen lassen. Aber in Wahrheit waren wir ausgesetzt und Aussätzige. Der ‹Kulturbund› war aufgelöst, das Feigenblatt für eine Nation, die sich anschickte, die Welt zu erobern, nicht mehr nötig. Der letzte Auftritt der jüdischen Schauspieler fand in der Oranienburger Straße Nr. 31 statt: da durften sie die Mitgliederkarten der nun verbotenen Jüdischen Gemeinden sortieren und die Listen für Abholen und Abtransport anlegen, unter ihnen auch der letzte jüdische Chefredakteur in Berlin, Leo Kreindler. Zu ihm trat der SS-Obersturmbannführer Brunner und sagte, ‹So, und nun setzen Sie Ihren Namen noch als letzter auf die Liste, dann ist sie fertig›. Kreindler hatte Glück – er starb in derselben Sekunde am Herzschlag.

Und Papa wird zur Zwangsarbeit in einer Wäscherei und Färberei abkommandiert, das war die ‹Freiheit›, die meine Mutter ihm erstritten hatte. Kügler & Kruse reinigen und flicken die zerschossenen, blutgetränkten Uniformen von Deutschen, Franzosen und Russen, damit sie wieder verwendet werden können.

Auf dem Weg bis S-Bahnhof Lichtenberg trägt Papa *seine* Uniform – den sechszackigen Stern. Nie hat dem von Schwerstarbeit zermürbten Mann auch nur jemand einen Sitzplatz angeboten, eine Zigarette, irgend etwas. Und Herr Kruse hatte diese schöne deutsche Gemütlichkeit: ‹Frieha warn meine Kundn fast allet Judn. Da wer ick dem hier schon nischt tun, wenna orntlich arbeetet. Aba Zucka inn Arsch pust ick ihm ooch nich.›

Mein Vater schleppt die schweren Uniformpakete, damit Eure Soldaten wieder wohlgekleidet in andere Länder einfallen können. Mein Vater, der Jude, steht an Maschinen, die man Juden gestohlen hat, und arbeitet, ein Sklave, für die deutsche Wehrmacht. Und mein Vater, als die ersten Fremdarbeiter beim gutmütigen Herrn Kruse ihr Blut aus Jacken, Hemden, Hosen waschen dürfen, ist der Dolmetscher. Towarischtschi ist das erste Wort, mit dem er die Verhungerten, Verlausten, Abgerissenen begrüßt. Er hat das Wort nie vergessen. Und ich auch nicht. Es heißt: Genossen.»

Bernd war weg. Ohne Wort, ohne Reaktion; das Davonschleichen war seine Reaktion. Yvonne hatte ihm Unrecht getan – indem sie recht hatte. Er fühlte, daß sie ihr Recht gegen ihn als Waffe benutzt hatte, daß dieses «Ihr» und «Eure» auf schlimme Weise richtig und auf böse Weise falsch war. Diese «Towarischtschi» hatte er nun wohl gekränkt mit seinem FDJ-Austritt? Aber das waren ja keine zu Untermenschen erniedrigten Arbeitssklaven und auch keine Befreier – das waren miese Wichtigtuer, neue Blockwarttypen, Kleinbürger, die ihre lächerliche kleine Macht mißbrauchten; nirgendwo ‹der neue Mensch›. Yvonnes lange Schattenlinie, ihr Bericht vom Schrecken – so hätte er nicht eingesetzt werden dürfen. Bernd spürte den Mißbrauch von Wahrheit, die dadurch umkippte in Lüge. Er war verletzt.

Nun war alles so perfekt – er hatte sein «Schloß» und Freund Schorschi, da war Yvonnes Laube und die Arbeit am Institut und er studierte ein Fach, das ihm immer wichtiger und aufregender wurde: zugleich zersplíß etwas. Noch kaum merklich, mehr ahnbar als spürbar gab es da einen Haar-Riß, einen dunklen Bodensatz von Alleinsein. Eine Dünung, so dünn wie stetig ziehend. Bernd wußte nicht wohin.

Eines Tages, er kam mit Schorschi vom Potsdamer Platz, dem nächstgelegenen «Westpickel» am Rande Ostberlins, wo sie Nußschokolade und «nackte Weiber» gekauft hatten, wie Schorschi die westlichen Illustrierten taufte – da sah er den BMW mit dem sowjetischen Nummernschild an der Ecke Dorotheenstraße parken. Hastig verabschiedete er sich, «muß noch mal rasch in die Staatsbibliothek» – weil er sich diesen «Besuch» nicht erklären konnte. Allerdings hatte er Yvonne seit zwei Wochen nicht gesehen, nicht angerufen – und er selber hatte ja kein Telefon.

Im Wagen saß Dr. Bärenbach. Bernd stieg ohne Umstände zu ihm, und sie fuhren, ohne ein Wort zu wechseln, bis zum ehemaligen Schloßplatz. «Yvonne ist sehr krank, sie liegt seit zehn Tagen in der Charité. Man weiß nicht genau, was es ist, sieht aus wie Schilddrüse. Dann käme eine sehr heikle Operation auf uns zu.»

Uns – Bernd begriff in seinem Schreck nur dieses «uns». Stephan Bärenbach rauchte seine Pfeife, blickte ihn nicht an, dünner Regen würmelte langsam ziehende Spuren auf der verdreckten Windschutzscheibe. Es war ein ziemlich tonloser Abschied – «Ruf mal an», hatte Yvonnes Mann noch gesagt.

Die Besuche in der Charité waren quälend. Yvonne lag nicht allein im Zimmer. Der Raum war überheizt, es hing in ihm der penetrante Krankenhausgeruch nach Schweiß, Urin, verblühten Blumen und Karbol. Zwischen ihnen war etwas Unaufgelöstes. Seit seinem stummen Auszug standen die Towarischtschi zwischen ihnen, beide hatten sich in Trotz und Gekränktheit eingesponnen, hatten die eigene Wahrheit dem anderen angelastet. Bernd hatte Mitleid mit der elend aussehenden, schwitzig-verklebten Frau, ihr Haar ohne Knistern, stumpf, die Lippen pellten sich leicht und am Hals sah man deutlich eine starke Schwellung; aber er spürte keine Sehnsucht. Obwohl er unter der ungewohnten sexuellen Enthaltsamkeit litt – etwas Fremdes, Gläsernes hatte sich zwischen sie geschoben. Er witterte in der Krankheit eine Falle, als würden die Schläuche und Drähte nach ihm ausgeworfen. Es hatte sich etwas gedreht: Bernd war dieser Frau nachgelaufen, verliebt in ihr Wissen wie in ihren Körper; und nun flackerte nicht Behutsamkeit, sondern es zuckte ein Flämmchen des Auf-der-Hut-Seins. Weil Yvonne mißbrauchte, was ihn so vollkommen fasziniert hatte an ihr, ihren Geist, ihr politisches Engagement, ihr persönliches Geschick – trieb er fort von ihr. Ungerecht, weil Kälte in ihm Platz griff, hielt er ihr innerlich die Krankheit vor, als sei sie ein Lasso, mit dem er eingefangen werden sollte. Der Funkentanz der tausend glimmenden Glühwürmchen begann zu ersterben zum Regen verbrannter Insekten.

Sein Anruf war Erinnerungslecken. «Stephan, darf ich mal herauskommen zu Ihnen, irgendwann in diesen Tagen? Ich schwänze sowieso fast alle Vorlesungen – kann mich also ganz nach Ihnen richten.»

«Das trifft sich prima – ich wollte auch einen Tag blau machen, Luft schnappen, ich bin ziemlich überarbeitet, überraucht, zuviel getrunken, zuviel Staub im Kopf. Wollen wir übermorgen mal rausfahren – ich kenne einen kleinen verschilften See, wo kaum ein Mensch sich blicken läßt. Der Herbst ist ja noch wunderschön.»

Bernd holte Yvonnes Mann in Karlshorst ab, verlegen präsentierte er eine kleine runde Dose Pfeifentabak. Sie wußten nicht, worüber reden. Über Yvonne, ihre Krankheit – eine Scheu vor Indiskretem hielt beide ab; Bernd hatte ohnehin keine Lust, mit dem Mann seiner Frau über sie zu sprechen. Noch immer empfand er den anderen da als Eindringling.

Erst am See löste sich die wortlose Klammheit, als Stephan Bärenbach sich ohne Umschweife auszog, ein überraschend sportlicher, schmaler Körper. Nackt wirkt er viel jünger als in seinem Tweed, hinter seinen Büchern, vor diesen ganzen Töppen, Fratzen und bunten Fetzen, fotografierte Bernd. Leicht geniert schaute er den fremden Mann kaum an, aber er nahm ihn das erste Mal wahr als eigenes Wesen, nicht als den Herrn Doktor. Sie schwammen in weit getrennten Bögen, als wollten sie von dem menschenleeren See Besitz ergreifen, ein unsichtbares Netz zwischen sich schleppend – der stumme Dialog schnitt eine Riesensichel ins kühle Wasser. Bernd war als erster wieder am Ufer, legte sich in das kleine Stückchen Gras hinter dem Schilf und die dicken fetten Herbsthummeln tanzten Schattenbilderträume durch seinen Kopf. Er war anderswo in einer anderen Zeit, weit weg und peinigend nah. Wie unangebrachte Musik drang jäh ein Rufen über den See, erst schüttelte er es ab, läßt keinen Ton in sich dringen, eine aufdringliche Berührung, die seinen Gefühlsdämmer belästigt. Doch plötzlich hört er einen Schrei gurgeln, versinken, ersticken. Das ist nicht Musik noch Rufen noch Belästigung – der Mann da draußen ertrinkt. Mit der ihm eigenen Fähigkeit des blitzschnellen Umschlagens von Kopfversunkenheit zu reiner Körperlichkeit rast Bernd zum See, taucht, krault, schäumt die ganze weite Sichellinie zurück und sieht, ohne zu begreifen, was eigentlich vor sich geht: Stephan Bärenbach kämpft weit draußen im flüssigen Metall des Sees gegen das Untergehen.

Als er ihn erreicht, ist es der letzte Moment. Der Mann kann nur noch prusten und röcheln – Bernd schleppt einen bewegungslosen, zentnerschweren Fisch, den er am Ufer nicht mehr bis zum Grasflecken hieven kann. Im geknickten Schilf liegt ein wassererbrechender grauhäutiger Halbtoter, dem Bernd in linkischer Schwimmunterrichtserinnerung die Arme auseinanderfaltet und über der Brust wieder zusammenpreßt. Da sieht er, während das Wasserkotzen mehr und mehr in Luftholen übergeht: Eine Narbe zieht sich vom linken Schlüsselbein quer über den ganzen Leib, durch das dichte schwarzflockige Brusthaar wie ein dicker Regenwurm ringelnd bis hinunter zum rechten Leisten. Ein Schulterriemen, schießt es Bernd durch den Kopf – und er weiß im selben Augenblick: Potsdamer Platz. Yvonnes Stimme ist in seinem Ohr, «Sie haben ihn dort halb totgeprügelt».

Schock sänftigt sich zu Sorge, zu Fürsorge. Er faltet dem Mann der noch immer die Augen in tiefer Erschöpfung geschlossen hat den rechten Arm beiseite kriecht hinein und legt sich neben ihn fährt mit dem Zeigefinger die Narbe entlang – väterlichbrüderlichmütterlichsöhnlich streichelt er den «Towarischtsch» streicht in das Flimmern einer Zigarette im Aquarium hinein der tief fauchende Plattenteller-Atem schneidet das Schilf der Laube Olympiadeschwimmer über den Potsdamer Platz für Hunde und Juden verboten Reißverschlußnarbe Abraham Aron darf fotografieren in BerlinZürichAmsterdamPalästina StefanArnoldZweig auf der kleinen blauen Decke.

Bernd ist die Decke, eine einzige Riesenfotografie in der Dunkelkammer Lüsternheitangsthautgeschichte schwimmt Decke See Wolke Bernd ist eine ungestüme Regenwolke regnet nach oben in den Himmel er reißt Stephan durch See Wolke Himmel – er dürstet und tröstet und trinkt und strömt.

Bernd erfuhr: das Andere.

Er sprang auf und lachte. Frech, verlegen, glücklich. Neben dem muskulösen Männerkörper erschien er sich selber, bisher so selbstgewiß seiner Männlichkeit, lächerlich knabenhaft; aber es gefiel ihm. Alles gefiel ihm – der fremde Geschmack nach Tabak, das ulkige Kitzeln des buschigen Schnurrbarts, der behaarte Körper mit den harten Rippenbögen statt der Weichheit, wie er sie kannte. Es war alles so anders – fremd und eben nicht fremd, und er hatte animalisch schnell erfaßt: Eine Lust, die ihm vertraut ist – die eigene. Was er eben erlebt hatte, war nicht die ständig neue Eroberung des Fremden, der andere Himmel mit seinem Klima von Gier und Erfüllung; es war die eigene Lust: doppelt. Er kannte den Begriff narzißtische Befriedigung nicht – aber er hatte sie erlebt. Die Identität jedes Haarfunkens und jeder Fingerkuppe. Bernd hatte noch nie Intimität mit einem Mann sich auch nur ausgedacht. Was da geschehen war, ein spontaner Vulkanausbruch ohne Besinnung, Denken, Vorfühlen, mußte sich lange in ihm aufgestaut haben; denn er spürte ein tanzendes Glück, sein Schädel streifte die Wolken, seine Hände zischten durch die Gischt von Sternmillionen, noch nie hatte er die eigene Haut Pore für Pore als geschmolzenes, salziges Feuer empfunden und seinen Schwanz als unersättlich, unermeßlich. Daß ein Mann schön sein könnte, war ihm nie in den Sinn gekommen. «Mein Gott, er ist schön», schoß es durch sein System, «wie herrlich, wie sonderbar – ich verstehe es nicht, aber ich liebe diesen schwarz behaarten Körper, die lockigen Schatten, die die Beine überziehen bis zu den Hüften. Und ich liebe die Narbe.» Oder wegen der Narbe. Bernd legte sich behutsam auf Stephan, der zu schlafen schien – ihm später gestand, nur deswegen die Augen nicht geöffnet zu haben, weil er nicht wußte, wie weiter.

Bernd war gänzlich ohne Hemmungen, ohne Scham, ohne Verlegenheit. Er hatte eine neue Dimension Seligkeit entdeckt, eine vollständige Entzündung seiner Sinne. Weder wollte noch konnte er dies Feuer löschen, in dem er sich feierte.

Als sie spät abends in Karlshorst auf jener Felldeckencouch in Stephans Bibliothek kauerten, kam ein erster Moment der Besinnung. Nicht bei Bernd; er züngelte wie die Flammen im Kamin, die Stephan entfacht hatte, bewegte sich nackt durch die Wohnung, mit selbstgefälliger Sicherheit, holte Wein und ein Stück Wurst, war sich der koketten Obszönität so wenig bewußt wie des ersten Du, als er Stephan eine Pfeife anzündete und die süßliche Bitterkeit schlürfte.

Stephan Bärenbach hockte in einem dunkelbraunen Frotteemantel auf dem Fell und schüttelte den Kopf. «Diesmal versteh ich den Bernd nicht – hast Du keine Angst?» – «Angst? Wovor sollte ich Angst haben?» Stephans Lächeln irritierte ihn. «Was gibt's da zu grinsen? Etwa Angst vor Dir? Nein, ich hab keine Angst, vor Dir nicht, vor uns nicht. Weißt Du was – ich habe vor gar nichts Angst. Doch, vielleicht, daß Du welche hast.»

«Ich habe keine Angst – aber Du hast mich überrumpelt. Ich weiß nicht . . .»

«Laß uns jetzt nichts wissen. Wissen weiß ich auch nichts. Wir sind ineinander explodiert, und was ich allenfalls weiß – es war, nein es ist, wunder-wunderschön. Dich finde ich schön . . .»

Stephan hielt das Rotweinglas, er trank nicht, rauchte sich einen schweigenden Vorhang, sah diesen unbekümmert sich bewegenden Jungen; Schatten fielen in sein Gesicht.

«Laß uns nicht viel sprechen. Sagen mag ich auch nichts. Da ist was passiert – ich wußte nicht, daß das geht, ich weiß aber, daß ich mehr davon will, mehr von Dir. Dich. Ich habe Dich durch den See zu mir geschleppt. Nun sind wir am Ufer.»

Sie fielen ineinander, ertrinkend sich Rettende, Bernd mit einer hilflosen Gereiztheit, seinem erotischen Hunger Nahrung holend wo und wie es ihm im Feld dieses Körpers gefiel.

Tief in der Nacht, die rote Glut des Kaminfeuers war in sich zusammengesunken, sah Bernd eine Sekunde den Stein in Stephans Ring schimmern; er wußte am nächsten Morgen nicht genau, ob er es geträumt oder ob Stephan wirklich gesagt hatte, «Du bist ein seltsamer Mensch – lieb und unberechenbar und ganz frei; Du erinnerst an Yvonne.» Bernd war in den schwarzen Wolken versunken, der Himmel gerissen. Kein Halt nirgendwo.

Niemanden gab es, mit dem er sprechen konnte. Schorschi frotzelte ihn lediglich, wie lange er wohl die Abstinenz aushalten werde, wenn Yvonne noch Wochen im Krankenhaus bliebe. Bei ihm war endlich «der Knoten geplatzt», wie er es nannte, und Studentinnen, aber auch Friedrichstraßenmädchen wechselten im Zirkustempo durch sein Bett. «Dieses Semester wird gefickt», hatte er verkündet, als ginge es um ein Examen, und das Programm hielt er ein, dabei voller Behagen die komischsten Geschichten erzählend, wenn sie in der Mensa ihren Grünkohleintopf oder Apfelmus mit laschen Rosinen löffelten.

Häufiger saßen sie in Bernds «Schloß», abends, bei Plattenseer Riesling oder auch dem öligen ungarischen Kognak. Schorschi brachte kumpelhaft selbstverständlich irgend etwas mit, «für Deinen Haushalt»: einen Schlauch für die Dusche, eine alte Blechschütte für die Briketts oder einen Gasanzünder für den Herd. Dafür bot Bernd «Küche und Keller». Er hatte per Annonce eine Zugehfrau gefunden, Helenchen; es hatte eines Abends geklingelt – vor der Wohnungstür stand eine kleine Frau mit grauem Dutt unter dem schief sitzenden Kapotthütchen, in der Hand ein altes

Einkaufsnetz mit Gurken und Tomaten. «Ich bin sehr faul und liederlich und ziemlich dumm, heiße Helene Schultz und kann gleichmal was kochen» – Bernd konnte vor Lachen gar nicht viel fragen. Sie kam rein als sei das längst verabredet, «so, das ist also die Küche» und fing an herumzuhantieren. Helenchen kam und blieb, mit einer hohen Sing-Sang-Stimme erzählte sie so krause wie grause Geschichten. «Mein Heiner ist tot. Auf 'm Schubkarren hab ich ihn die Frankfurter Allee runtergefahren, jetzt nennen sie die ja Stalinallee, der Kopf lag daneben, war ab. Es war der letzte Kriegstag.» Es war nicht Lakonie, sondern das berlinische Plusquamperfekt: Sachen, die nicht zu ändern sind. Helenchens einziger Sohn war unehelich gewesen, «der Kerl stand morgens auf aus meinem Bett und hat gesagt, ‹hoffentlich ist nichts passiert›. Da hab ich kein Mux gesagt – und ihn nie mehr wiedergesehen.»

Nun wandte sie ihre grau und alt gewordene Mütterlichkeit an Bernd. Sie erjagte an der einen Ecke der Stadt die letzten Gummiadler für ihn, wie die dürren polnischen Hühner bei ihr hießen, und Weißkohl für Kohlrouladen an der anderen. «Lassen Se man», wehrte sie Einwände ab, «ich hab ja nix zu tun und geh einfach immer spazieren, dabei eräuge ich immer was für uns.» So kamen Bohnerwachs oder Zwiebeln, mal ein Stück Salami oder auch ein selbstgebackener Streuselkuchen ins Haus, zu «uns».

Schorschi fand das besonders herrlich, vor allem, seit Bernd einen kleinen Eisschrank besaß, Prunkstück im «Schloß». Daß es das Weihnachtsgeschenk von Stephan Bärenbach war, konnte und mußte Schorschi nicht wissen – er stürzte sich jedenfalls als erstes immer auf das ungefüge Emailleding, «mal sehen, was

Helenchen uns wieder gefangen hat› – irgendein Stück Sülze, Edamer Käse oder ein zähes Entenbein mit faltiger Haut fand sich schon. Schorschi nahm das mit derselben Selbstverständlichkeit, mit der er stets irgend etwas anschraubte, eindübelte, nagelte, «laß man, dazu bist Du zu doof».

Und ebenso selbstverständlich nahm er seine oft komischen Abenteuer, erzählte davon ganz ungerührt, auch nicht schlüpfrig – ein junges, männliches Helenchen. «Eines Abends hat Heiner zu mir gesagt, ‹Mutter›, hat er gesagt, ‹pack mir zwei saubere Unterhosen ein, heut abend geh ich bei einer Frau schlafen›, und ich dachte, ‹na ja, so isses eben, nu isser soweit›.» In dem berlinischen Singsang von Helenchen, nur sächsisch getönt, berichtete Schorschi von dem krummen Schwanz des alerten Marxismus-Dozenten, «Du, die Ute hats mir selber erzählt – der kann sozusagen um die Ecke ficken, gebogen wie 'n Ofenhaken, sagt sie» oder von Schweinchenaugen-Gerdas Fiepstönen, «die läßt Dich nicht rein, verstehste das, sie macht alles, was Du willst, nur das eine will sie nicht, und wenn sie Dir einen bläst, piepst sie zwischendurch – komische Nudel. Damals, als ich in Deiner Badewanne einschlief, hat sie mir's das erstemal gemacht – Du, mit all dem Mostrich und Kartoffelsalat ringsum, sie nahm mein Ding wie 'n Wiener Würstchen.» Doch Schorschi war nie vulgär, er hatte das nun gelernt wie das Umsteigen von der S- auf die U-Bahn, hatte sich ein volles Semester dafür reserviert, «statt Gotisch», sagte er, «wer wird schon mit Ulfilas je reden?» Es hatte nichts Kichriges, Kasinohaftes, er lernte das, sachlich, genau, wie die Sprache eines anderen Landes. Einmal nur hatte er sich einen frivolen Witz geleistet – als für eine Nutte in der Friedrichstraße sein Geld nicht mehr reichte, hatte er ihr eine von Bernd gemauste Visitenkarte gegeben und drauf geschrieben, «Gut für 100 Mark, morgen früh». Das Mädchen stand wirklich am nächsten Morgen vor Bernds Tür und selbst sein «Du mußt doch sehen, daß ich es nicht bin» war ihr egal. «Dat is mia schnurzpiepe, Schätzchen, wat weeß denn ick, wat Du da mit Deene Kumpel abkarterst – ick will meine Mäuse, basta. Erst an meine Muschi ran wie irre und dann nischt berappen – nich bei mia, Kleena. Hea mit dem Zasta, sonst mach ick Rabatz.»

Schorschi hatte sich sehr amüsiert, als Bernd ihm etwas vergrätzt diese «Schloß»-Geschichte erzählte. «Das hast Du davon, wer läßt sich auch Visitenkarten drucken», war sein einziger Kommentar und ein ungläubiges Kopfschütteln, daß Bernd dem Mädchen wirklich 25 Mark und ein Päckchen Pall Mall gegeben hatte. «Wo Du nun schon so lange solo lebst . . .» hatte Schorschi noch hinzugefügt.

Bernd konnte ihm nicht erzählen, was los war. Er wußte es selber nicht genau. Nie wäre er auf die Idee gekommen, sich nun schwul zu nennen oder homosexuell – das hatte überhaupt nichts mit dem zu tun, was er erlebte. Wie ein Sturz in die umgekehrte Richtung, nach oben, hatte diese jähe Männerliebe ihm die Schwerkraft geraubt – zu definieren hätte er das nicht vermocht. Er lebte es, in fast täglicher Steigerung, unersättlich drang er in diesen zugleich fremden und vertrauten Kontinent ein. Das hier war alles nur seins, er hätte abgelehnt zuzugeben, daß es derlei schon vor ihm gegeben habe auf der Welt. So wenig er den

Begriff homosexuell auf sich angewandt hätte, so sehr hätte er sich auch gegen die Übernahme des klassischen Musters älterer Mann–jüngerer Mann gewehrt. Hier gab es nicht Benennungen und es gab nicht Muster. Es gab nur die Verbrennung durch Stephan Bärenbach.

Und das Gespräch mit Yvonne. Schon am nächsten Tag – «nach dem See» datierte seine neue Zeitrechnung – hatte er alles vor ihr ausschütten wollen. Aber genau an dem Tag wurde sie operiert, ein schwerer Eingriff, vor dem sie sich wochenlang gefürchtet hatte, das Herausschälen einer Schilddrüsenwucherung; die Schwellung hatte man in der letzten Zeit deutlich gesehen. So fand Bernd sich mit pelziger Zunge in einer unreinlichen Situation – er besuchte Yvonne, die sich nur langsam und schwer erholte, die sich unendlich über seine Besuche freute; aber er war gereizt, nervös, erdichtete tausend kleine Unaufschiebbarkeiten, um die ihm unerquicklichen Minuten an dem hohen weißen Krankenhausbett zu verkürzen. Er roch nichts von Yvonnes Haar oder Haut, sie schienen ihm stumpf, brüchig, glanzlos. Das Zimmer war nicht nur steril, sondern auch säuerlich, das Eisenbett festgefahren in ranziger Zeit. Ein zerschnittenes Gehirn spaltete Bernds Vorstellungen und Wahrnehmungen – während er Yvonne die Haare aus der Stirn strich, fühlte er durch die Finger strubbelnd die schwarze Kräuselwolle zwischen Stephans Schenkeln. Aufrichtigkeit und Unaufrichtigkeit verzwirnten sich unentwirrbar in Bernd – jeder Tag, den er sich sagte, «sie ist noch zu schwach», rettete ihm einen anderen Tag der ungebeichteten Lust. Zugleich war ihm diese Form des Lügens durch Verschweigen fremd und widerlich. Oft schlich er aus dem Krankenhaus mit einem Widerhaken im Gewissen. Liebe ich denn zwei Menschen? Geht das? Kann man einen Mann und eine Frau lieben, noch dazu, wenn sie Mann und Frau sind? Verrät ein kruder Ästhetizismus da meine Liebe zu Yvonne, weil sie faltig und fahl und strähnig aussieht, verweint, und unter den Achseln die Schweißflecken im Nachthemd? Weil Stephan in seinem pfeifenrauchduftenden Tweed, der buschige Schnurrbart leicht nach Kognak schmeckend und die lustigen schwarzen Haarbüschel an den Fingergelenken, appetitlich ist? Bin ich ein geiler kleiner Markthändler geworden, der die festeren Tomaten und Pfirsiche ohne Druckstellen wählt? Lüge ich mir mein Leben zurecht und flicke mit meinen Streichelfingern die Narbe zurück in jene Vergangenheit, weil Yvonne ihre Erzählung davon kränkend gegen mich benutzt hat? Habe ich Yvonne noch, Stephan schon – oder nur mich?

Alle Rastelli-Kugeln lagen vor seinen Füßen. Der schöne Jongleur war eine klägliche Figur geworden.

«Darf ich etwas Ernstes mit Dir besprechen, Yvonne?» Er hatte es nicht mehr ausgehalten – doch ihre Augen, die hinter ihn zu fassen schienen, hatten schon geantwortet. «Ich habe mit Stephan geschlafen. Nein, nicht: ich habe. Nicht einmal – ich schlafe mit ihm. Er ist meine neue Haut – ich liebe ihn.»

Er hatte nicht gemerkt, wie hart und schnell er alles hervorgestoßen hatte. Und daß er weinte, ein wütendes, bockiges, schuldbewußtes Kind. Er hörte auch nicht, was Yvonne sagte, es drang durch ein Rauschen in seinem Trommelfell, er spürte nur, daß ihre Stimme schepperte, daß es der Ton von Vorwurf,

Zurückweisung und Ansprüchen war. Seine Tränen ließen sie grimassieren und seine Hände hielten die ihren – zwei kleine kalte tote Vögel. Worte wie Untreue, Verrat und Betrug faßten überhaupt nicht, was sich in ihm ereignet hatte; es war etwas Größeres, Elementares, weit jenseits von Treulosigkeit. Jäh wurde ihm klar: Yvonne verstand nicht. Sie sah den Wirbel nicht, in dem er lebte, sie sprach von hintergehen – aber er war doch dabei, *fort*zugehen. Seinen Nacken hoch zog sich ein Faden von Nüchternheit, ein Eisgerinnsel schob sich unter die Kopfhaut. «Aber sag mal», fragte er kühl, «wie ist das eigentlich mit Euch beiden? Ich habe da wohl neulich etwas falsch gehört; Du hast doch immer gesagt, zwischen Stephan und Dir sei nichts? Aber Stephan hat kürzlich etwas so Seltsames gemurmelt – es hörte sich so an, als hättest Du vor kurzem mit ihm geschlafen?»

«Ja. Stimmt. Habe ich.»

Ja stimmt habeich. Jastimmt – habeich. Jastimmthabeichjastimmthabeich. Die Pleuelstange rotierte dröhnte mörserte in Bernd. Jabetrogenstimmtbelogenhabeichhintergangenich. Es zerrte und wuchtete in ihm noch am nächsten Abend in der Staatsoper.

Es war das erste Konzert, das David Oistrach in Ostberlin gab, an Karten kaufen war nicht zu denken. So hatten Schorschi und er sich möglichst ruppig angezogen und sich im Rollkragenpullover hinter einem DEFA-Team in die Staatsoper geschlichen; hinter den mächtigen Scheinwerfern im obersten Rang des alten Admiralspalasts durften sie unentdeckt schwitzen. Aber Bernd hörte weder Brahms noch Paganini und vom Beethoven nur den zweiten Satz, das schmelzende, traurige Adagio, das in ihm klagte. Sonst pulste in seinen Ohren nur dieser Stampfrhythmus jastimmthabeich. Es war noch immer nur ein wahrnehmendes Echo – begriffen, ganz innen angenommen hatte er den Satz nicht. In der Pause, die durchschwommen war von fein gemachten Bürgersozialisten im Silberschlips und jungen Heldinnen der Arbeit in bestickter chinesischer Seide kam zierlich rokokohaft, eine zarte schwebende schwarz-weiße Note, Frau Dr. Bornstein auf sie zu in einem schwarzen Satinkostüm, aus dessen schmalen Ärmeln weiße Spitzenmanschetten schäumten. «Na, Ihr Proletkultanhänger», begann sie ein heiter-strenges Verhör der «richtigen Ohren», wie sie das nannte. Ihr Entsetzen war keineswegs gespielt, als Bernd sagte, «Am liebsten sind mir immer Beethovens Violinkonzerte». «Ich muß mich seiner musikalischen Bildung wohl etwas annehmen», meinte sie zu Schorschi und wehte davon.

Wenige Tage später lud sie ihn ein zu einem Konzert im sowjetischen «Haus der Kultur» Unter den Linden. An diesem Abend begann eine Freundschaft; denn bei einem Essen im Presseclub, eine Bonzenetage in der Friedrichstraße, deren Sesam-öffne-dich die kleine diskrete Mitgliederkarte war, zeigte die stets flink-schwebende Wienerin sich nicht als Chefin, Genossin, Ältere, sondern als eine zarte und behutsame Frau.

Bernd log eine Beichte. Er *mußte* auf irgendeine Weise seine Bedrängnis los werden, konnte aber zugleich doch nicht die Wahrheit sagen. Die Liaison mit einem hochgestellten Funktionärsehepaar, das Verhältnis mit einem Mann – undenkbar, davon in der eben gegründeten DDR zu sprechen. So erfand er eine verheiratete Frau in Westberlin, mit der ein Verhältnis habe und nahm an, in scharfe Ermahnungen hineinzulaufen. Doch Stephanie Bornstein legte leise eine Hand auf die seine. «Bleib bei ihr, so lange es gut geht. Vielleicht ist es für sie wichtiger als für Dich.»

Es gab eine schwierige Lektion zu lernen an diesem Abend bei gedünstetem Lachs und frischem Obstsalat: daß Menschen sich einem anderen nur nähern können, indem sie sich selber nähern. Hinhören, Rat, Freundschaftlichkeit kann jemand offenbar nur bieten, wenn in der Ratlosigkeit des anderen ein eigenes Problem berührt wird. Bernd begriff, daß Nähe nur eine Versuchsanordnung ist.

Da saß diese zierliche, gebildete Filigrankommunistin aus Schanghai mit dem Wiener Paß, auch hier im Ostberliner Nomenklatura-Club auf ihren Krankheiten bestehend, die Haut vom Fisch abziehend und Reis ohne Butter bestellend und – «Obstsalat übersäuert meinen Magen» – Zwieback in ein Glas Kamillentee tauchend; dabei balancierte sie fast ohne Unterbrechung eine seiner extralangen amerikanischen Zigaretten – und erzählte ihm, daß sie seit einem Jahr ein Verhältnis habe mit Eduard Matthias, Spanienkämpfer, Emigrant und einer der bekanntesten Autoren der DDR. Sie schob ihr Geständnis in seine Beichte wie in eine Hohlform, kam ihm nah, indem sie ganz bei sich blieb. Unberührte Nähe. «Vielleicht ist es für sie wichtiger . . .» war ein Satz über sich selber gewesen, nicht über die vermeintliche Westberliner Geliebte. Denn natürlich war der Genosse Nationalpreisträger verheiratet und eine «Affäre» dieser Art streng verpönt, vor Fahrern, Sekretärinnen, Parteiobleuten peinlich geheimzuhalten. Seine Liebe mit Yvonne hatte Bernd nicht Zeit gelassen für die Beobachtung, daß dieser graue Sozialismus keimfrei unerotisch war, wie viele Schweinchengerdas bei Schorschi auch zipfeln und fiepen mochten.

Stephanie und Bernd waren sich nahe gekommen, indem sie sich fern blieben. Eine Freundschaft begann, die auf Lüge gründete. Sie blieb sehr stabil.

Mit nur einem Menschen konnte Bernd über die Wahrheit sprechen: Stephan; denn der war Teil der Unwahrheit. Obwohl neben seiner Demütigung eine jiepernde erigierte Gier nach der nächsten Nacht mit Stephan wetzte, hatte Bernd einige Tage gewartet. Er meinte, das eine Feuer austreten zu können. Doch beide fraßen sich ineinander.

Stephans Freude, als er, bekleidet mit Hose und Pullover, öffnete, war unübersehbar. «Es schien mir endlos, daß Du nicht da warst.» – «Und endlos weit weg war ich auch», antwortete Bernd. Stephan hatte offenbar schon getrunken, er schmeckte nach dem Kognak, der offen auf dem Tisch stand, gegilbte Pfeifenreiniger und ein Aschenbecher voll schwarzer Pfeifentabakkohlenklümpchen daneben. Nur unbewußt nahm Bernd die Signale der Ungeduld wahr; für ihn war die erotische Spannung so stark, daß er für Bilder und Überlegungen keine Aufnahmebereitschaft hatte. Doch schon beim Entkleiden doppelte sich Bernds Tastsinn: Yvonne war plötzlich dabei. Er kostete den begehrten Körper und genoß jede der so überraschend behutsamen Liebkosungen des älteren Mannes – und sah, roch, schmeckte zugleich Yvonne. In Wut schlich sich hauchgeile Neugier, in das erotische Spiel mengte sich etwas gänzlich Neues: Denken. Seine Verletztheit mischte sich mit der Gier: bisher waren Yvonnes und sein Körper das Eine gewesen. Sein Körper und Stephans Körper das Andere. Aber nun galt seine Yvonne gestohlene Zärtlichkeit diesem Mann, der Yvonne gekostet hatte. Diese Achselhaare – seine? Ihre? Wessen Lust gehörten das ihn so erregende Wollhaar, der eigene rotbraune Wuschelberg, Bein und Hüfte, die Hände? Verzweiflung oder Begeisterung, Bernd hätte es nicht unterscheiden können, setzte seine Zunge in Brand. Er stieß voller Traurigkeit, Geilheit, Schmerz aus sich heraus. Er wollte weh tun, indem er sich weh tat – ein Fechter, dessen Klinge tändelt und tötet. Als er Stephans Schwanz im Mund hatte, schoß der durch Stirn und Schädel, eine sengende Sternschnuppe bohrte sich in ihn: War das mit Yvonne genauso gewesen? Lauter kleine Morde.

Lange Zeit sagte keiner ein Wort. «Es war, als wolltest Du mich töten heute», sagte Stephan. Er bewegt sich wie ein Spartakuskämpfer, dachte Bernd, als Stephan die Pfeife suchte, seine Silhouette stand gegen das Dämmerlicht der Terrassentür, er hat etwas Animalisches, Lüsternes; das ist nicht der Körper, es kommt von innen. Ich liebe ihn. «Ich liebe Dich.» Bernds Kopf war leer und voller Spannung, sein Herz hämmerte. «Was war mit Dir und Yvonne? Ich war gestern bei Yvonne – sie hat mir erzählt – von sich, von Dir, von mir; von uns.» Seine vom Glimmen der Pfeife schimmernden Barthaare haben ihre Farbe, schien es Bernd, die Farbe ihrer Schamhaare, buschig, dunkel, einen rötlichen Schein. «Es ist schwer zu erzählen, das mit Yvonne und mir – es ist fast wie Inzest.

Kein Begehren, ein Sichtrösten eher. Es ist so vollkommen anders, daß keiner von uns den Gedanken ‹Betrug› auch nur dachte. Na ich –» Stephan lachte etwas – «schon gar nicht: Wen sollte ich betrügen? Dich? Wir kannten uns doch kaum.»

Aber ich kannte Yvonne, was heißt kannte – ich lebte mit ihr; und er wußte das. Einer Hintergrundmusik gleich zogen die Gedanken durch Bernds Kopf, Rauchschwaden einer Bedrücktheit, die er verscheuchte. Bernd *wollte* nicht traurig sein, vielmehr glücklich. Im Traum wickelte die schreckliche Narbe, eine Nabelschnur, sich um seinen Tastfinger, und als er sie entlangglitt, hing am anderen Ende Yvonne. Ein Stein sank in das wegsackende Bewußtsein: und Ihr wollt die neuen Menschen sein? Spielt Ihr mit mir? Habe ich ein steinernes Ei ausgebrütet?

Bernds psychologische Kompaßnadel schlug wild aus, ein Privat-Seismograph, unendlich viele winzige Erdbeben anzeigend. An der Uni hatte er ein Seminar «Ästhetik der Revolution» belegt, wegen und ‹mit› und für Yvonne; denn sie hatte ihm ja die Namen Majakowskij und Lissitzky beigebracht, den alten Pappband «Ecce Homo» von George Grosz geschenkt und von Tairow, Eisenstein und Piscator erzählt. Aber von Yvonne schmeckte er nur noch einen bitteren gelben Nebel auf den Lippen, wenn er sie im Krankenhaus besuchte, er sprach in ihre erwartungsvoll großgerissenen Augen vom Studium und vom Institut; nicht von sich. Damit, schweigend, von Stephan. Seine kleinen Gaben waren erstorbene Zeichen, Flaggen ohne Wind. Herbariumsblumen.

Das Seminar wurde ihr gemeinsamer Käfig. Was

immer er da tat, es glich einem Rennen gegen Stäbe. «Ich will noch verstehen, daß das Berliner Schloß abgerissen werden mußte, gut; oder vielleicht nicht gut. Aber kann mir hier einer erklären – unter dem Thema unseres Seminars –, wieso dann nicht gleichzeitig das Rosa-Luxemburg-Denkmal von Mies van der Rohe neu aufgestellt wird? Welche Ästhetik welcher Revolution diskutieren wir hier eigentlich? Ich melde mich für ein Referatthema ‹Willi Münzenberg, die AIZ und John Heartfield›.»

Genau wußte Bernd nicht, wie krachend seine Provokation war. Er hatte in der Buchhandlung unter dem S-Bahnhof Friedrichstraße ein paar alte Exemplare der AIZ aufgetrieben, Yvonne hatte ihm von der Hungerhilfe für die Sowjetunion erzählt, mit der Münzenberg sein Presse- und Verlagsimperium begonnen hatte – aber daß Münzenberg am Ende seines Lebens sich aggressiv und öffentlich von Stalin abgewandt hatte, wußte er gar nicht. Sowenig wie er das dubiose Ende des kommunistischen Zeitungszaren kannte. 1941 auf der Flucht vor den Deutschen aus dem französischen Internierungslager bei La Tour-du-Pin. «Münzenberg hat die erste deutsche Lenin-Broschüre geschrieben», fügte er seinem Vorschlag trotzig hinzu. Der Seminarleiter Bernhard Franke, jener Assistent mit dem blaurötlichen Gesichtsschwamm, sagte fast atemlos, «Referatsthemen vergebe ich, da kann sich nicht jeder wählen wie oder was er will.»

Da Bernd die Uni nicht ernst nahm, ließ ihn das noch ziemlich gleichgültig. Er wußte, daß er alles, was ihn interessierte, irgendwo nachlesen konnte. Und auch Schorschi brachte ihm, von seiner Jagd nach germanistischen Schwarten, gelegentlich Funde aus den Antiquariaten mit. «Sieh mal, was unser Kulturminister früher so gedichtet hat» – damit präsentierte er ihm den Kurt-Wolff-Band «Zion» aus dem Jahr 1920 von Johannes R. Becher oder «Frag doch mal nach Erich Mühsam, der hat immerhin in München mal Revolution gemacht und die Nazis haben ihn schon 1935 umgebracht; hier habe ich ein paar uralte Exemplare seiner Zeitschrift ‹Fanal› aufgetrieben – nimm die mal mit in Euer komisches Seminar.» Besonders stolz waren beide, als sie bei einem Streifzug einen Band Kurt Tucholsky «Deutschland Deutschland über alles» fanden, ein großformatiges Pappbuch mit Illustrationen und Montagen von John Heartfield – – «prima geeignet für Dein Referat», kicherte Schorschi; «aber sag mal, wußtest Du, daß die Russen heimlich deutsche Truppen in der Sowjetunion ausgebildet haben, in den zwanziger Jahren? Das waren doch die gleichen, von denen sie dann 1941 überfallen wurden. Wer erklärt einem das?»

Niemand erklärte es ihnen. Sie fraßen sich heimliche Gänge durch den Beton der offiziellen Geschichtsschreibung. Jeden der zusammenhanglos aufgeschnappten Beutehappen schleppte Bernd Stephan an; vielmehr warf er ihn Stephan vor – denn seit einiger Zeit mochte er nicht mehr nach Karlshorst kommen. Yvonnes Rückkehr aus der Klinik stand unmittelbar bevor, und Bernd war krank bei dem Gedanken, ihr dort zu begegnen. Früher hatten sie darauf gewartet, daß Stephan auf Dienstreisen oder zu Konferenzen mußte, hatten sich Wein oder Zigaretten oder ein Stück Salami rübergeholt in die «Laube», hatten abends spät auch gelegentlich im verwilderten

Garten gesessen, sich durch ein silbern schimmerndes Spinnweb geträumt oder über ein possierlich-freches Eichhörnchen gelacht. «Sieht aus wie Du», hatte Yvonne einmal geflüstert und mit liebevoller Lüsternheit auf den rötlich-braunen buschigen Schwanz gezeigt. Bernd hatte solche heitere Frivolität sehr gemocht.

Und nun etwa umgekehrt? Warten, bis die «Laube» leer war, damit Kognak oder Pfeifentabak oder ein Stück Käse aus der Küche geholt werden konnte, er und Stephan auf der Pelzcouch, Eichhörnchenlachen und Spinnwebentraum? Nein. So hatte er zu Stephan gesagt, «Bitte komm zu mir, es ist klein, aber lustig und hat genug Platz für uns zwei». Er freute sich sogar darauf, als habe er vergessen, wessen Geschenk er vorführen wollte, was Stephan wohl zu der Riesenreproduktion des Bosch-Bildes sagen würde, zu dem kleinen Eisschrank und dem Ofen im Bad, den man mit Briketts heizen mußte. Mittels einiger Bambusstangen und allerlei Grünpflanzen hatte Bernd es sogar geschafft, eine kleine Eßecke im Zimmer abzuteilen, das im übrigen aus Couch, Tisch, Bücherregalen und einer als Schreibtisch dienenden Zeichenplatte auf Böcken bestand. Bernd war sehr stolz auf sein «Schloß», die Gipsreplik des «Dornausziehers» und die eines winzigen unbekannten Frauenkopfs, den er für minoisch hielt und vor einen kleinen Spiegel montiert hatte; so sah man den besonders schönen Hinterkopf. «Das ist *meine* Nofretete», pflegte er zu sagen. Im Schlafzimmer hingen die Hiddensee-Wolken.

Die kleine Wohnung war ein lustiges Gemisch aus Kitsch-Schnickschnack und Anspruch. Den Nierentisch mit schwarzer Glasplatte und abgespreizten Beinen, unten in Messingtüllen, fand Bernd besonders schön, auch die Bastkörbchen mit Hängepflanzen an den Bambusstäben und die beiden verstellbaren Wandlampen mit durchlöcherten Tütenschirmen aus rot- und blaulackiertem Metall. Das Geschmackschaos zeigte Bernds Unbalanciertheit – auf den halbhohen Bücherregalen einige schöne alte mecklenburgische Keramiken und ein paar hölzerne polnische Volkskunsthandpuppen, aber neben der Couch ein scheußliches Rauchbesteck aus falschem grünem Onyx. Muschelkalk von Bernds Lebensschiff. Seine Bude schlingerte.

Stephan hatte sofort, offensichtlich erleichtert, Bernds Vorschlag zugestimmt. Ein Schiff dreht sich im Wind: Mit Yvonne war er hier nie zusammen gewesen, mit einer eigenartigen Scheu hatte sie die Autarkie seiner Studentenbudenwelt respektiert, sich über die Geschichten von Schorschi, dem knallenden Sektkorken oder dem Kartoffelsalat in der Badewanne amüsiert; aber ihrer beider Ort – das war die «Laube». Im Karlshorster Haupthaus wiederum war Bernd eine Art offizieller Gast gewesen, eingeladen vom «Ehepaar Bärenbach». Erst «seit dem See» war das anders, aber es hatte nie aufgehört, zu fremdeln.

Dies hier war seins. In Bernd klang ein stummes «Kikeriki», der Kamm war ihm geschwollen: *seine* Bücher, *seine* Philodendronpflanze, *seine* «Nofretete» und *seine* Rauchglasgläser.

Stephan brachte an diesem ersten Donnerstagabend einen antiquarischen Bildband Ernst Barlach mit, auf dem Umschlag eine Fotografie der Skulptur «Heimkehr des verlorenen Sohnes». Bernd begriff sofort – und freute sich; diese Rolle in der Rolle berührte ihn tief; wenn Stephan – seltsam: auch er – zu ihm im Dunkeln manchmal «Mein Junge» sagte, fühlte er sich väterlich umarmt, geborgen. Er war nur einmal jemandes «Junge» gewesen, nun holte er sich in Stephan einen Fetzen Vater zurück und selbst gewählte Heimat. «Na, das ist ja eine sehr passende Pointe», sagte Bernd statt dessen angriffslustig, «ich wollte ohnehin von Dir wissen, was das wieder für ein Quatsch mit Eurer Kulturpolitik ist; an der Uni jedenfalls hält sich hartnäckig das Gerücht, Ihr wollt eine Ernst-Barlach-Ausstellung verbieten? Was für ein edler Wettstreit mit den Nazis.»

Bernd hatte seine Aufregung, zum erstenmal Stephan bei sich im «Schloß» zu sehen, in Aggressivität umgebaut. Bisher war diese Wohnung ja emotionsfrei gewesen. Seit Tagen war er nun hin und her gerannt, hatte dort etwas umgestellt, da etwas weggeräumt; Helenchen hatte eine Holzschale mit Radieschen, Gurke und Tomaten gefüllt und ohne die Stimme anzuheben gesagt, «So, wir bekommen also Besuch». Einmal war Bernd etwas druselig geworden, die Ohren drückten und das linke Auge zuckte – das schöne Foto von Yvonne in Hiddensee: wegräumen oder stehen lassen? Er hatte es stehen lassen; man sah es nur, wenn man am Schreibtisch saß.

In seinem «Schloß» war Bernd alles auf einmal: Gefährte eines älteren Mannes; Geliebter von dessen Frau; mittelloser Student; Gastgeber – und ein mehr und mehr Zweifelnder an der Welt der Genossen. Zu der aber gehörte sein Gast, einflußreicher Funktionär, Ehemann seiner Geliebten und Liebhaber des jungen Studenten. Ihre Liebe war Schnitt in der Diagonalen, verband alle Gegensätze – und zerschnitt alles Gemeinsame. Bernds «Ihr und Euer», seine unwillkürliche Wiederholung des Nazivergleichs; es war die Kriegserklärung in der Liebeserklärung. Zögernd.

«Stephan, Du mußt mir helfen, ich weiß da manchmal nicht aus und ein. An der Uni fühle ich mich meist verloren. Ein Student, mit dem ich mich seit langem einmal in der Woche bei mir hier traf, um das Ästhetikseminar vorzubereiten, war in der letzten Sitzung plötzlich von denunziatorischer Feindseligkeit. Eben hat er noch hier auf dem Stuhl gesessen und sich bei mir bedankt, weil er noch nie etwas von Büchner gehört hatte – und wenige Tage später, er hat da irgendeinen neuen Posten bekommen, macht er irres Theater, weil ich was zum ‹Danton›-Stück sage, das ja nicht direkt eine Hymne auf Revolution ist –» Stephan unterbrach ihn leise.

«Bernd, vielleicht machst Du den Fehler, zu menschengläubig zu sein. Weil jemand hier bei Dir einen Keks bekommt, ist er noch nicht Dein Freund. Und weil jemand sich irgendwo ein Pöstchen besorgt, und kleine Wortgaunereien begeht, ist wiederum der Sozialismus noch nicht verraten.»

«Aber Stephan, an was soll ich mich halten, wenn nicht an Menschen. Daß ich hier bin, von West nach Ost gegangen bin, hat doch mit beidem zu tun – damit, daß mir der verlogene Altnazi-Westen auf den Wecker ging, daß ich hier bei Euch an einem richtigen Neubeginn teilhabe –, aber es hat auch, ist ja grotesk, ausgerechnet Dir das zu sagen, mit Menschen zu tun.»

Bernds Stimme versickerte in Verzagtheit. «Du weißt es doch am allerbesten, und das macht mich ja so wirre; ohne Yvonne, und nun ohne Dich, wäre ich nicht hier. Du bist für mich der Osten, dem ich vertraue. Ja, ja, es gibt noch Wolfgang Leszek, den ich sehr mag, und meine kleine Wiener Chefin, vor der ich großen Respekt habe – aber in Dir wohne ich, Dich streichle ich mit meinem Kopf. Aber genau in den will es nicht rein, daß Ihr einen Barlach verbieten wollt – nur mal als Beispiel.»

Er hatte sich ganz in Stephans Armbeuge gekuschelt, er suchte Schutz, aber er wollte sich auch verstecken. So hörte er Stephans Stimme aus weiter Ferne. «Es ist falsch, alles auf einen Menschen zu bauen, Bernd. Es gibt keinen Menschen, der nicht versagt, lügt, ‹falsch Zeugnis redet›, wie es im alten Buch heißt. Du machst mich sehr glücklich mit diesem jungen Vertrauen, es hat das in meinem Leben nie gegeben – dieses ‹mit dem Kopf streicheln›, wie Du es so schön nennst. Aber sei auch vor mir auf der Hut; ich bin nicht der Sozialismus, und ich kann nicht Basis und Ziel Deines Verstehens von Politik sein. Mit Deinem Beispiel hast Du Gottseidank unrecht, was sogar Dein System bestätigt, auf Menschen zu bauen: Bertolt Brecht hat schließlich interveniert, was die Barlach-Ausstellung retten wird. Ich habe hier das Manuskript, das er an entscheidende Funktionäre verschickt und das er auch veröffentlichen wird. Hör mal: ‹Ich halte Barlach für einen der größten Bildhauer, die wir Deutschen gehabt haben. Der Wurf, die Bedeutung der Aussage, das handwerkliche Ingenium, Schönheit ohne Beschönigung, Größe ohne Gerecktheit, Harmonie ohne Glätte, Lebenskraft ohne Brutalität machen Barlachs Plastiken zu Meisterwerken. Es heißt, Barlach habe seine ‹Lachende Alte› gemacht, als er hörte, daß viele seiner aus den

Museen als ‹entartet› entfernten Plastiken in die Schweiz verkauft wurden, Devisen für die Herstellung von Kanonen zu angeln. Es ist interessant, wie die historische Sicht den Genuß an solchen Werken vertieft.»

«Ja, aber . . .»

«Nein, Bernd, laß mich erst noch sagen: Gut, dieses eine Mal hat es geklappt und ein anderes Mal wird es nicht klappen und irgendwer wird irgendwas falsch machen, falsch entscheiden, gar verbieten. Ich weiß, glaube mir, wovon ich rede. Ich weiß aber auch, daß es zu dem hier, wofür ich mich entschieden habe – und wofür Du Dich auch entschieden hast – keine Alternative gibt. Ich meine nicht das verächtlich-kalte Wort von Strategie und Taktik . . .»

«Klar, ich weiß auch was – nämlich, welches Wort Du vorziehst, Du hast es mir schon einmal gesagt: Lenin beim Anhören der Appassionata, ‹Man möchte die Köpfe der Menschen streicheln, aber leider muß man auf sie schlagen, oder abschlagen oder so . . .›»

«Auf sie . . .»

«Gut, gut, meinetwegen auf sie. Aber Stephan, das ist es ja, wogegen sich bei mir alles aufbäumt, nicht gegen dies Pimpfengetue eines blöden Studenten: Wer ist denn Herr Lenin, daß er entscheidet, man – also: er – muß auf die Köpfe der Menschen schlagen? Wer gibt ihm das Recht, auf *meinen* Kopf zu schlagen? Ich *kann* das nicht akzeptieren.»

Die Wellen, die sie eben noch ineinander gewirbelt, miteinander verschlungen hatten, trieben sie weit voneinander fort, spülten Sand und Stein zwischen sie. Das Riff war noch verborgen. Es hieß Geschichte.

An der Uni hatte Bernd sich einen Moment Ruhe verschafft: indem er nämlich im Seminar aus dem Brecht-Manuskript vorlas und sagte: «Ihr seid ja nun mit allen möglichen Argumenten gegen Barlach vorgegangen. Mir sind die hier lieber. Das erscheint demnächst in ‹Sinn und Form›, der Zeitschrift der Akademie der Künste, sozusagen zur Eröffnung der Ausstellung – die stattfinden wird.» Das war den Kommilitonen unheimlich geworden, sie konnten ihn nie richtig einschätzen.

Mal schlug er sie mit einem Marx-Zitat oder der Frage nach dieser Rosa-Luxemburg-Statue, die sie nicht kannten – mal holte er Westzigaretten raus, besaß also die seit einem Jahr verbotene Währung, oder erzählte unverblümt von einem Marlon-Brando-Film. Nun wußte er sogar vor Veröffentlichung von Brecht-Interventionen und einer Ausstellungseröffnung. Sie schrieben es seiner Arbeit am Archäologischen Institut zu, durch die er wohl mit allerlei Autoren, Verlagsleuten und Journalisten verkehrte. Von seiner Beziehung zu den Bärenbachs wußte so exakt niemand außer Schorschi – und der kannte auch nur die zu Yvonne.

Die Arbeit im Institut nahm Bernd sehr ernst, er hatte dort inzwischen einen Vertrag als Redakteur, begutachtete Manuskripte und entwickelte das Projekt eines archäologischen Lexikons, dessen Stichworte unter dem Aspekt des historischen Materialismus vollkommen neu erarbeitet werden mußten. Ein Vorhaben, für das große Mittel eingeplant wurden und das, wenn irgend möglich, mit einem westdeutschen Verlag in Coproduktion realisiert werden sollte. Vorläufig, in diesem Stadium der Planung, ließ

Wolfgang Leszek ihm vollständig freie Hand; Bernd korrespondierte mit ausländischen Akademien, dem deutschen Archäologischen Institut in Rom und verschiedenen westdeutschen Verlagen. Er hatte drei Pläne: Die Haupteinleitung für das Lexikon zu schreiben als theoretische Grundierung der Methode; ebenso einige der wichtigen Stichwortbeiträge; und nebenher langsam seine Dissertation voranzutreiben, die als Publikation des Instituts erscheinen sollte. Er war nicht ehrgeizig, aber eitel. Damit verschaffte er sich Privilegien, die er zugleich ablehnte und als Waffe einsetzte. «Ich habe noch eine Verabredung im Presseclub» oder «seit Wochen warte ich auf Antwort aus Paris wegen bestimmter Fotos der Höhlen von Lascaux» – solche Sätze ließ er sehr bewußt nebenher in der Mensa fallen; es genügte, daß ein Kommilitone sie hörte – dann erfuhren es alle anderen. Bernd zog sorgfältig aufgeworfene Wälle um sich, in die er nur ganz wenige Zugbrücken einbaute.

Eine hieß Telefon. Er hatte es mit unendlichen Listen erreicht, sich diese in Ostberlin rare Installation zu verschaffen. Üblicherweise wartete man Jahre auf einen Anschluß. Aber inzwischen war er Angehöriger der «fortschrittlichen Intelligenz». Auch an diesen Sprachgebrauch mußte Bernd sich erst gewöhnen: «Intelligenz» war nicht eine Eigenschaft, sondern eine Kaste. Sie bestand aus denen, die Lenin «nützliche Idioten» tituliert hatte – Ingenieure oder Museumsdirektoren, Professoren oder Schauspieler, Mediziner oder Bibliotheksleiter; meist Menschen aus dem Bürgertum, die aber linke Sympathien hatten oder eine antifaschistische Vergangenheit und deren Mitarbeit dem seit einem Jahr entstehenden Staat unentbehrlich war. Das Wort «fortschrittlich» meinte, daß sie nicht in der Partei waren, aber auch keine Opposition betrieben.

Es gab «I-Siedlung» genannte Einfamilienhäuser für diese «Intelligenz», «I-Karten» zusätzlich zu den Lebensmittelkarten, «I-Scheine» für Kohlen, «I-Heime» an der Ostsee, «I-Pakete» mit Wurst und Schnaps und Reis und Seife und auch einen «I-Club» – das alles in sich noch einmal gestaffelt nach streng geordneten hierarchischen Kategorien: ein Intendant erhielt größere «I-Pakete» als ein Schauspieler, ein Schriftsteller eher ein Haus in der «I-Siedlung» als ein Museumsmann und man mußte zumindest Lektor eines großen Verlages, Redakteur im Rundfunk oder mehr sein, um den schmalen aufklappbaren Ausweis in dunkelblauem Kaliko zu bekommen, mit dem man den dunkelgetäfelten, zweigeschossigen alten Herren-Club betreten durfte von Hitlers ehemaligem Vizekanzler Franz v. Papen, der jetzt als «Club der Kulturschaffenden» diente; mit einem eleganten Restaurant für teures, aber markenfreies Essen, Clubräumen, Vortragssälen und einem Lesezimmer, in dem immerhin Aragons «Les Lettres Françaises» auslagen oder die linke amerikanische Monatszeitschrift «Masses and Mainstream». Das eine war immer die Sprosse zur nächsthöheren Stufe – weil Wolfgang Leszek inzwischen diesen kleinen Ausweis für ihn beantragt hatte, konnte Bernd wiederum das Telefon beantragen; ein per Lichtbild und blauem Kaliko ausgewiesenes Kastenmitglied.

Für Bernd hatte das eine besondere Bedeutung: Er konnte Yvonne anrufen oder sie ihn. Ihre Beziehung war zerstört, aber ihre Verbindung nicht zerborsten.

Bernd hatte ein Flattern im Magen, wenn sie sich in der Stadt trafen, und einen Geschmack auf der Zunge, wie ihn der versehentlich aufgeknackte Kern eines Pfirsichs in die Schleimhäute beißt. Bittersüß. Yvonne hatte sich verändert. Sie hatte die schwere Operation überstanden, aber nicht überwunden. Die Mundpartie ist ganz verschoben, dachte Bernd, als sie sich zum erstenmal wiedersahen, sie erinnert an eine französische Schauspielerin, die ich neulich gesehen habe – herb, abweisend und traurig in einem. Dünne Faltenlinien rannen den Hals herab, die knäbisch-grazile Person hatte etwas Schwerfälliges, Langsames, Plumpes bekommen.

Bernds Augen waren nicht erbarmungslos, aber schonungslos. Seine Liebe war nicht verschwunden, nur abgesunken. Yvonne war zu mächtig in ihm gewesen, um gänzlich verflackern zu können. Ein Fotoalbum, er blätterte in ihr, schockiert über vertraute Spuren – sei es eine Tasche, ein Kleid, der Ring. Es war alles dasselbe, und es war alles anders. Früher waren die Dinge und Yvonne eins gewesen, nun hingen sie an ihr, tote Signale, deren Zeichensprache für Bernd erloschen war.

Yvonne hatte etwas Zaghaftes bekommen, Zögerndes; manchmal schien es Bernd: etwas Lauerndes. Die frühere Spannung zwischen ihnen war nun nur noch ihre Gespanntheit. Es gab nicht einmal mehr Streit. Keine Beiß-Nähe. Gelegentlich konnten sie zusammen lachen. Kürzlich hatte er sie, nicht ohne Stolz, in den Club zum Abendessen eingeladen, und sie waren Zeuge einer so grotesken wie lächerlichen Szene geworden: jener smarte junge Dozent war in Begleitung von Bernds Kommilitonin, der schwunghüftigen Katzentänzerin mit dem schwarzen Haarvorhang erschienen, in einem kleinen Nebenraum gab es ein Essen offenbar für eine italienische «Delegation»; Bernd hatte davon gehört, ein kommunistischer Maler und ein junger Dichter wurden erwartet, deren «formalistische Kunst» man ablehnte, die man aber als Genossen brüderlich begrüßen mußte. Schließlich erschien, Bild einer Provinzinszenierung, der schwankend-betrunkene Marxismus-Experte im Türrahmen, hinter sich den Lärm der Gäste, vor sich seine Begleiterin, vor der er auf die Knie fiel, im selben Moment hochhechtete und – willentlich oder stolperndes Versehen – mit dem Zipfel des Tischtuchs sämtliche Gedecke, Gläser, Blumen herunterriß. Eine Metall-Porzellan-scheppernde Fahne offenbarer Eifersucht, die er um sich schwang, wütend, glorios, impertinent.

Yvonne und Bernd waren erst angeekelt von der groben Wodkaprotzerei. Doch das Bild der hilflosen Studentin und des Stelzenden, so behutsam, als wolle er die Scherben nicht zertreten, die er zugleich in einer teppernden Schleppe hinter sich her zerrte, ein langes, weißes Fischnetz voll Blumen, Früchten, Fleisch und blutender Sauce, war auch so komisch-unspießig hier im braven Privilegierten-Club, daß sie lachen mußten. Die Kellner im dunklen Anzug mit Silberschlips, empörte Bahnwärter «aus Ilmenau», an denen ein heiter-aufgelöstes Speisewagenfest vorüberrauschte, blickten das lachende Paar strafender an als den historisch-materialistischen Bacchus. Zwischen Yvonne und Bernd tanzte ein winziger Blitz seinen elektrischen Draht entlang und im Ton alten Einvernehmens sagte sie: «Weißt Du, mein Vater wird ja demnächst fünfundsechzig. Er bekommt da zwar irgendeinen Orden, möchte aber keine offiziellen Feiern. Wir wollen ihm bei uns einen kleinen Abend geben – komm doch auch. Ihn wird das freuen.»

Bei uns, wir wollen, ihn wird das – Bernd hörte genau, was ihm da gesagt wurde. Aber der Magnetismus war da, minutenlang hielt Yvonne ihn in ihrem Bann. «Ich hab eventuell Gelegenheit zu einer aufregenden Reise, nach Hamburg, aber es fehlt noch die letzte Genehmigung. Wenn die klappt, kann ich nicht, Du kennst das ja, man kann so was nicht einfach verschieben. Sonst komme ich.»

Eigentlich waren es zwei Reisen, auf die Bernd sich mit großer Erregung freute. Stephan hatte eine Erkundungs- und Vortragsreise durch verschiedene Bibliotheken und Institute in Sachsen, Thüringen und im Harz vor, er suchte ständig nach Material für sein Exilinstitut, Erstausgaben, Briefwechsel, Tagebücher, Nachlässe. Erst vor wenigen Tagen hatte er zu Bernd gesagt, «Komm doch mit, ich hab einen Wagen zur Verfügung – und wir können ein paar Tage in Weimar oder Quedlinburg für uns herausschneiden, es müssen schöne alte Städte oder Reste davon sein, ich kenne sie nicht.»

Gleichzeitig begann im Institut bei und mit Bernd sein erster heftiger Kampf. Er war inzwischen großer Verehrer von Schliemann geworden. Der hatte sich – nach Versuchsgrabungen im Jahre 1876 – einen lang gehegten Wunsch erst acht Jahre später verwirklicht: nämlich den Palast von Tiryns zu erforschen. Diese wohl im 13. Jahrhundert v. Chr. vollendete Burg- und Palastanlage hatte es auch Bernd angetan. Die letzte zusammenfassende Darstellung war 1915 erschienen. Bernd wählte Tiryns als ersten Stichwortartikel für das geplante Lexikon; es sollte sein Probelauf und sein Modell werden. Seit Wochen hatte er sich in das Material eingewühlt, Argos, das Zentrum der geschichtlichen Entwicklung Griechenlands in der ausgehenden Bronzezeit, studiert und sich in die Mythen der Dynastie von Argos vertieft: Proitos, Bruder des Königs von Argos, und seine einäugigen Riesen, die Kyklopen, oder Perseus – Zeus' Sohn – als Gründer von Mykene; das fand er «im Winkel des rossenährenden Argos» in der Odyssee, und er versuchte, sein eigenes System zu entwickeln, indem er Mythos und Politik und Landwirtschaft aufeinander bezog. In den homerischen Worten «rossenährend», «üppiges Ackerland» oder «sehr durstig» sah er Chiffren für landwirtschaftliche oder bewässerungspolitische Probleme, und die damals nur wenigen hundert Meter, die Tiryns vom Meer entfernt lag, waren für Bernd nicht nur Möglichkeit für Fischfang und Handel, sondern auch der gegenseitigen Durchdringung der ägäischen, mykenischen und alter östlicher Kulturen. Die Übernahme der Schrift aus Kreta galt ihm als Beweis ebenso wie der Name Tiryns, der einem vorgriechischen, vermutlich ägäischen Sprachstamm zugeordnet wurde.

Bernd versuchte – «mein Mythenkrimi», pflegte er zu Schorschi zu sagen –, durch einen Katalog von Fragen sich und den vorgesehenen Lexikonbenutzern Klarheit, zumindest Kenntnisse zu verschaffen. Wieso ist Tiryns schon zur beginnenden Bronzezeit (2800 bis 1900 v. Chr.) ein dominierender Siedlungsplatz? Warum hebt die Geschichtsschreibung die Rolle Agamemnons von Mykene so hervor, während Palastarchitektur und Befestigungssysteme von Tiryns zur selben Zeit gleichbedeutend sind? Was ist die oft beschriebene «Rückkehr der Herakliden», nachdem die Zitadelle von Tiryns ungefähr 1200 v. Chr. zerstört wurde? Von wem zerstört? Welchen historischen Kern enthält der jeweilige Mythos? Was befähigt die Tirynthier nach ihrer Vertreibung im 5. Jahrhundert v. Chr. und Neuansiedlung an der Ostküste (nahe dem heutigen Porto Cheli), eigene Münzen zu prägen mit der Aufschrift «Tirynthier»? Weshalb rühmt sie der Spartanerkönig Pausanius als Teilnehmer am Sieg über die Perser, indem er sie auf der bronzenen Schlangenleiberstütze eines Dreifußkessels verewigt?

Er konnte sich nicht satt fragen, betrachtete Keramiken und las, was Schliemanns Mitarbeiter Wilhelm Dörpfeld über die Baugeschichte beigesteuert hatte; 1880 war die erste große Untersuchung «Tiryns. Der prähistorische Palast der Könige in Tiryns» erschienen. Erschöpft und erleichtert brachte er sein Manuskript und einige Abbildungen der Wehranlagen, der Nekropole und verschiedener Fresken und Friese ins Institut. So sollte das Ganze werden – erzählerisch, spannend sogar für Laien, Kunst nicht als Widerspiegelung, sondern als autonomen Bestandteil innerhalb eines Geflechts von Politik, Wirtschaft und mythischer Überlieferung begreifend. Eitel und erfolgssicher sonnte sich Bernd in seinen Funden und fragend hergestellten Bezügen.

Aus dieser Sonne schlug der Hagel. Zwei Wochen nach der Manuskriptabgabe lag eines dieser dienstlichen Umlaufkuverts aus häßlichem, dickem braunem Packpapier auf seinem Tisch, auf denen durch Linienaufdruck und Kästchen Absender, Empfänger und Datum kenntlich gemacht wurden. Von Wolfgang Leszek. An Bernd Walther. 13. Januar 1953. Bernd wußte, daß in diesen «Einschreibebriefen», wie er sie nannte, immer Unangenehmes steckte; in allen Büros lagen altmodische dicke Registriermappen, in denen Ausgang und Eingang sorgfältig notiert wurden, sogar die Uhrzeit. Es war, ohne Anrede, gez. W. L., eine Vorladung zu einem «Leitungsgespräch», in Form einer Aktennotiz:

Betr. Projekt «Lexikon der Archäologie»

1. Kollege Bernd Walther hat als Modellschema für das von ihm betreute Projekt «Lexikon der Archäologie» einen Artikel über Tiryns eingereicht.
2. Die Arbeit ist unbrauchbar und schädlich, weil sie
   a) vollkommen unkritisch den bürgerlichen Begriff des Mythos übernimmt
   b) ohne historisch-materialistischen Ansatz Aufstieg, Herrschaft und Verfall von Dynastien zur historischen Datierung benutzt
   c) auf Vorarbeiten bürgerlicher Forscher wie Schliemann basiert, ohne fachspezifische sowjetische Arbeiten zu berücksichtigen
   d) sich ausschließlich auf die Analyse von Herrschaftsarchitektur beschränkt und an keiner Stelle die Frage erörtert, wer hat wen beherrscht; wo bleibt der Klassenstandpunkt?
   e) damit jeglicher Problemerörterung einer Sklavenhalterkultur ausweicht, wie sie schon von Marx und Engels charakterisiert wurde.
3. *Fazit:*

   Kollege Bernd Walther – der bezeichnenderweise ständig den Terminus «vor Christus» verwendet statt «vor der Zeitrechnung» – kann dieses Projekt nicht weiter selbständig betreiben. Er ist schriftstellerisch begabt und kenntnisreich – aber es muß ihm ein Kollektiv zur Seite gestellt werden, das peinlichst die Einhaltung des Klassenstandpunkts garantiert. Vorschlag: die Genossen Bialek und Grössner.

4. Kollege Bernd Walther hat diese Arbeit ohne Erlaubnis bereits an unseren prospektiven westdeutschen Coproduzenten geschickt. Um Schaden vom Institut und der Sache abzuwenden, wird ihn – vorbehaltlich der noch ausstehenden Genehmigung des Ministeriums – die Genossin Dr. Bornstein auf der Reise nach Hamburg begleiten.
5. Leitungssitzung zum konkreten Ausdiskutieren aller anstehenden Fragen im kleinen Sitzungsraum, 20. Januar. Teilnehmer: Genossin Dr. Bornstein, die Genossen Bialek und Grössner, Kollege Bernd Walther und der Unterzeichnete.

Bernd reagierte mit seinem typischen Hasen-Zickzack; obwohl er wußte, daß dies ernst war und er das Gewicht bestimmter Worte wie «schädlich» oder «Klassenstandpunkt» und der obligatorischen Hinweise auf Marx und Engels und sowjetische Forschungen durchaus kannte – amüsierte er sich. «Na, dann sollen sie das Ding mal schön allein entwickeln», feixte er. Doch erst Tage später spürte er im Magen, wie tief er getroffen war: das gönnerhafte «eingereicht», das oberlehrerhafte «unbrauchbar», der unpersönliche Kommandoton von jemandem, mit dem er sich doch in zwinkerndem Einverständnis wähnte. Sie haben alle zwei voneinander abgespaltene Persönlichkeiten. Sie stehen weder zu Freundschaft noch zu Verrat. Sie schielen.

Zur Empörung der Fahrgäste mußte Bernd während der Fahrt die Türen des U-Bahnzuges aufreißen – er kotzte gelbe Brühe in den dunklen Tunnel. «Der Junge hat ja janz scheen een uff de Lampe jekippt», sagte gemütlich-verständnisvoll ein dicker Mann mit einem Handwerkskasten auf dem Bauch, «is ja man nur jut, dassa mia nich ins Klavier jespuckt hat, wa?»

Bernds Klavier war gründlich verstimmt. Er konnte und konnte die Doppelgesichtigkeit nicht verdauen. Wider alle taktische Vernunft hatte er auf eine seiner Visitenkarten gekritzelt, «Lieber Wolfgang, ich versteh' Dich nicht – bist wirklich Du das, der so schreibt? Dann von mir aus einen anderen ‹dynastischen› Satz: ‹Macht Euch euren Dreck alleene.› Traurig. Bernd.»

Das Kuvert mit der Karte schickte er an Leszeks Privatadresse; wie immer mischte sich in Bernds Verletztheit eine Berechnung; er wußte ganz genau, daß sie niemanden hatten, der ihnen dieses devisenbringende Prestigeprojekt ‹durchziehen› konnte, wie es im Jargon hieß. Seine Drohung niederzulegen, war die beste Attacke und die einzige Rettung – für ihn, für das Lexikon und für die Hamburg-Reise.

Jene Sitzung hatte Bernd noch bravourös durchgestanden, mit ziemlichem Zynismus – er hatte sich hinter dem großen Schatten Stalins versteckt. Fast eine Stunde hatte er gar nichts gesagt, während der verschiedenen Vorhaltungen nur demonstrativ Zigaretten aus dem Pall-Mall-Päckchen geschnippt und keine einzige Notiz auf dem bereitgelegten Block mit dem gespitzten Bleistift neben der Apfelsaftflasche gemacht. Dann rekelte er sich belästigt hoch, zog ein Blatt aus der Tasche und gab seiner Stimme bemüht einen gleichgültig näselnden Klang: «Die Runde von Experten beeindruckt mich natürlich. So bin ich gerne bereit, Einzelheiten zu überprüfen oder zu korrigieren. In der Grundfrage allerdings überzeugt mich eine andere Autorität; die Grundfrage nämlich – wenn ich es recht verstanden habe – betrifft ja die gesamte Anlage des Projekts und nicht, ob man ‹vor Christus› sagen darf. Sie heißt: ist Kunst Widerspiegelung der Realität, der Klassensituation der Sklavenhalter- und Ausbeutergesellschaft, oder ist sie autonom. Da wir hier kein Seminar abhalten können, beschränke ich mich auf ein Zitat – bei dem ich Sie bitte, das Wort Sprache durch Kunst zu ersetzen:

‹Frage: Ist es richtig, daß die Sprache ein Überbau der Basis ist?

Antwort: Nein, das ist nicht richtig.

Die Basis ist die ökonomische Struktur der Gesellschaft in der gegebenen Etappe ihrer Entwicklung. Der Überbau – das sind die politischen, juristischen, religiösen, künstlerischen, philosophischen Anschauungen der Gesellschaft und die ihnen entsprechenden politischen, juristischen und anderen Institutionen.

Jede Basis hat ihren eigenen, ihr entsprechenden Überbau. Die Basis der Feudalordnung hat ihren Überbau, ihre politischen, juristischen und sonstigen Anschauungen und die ihnen entsprechenden Institutionen, die kapitalistische Basis hat ihren Überbau, die sozialistische den ihrigen. Ändert sich die Basis und wird sie beseitigt, so ändert sich anschließend ihr Überbau und wird beseitigt; entsteht eine neue Basis, so entsteht anschließend auch ein ihr entsprechender

Überbau. Die Sprache unterscheidet sich in dieser Hinsicht grundlegend vom Überbau.›

Geschult wie Sie sind, meine Herrschaften, werden Sie den zitierten Autor sofort erkannt haben. Stalin heißt er.»

«Eine Fahrkarte, Mensch, Du hast eine Fahrkarte geschossen!» Schorschis Stimme krächzte und quäkte, auch ein wenig feixend. «Weißt Du, was das heißt?» Er bog sich vor, aber nicht vor Lachen, er starrte Bernd ins Gesicht, sie saßen im «Schloß» und tranken Kaffeelikör; Bernd fand das besonders schick. «Klar weiß ich, was das heißt – nämlich eine Fahrkarte nach Hamburg habe ich geschossen.» – «Ach, Mensch, Du bist eben nicht zu retten. Jemanden wie Dich darf es gar nicht geben – Du wirst immer siegen, aber schließlich verlieren. Eine Fahrkarte schießen, das heißt bei uns unfeinen Leuten, was Ihr feinen Leute, glaube ich, einen Pyrrhus-Sieg oder so ähnlich nennt. Du magst mit Deiner Frechheit eine Schlacht gewonnen haben, aber Du beginnst, Deinen Krieg zu verlieren – merkst Du das denn gar nicht? An der Uni bist Du ohnehin schon der bunte Hund, Deine Paradiesvogel-Existenz da ist doch nur möglich, weil sie Dich für eine große Nummer in diesem Institut halten; und nun knackst Du Dir selber diese Säule weg. Die werden Dir das nie vergeben. Überlegene sind immer verhaßt. Und bilde Dir bloß nicht ein, daß sie Dich so furchtbar brauchen. Kein Mensch ist unersetzlich und Deine Töppe und Treppen und Scherben – glaub doch nicht, das sei wirklich wichtig. Solch ein Lexikon kann man auch sein lassen, und den Herrn Bernd Walther kann man auch sein lassen. Was bist Du herrlich dämlich. Aber nun komm, die Bienen warten auch nicht endlos.»

Sie waren mit Fieps-Gerda und einer Freundin von ihr verabredet. Bernd war so aufgedreht, daß er Schorschi verführte. «Weißt Du was, wir gehen heute mal im Westen aus. Ich hab zwar auch kein Geld», nahm er Schorschis Einwand vorweg, «aber ich kenne einen Dreh, wie man sich auch ohne Piepen amüsieren kann wie Bolle auf dem Milchwagen.»

Also zogen sie los – in «Remdes St. Pauli» an der Joachimsthaler Straße. Schräg gegenüber vom Bahnhof Zoo, ein «Tanzpalast» im 1. Stock, den die drei anderen, für die Westberlin ein fremdes Terrain war, wie eine Steilwand erklommen. Sie landeten in dem mies-glitzernden Amüsierschuppen, an den kleinen runden Tischchen – schwarze Holzkatzen mit weißen Pfötchen, an deren gerecktem Schwanz Salzbrezeln aufgesteckt waren, Aschbecher in Form kleiner Porzellanklos und in der Mitte jeweils eine Messinglampe mit gefaltetem Seidenschirm – saßen beringte Gebrauchtwagenhändler, toupierte Friseusen und Verkäufer von Herrenoberbekleidung in Pepita; dazwischen ein paar ältliche Nutten. An der Decke drehte sich eine durchlöcherte Metallscheibe, die abwechselnd rosa, orangefarbenes und grünes Licht durch den Raum sprenkelte, der vor einer Bühne mit schwarzen Wolkenstores eine ovale Tanzfläche feilbot.

Das Geld hatte gerade gereicht für den Eintritt und eine Mark für den Einlasser in grüner Phantasieuniform mit silbernen Litzen und Troddeln und schwarzer Lack-Schirmmütze. «Was soll denn das?» fragte mißtrauisch Gerdas Freundin Linda, eine nördlichblaßblonde, etwas streng und hager aussehende Musikstudentin, als Bernd großmäulig auf die Frage des Kellners, «Was darf's sein, die jungen Herrschaften», antwortete: «Das werden wir gleich haben – muß nämlich noch verdient werden.»

Der Clou des Etablissements waren Darbietungen. Eine rundliche Blondine im hellblauen Miniröckchen trat vor den schwarzen Vorhang und verkündete: «Ja, meine Herren, nun wollen wir mal sehen, wer von Ihnen Mumm in den Knochen hat und Erfahrung, eine Frau anzuziehen.» Sie machte neckisch eine routinierte Pause, weil sie das «Hähä» kannte, das darauf von den Brezelschwänzen schallte. «Hier oben haben wir die rassige Ramona aus Madrid und die mondäne Françoise aus Paris» – der Vorhang wurde hochgezogen und da standen, in langmähnigen Perücken, mit einem winzigen straßbesetzten Slip bekleidet zwei Verkäuferinnen aus Neukölln. Neben jeder lag ein Stoffballen, lila für die Dunkle, tiefblau für die Blonde. «Sie sehen, meine Herren, die Damen frieren» – Hähähä –, «wer traut sich zu, sie rasch und elegant anzuziehen? Die Spielregeln: Hier liegen jeweils zwölf Meter Stoffbahn, damit müssen die Damen von jeweils einem Herrn schnieke eingekleidet werden. Dahinten sehen Sie eine große Uhr hängen. Wer am schnellsten fertig ist –» auch diese flache Anzüglichkeit löste Wiehern an den Tischen aus – «hat gewonnen. Preis: eine Flasche Mon Cheri-Sekt.»

Das war Bernds Moment. Damit ihm keiner zuvorkommen konnte, sprang er sofort, von prasselndem Beifall begleitet, auf die Bühne und zeigte von oben auf Schorschi: «Der Herr da hat sich als zweiter gemeldet», sagte er zur blauen Blondine. Entgeistert tapste Schorschi in einen ohrenbetäubenden Tusch hinein und fauchte Bernd an: «Bist Du verrückt geworden?»

Aber da ging es schon los, die Uhr begann mit großen Zeigern die Zeit zu schneiden, Bernd griff in den lila Seidenballen, drehte, wickelte, drapierte. Seine Ramona, den Rücken zum Publikum, flüsterte ihm zu, «Nich so uffjerecht, Kleena. Spendierst mia hintaher paar Zigaretten – dann helf ich Dia.» Heimlich zog sie aus ihrer Löwenmähne ein paar Stecknadeln, befestigte sie in den rutschenden Stoffbahnen; ein Pieks am Busen, hinten am Hals, an der Taille – und schon drehte sie sich in Siegespose mit hochgereckten Armen, Miss Remdes, zum Publikum, vier Minuten waren beim leisen Schirpen der Jazzbesen vergangen, und Schorschi murkelte noch immer an seiner nackten Pariserin aus Neukölln herum, stand da mit einem blauen Seidenfluß im Mund.

Trompete, rosa Scheinwerferlicht, Johlen, Beifall, Knicks, Verbeugung – und neben dem Tisch bereits die Flasche Sekt im Kühler, als Bernd sich setzte. Schorschi war beleidigt und Bernds Erklärung – «Mensch, versteh doch, das ist ja die Masche: einer von uns beiden mußte ja die Pulle gewinnen, begreif doch den Trick», nützte nichts. Aber Bernd gab nicht nach. Er mußte die innere Spannung loswerden und war wild entschlossen, sie aus sich herauszuschütteln, zumal er schnell feststellte, daß die Musikstudentin seine beiden Lieblingstänze, Samba und Tango, ganz fabelhaft phantasievoll beherrschte.

«Paß auf, Schorschi, nun sei doch nicht so mufflig – ich hol uns noch eine Pulle Rum.» Bernd kannte den Laden, er wußte: wenn zur allgemeinen Begeisterung und von den meisten mitgesungen «Bei Capri die rote Sonne im Meer versank», kam die nächste Nummer. Vor einer mit Palmen, Nachthimmel, Mond und Sternen bemalten Leinwand, auf der rechten Seite der Bühne drei schwarz angemalte Elektrolehrlinge mit roten Wulstlippen und Riesenblechohrringen, schwarzer Fransenperücke und Rumbarasseln, mußten sich wiederum zwei männliche Gäste eine Konkurrenz liefern. Unter dem «Olé»- und «O sole mio»-Geschrei der rasselnden Negerlehrlinge sollten sie sich bis auf die Unterhosen ausziehen, ein bereitgelegtes Röckchen aus Bastfransen anziehen, zwei riesige Pappbananen ergreifen und nach eigener Erfindung einen Solotanz vorführen. Imitation von Rita Hayworth' aus allen Grammophonen jaulendem «Put the blame on Mame» aus dem Film «Gilda». Der Sieger wurde auf dreifache Weise gekürt – wer hatte sich am schnellsten an- und ausgezogen, wer hatte sich am verrücktesten bewegt, wer bekam den meisten Applaus.

Die ausgesetzte Flasche deutschen Rum hatte Bernd schon zweimal gewonnen; er wußte ziemlich genau, daß die Männer sich in Peinlichkeit verheddern, daß sie sich nicht ungeniert bewegen und daß er sich des Applaus des weiblichen Publikums sicher sein konnte. Die anderen behielten auch nackt die Sockenhalter an und die Hosenträger über ihren schwabbeligen Bierbäuchen – er war groß, schlank, sein rotbraun gelocktes Brustfell und der dicke Haarschopf, den er abwechselnd ins Gesicht und ins Genick warf, machten ihn zum Faun von der Joachimsthaler Straße. Er wollte zwar den Rum, aber Kaffeelikör und der süße Sekt quirlten schon in seinem Kopf herum. Er wollte eigentlich etwas ganz anderes: geliebt werden. Auf der allerbilligsten schamlosesten Ebene wollte er sich zurückholen, was ihm entglitt – Yvonne, das Institut, die Uni; auch schon Stephan?

Bernds Einsamkeitssolo war versunken und eruptiv zugleich. Er raste, tobte, drehte Pirouetten, das lächerliche Baströckchen ein fahler Strohteller um die Hüften, die Pappbananen, riesige gelbe Papageienschnäbel, hackten aus ihrem Wirbel in den Rotschopfmop und schrien Jahabeich. YvonneStephanBernd. TirynsKlassenkampf. KalikoPorzellan. GenossinDr.RitaHayworth. KleinerSambaKonferenzraum. WennbeiArgosdieRoteFahneinKarlshorstversinkt.

Der zweite Mann war längst von der Bühne. Bernd fror schwitzend, er trieb die jaulenden Negerlehrlinge fingerschnippend zu immer schnellerem Tempo, er hing in den Fäden der eigenen Begehrlichkeit, die seine Glieder zerrte, klappte, öffnete und hatte zugleich die Begier der parfümierten, bereits in tosendem Rhythmus klatschenden Gaffer an seinen Fingerschnüren. Bernd, so oft weggeworfen, warf sich weg, in den gepuderten Dreck von «Remdes St. Pauli». Er zitterte in seinem Schweiß und spürte, daß er einen mächtigen Steifen hatte. Jäh hielt er ein, die Musik riß. Er machte einen Handstand. Sein Mast, eine starre in Leinen geblähte Leiche, schrie in die Strohhalmmäuler. Es gab zwei Flaschen Rum.

Hamburg begrüßte sie mit gebleckten Zähnen. Eishagel hatte den schimmernden Panzer der Stadt poliert, die Dächer der Häuser glänzten metallen, die Straßen graue Eisenbänder, und die beiden Alsterbecken, die der Zug zum Bahnhof Dammtor überschnitt, zwei stählerne Pfannen. Dr. Bornstein und er hatten die in letzter Minute genehmigte Reise ungesprächig begonnen. Stephanie hatte sich liebenswürdig-altmodisch feingemacht: ein Reisekostüm aus taubenblauer gewachster Seide, dessen Plisseerock sie noch zierlicher erscheinen ließ, und eine dieser duftigen Organzablusen, rosa, mit einem kleinen Stehkragen, und dazu passende rosafarbene Handschuhe. Im Gepäcknetz lag ein runder Hutkoffer aus schwarzem Lackleder mit gelben Riemen und zahllosen halbabgepellten, zerfaserten Hotelaufklebern. Aber ihr war die Bewacherrolle sichtlich unbehaglich, und Bernd hatte einen Flattermagen, wenn er an die schwierige Verhandlung dachte: Er sollte einen Lizenzvertrag für ein Projekt aushandeln, das sein Institut so nicht wollte. Die Stahlstichakkuratesse der Häuser um die Alster schien ihm ein Filter. Schon während der kurzen Taxifahrt zu ihrer kleinen Pension am Klosterstern hatte er das Gefühl: Diese Stadt kann man nicht aufklappen. Ein lächelnder Haifisch im schäbigen Blazer wies ihnen die Zimmer.

Der Verlag entsprach überhaupt nicht ihren Vorstellungen von dem so modernen funktionstüchtigen Westen. Er hauste in einer kleinen Straße in der Nähe der Universität, verteilt auf mehrere Häuser, eingemietet in alte Wohnungen mit langen, dunklen Korridoren, in denen Schränke mit Akten standen und Bücher oder Zeitschriftenjahrgänge sich auf dem Boden stapelten. Für die beiden Besucher, die genormte Solidität ihrer stillen, großen Büros gewohnt, mit falschen Perserbrücken, Kunstleder-Sitzgarnituren und mächtigen Schreibtischen, wo in jedem Zimmer die gleichen Preßglas-Aschbecher standen, die gleichen Terminkalender mit Landschaftsfotos nach Jahreszeiten geordnet hingen und die gleichen pappenen Postmappen lagen – grün für «Eingang», braun für «Ausgang» –, war dies hier auf erschreckende Weise unseriös. Es hatte etwas von Zirkus, etwas Zigeunerhaftes.

Die Sekretärin war über den eigenen Fehler so entgeistert, daß sie wütend schnappte: «*Sie* sind das? Heute? Wieso kommen Sie heute? Wir haben Sie morgen erwartet.» Stephanie Bornstein versuchte sich unsichtbar zu machen, ein in gewachste Seide plissiertes Chamäleon; aber Bernd sagte überaus liebenswürdig: «Aber bitte, wenn Ihnen das lieber ist, kommen wir gern morgen wieder; obwohl wir etwas knapp mit Westmark sind. Nur – verabredet waren wir heute. Wenn ich Ihnen den Brief von Herrn Dr. Wohltat zeigen darf.»

Dr. Wohltat war da, nein, war nicht da, «er muß irgendwo im Haus sein, bitte nehmen Sie einen Augenblick Platz», war nicht zu finden, die plötzlich sehr höfliche Sekretärin bot Kaffee an, telefonierte, sauste ins Nebenhaus, «er kommt bestimmt jeden Moment». Er kam, war im dritten angemieteten Haus um die Ecke bei einer Besprechung gewesen, war genauso überrascht wie die Sekretärin, hatte wohl nicht nur nicht mit heute, sondern überhaupt mit gar keinem Besuch aus Ostberlin gerechnet, «Korrespondenz? Haben wir korrespondiert? Ein Lexikon? Wirklich? Ach so, ja, jetzt erinnere ich mich – ja, dann schießen Sie mal los». Bernd fühlte sich vor Dr. Bornstein wie ein Hochstapler. «Aber Sie kennen doch mein Exposé, Herr Dr. Wohltat? Ich habe Ihnen doch vor drei

Monaten zwölf Seiten Exposé und eine Art Musterstichwortmanuskript geschickt. Darauf haben Sie doch auch geantwortet – und zwar mit dem Vorschlag, die Sache in Hamburg zu besprechen.» – «Ach, mein Gutester –» sprach der Mann auch noch Sächsisch? – «das werden wir schon hinkriegen. Ich sehe ja, Sie haben Ihre Unterlagen dabei. Wissen Sie was – ich finde meine bestimmt nicht. Gehen wir erst einmal zusammen essen, da bespricht sich das alles viel angenehmer.»

Der Mann war nett, konfus, aber – wie sich rasch herausstellte – hochintelligent, ein listiger und lustiger Profi, dabei ein großer Charmeur, der hinter der Wand seiner liebenswürdigen Umgangsformen blitzschnell sortieren konnte. Sie kannten diese Art Geschäfte zu machen, ohne von Geschäften zu sprechen nicht, aber Bernd begriff, daß er diese Gangart einhalten mußte, um zu seinem Ziel zu kommen. Er fing die Anekdoten und Pointen auf, lauter freche, leichte Pingpong-Bälle, tat lässig, als seien Steinbutt und Scampi in Weißwein mit gebratener Petersilie seine tägliche Mahlzeit, und bemerkte nicht, daß er tapfer und forsch in lauter kleine Fallen lief. «Noch einen Gin Tonic?» hatte Dr. Wohltat sie beide nach dem ersten Drink gefragt und nach Stephanie Bornsteins erschrockenem «Bitte. Danke. Wirklich nicht» hatte Bernd bestellt: «Nein. Ich nehme lieber einen Whisky Tonic.» – «Das nenne ich Individualismus, junger Mann.» Bernd hörte die Ironie nicht, weil er keine Ahnung hatte, was Tonic ist. Doch der Mann in dem etwas zu tailliert geschnittenen hellgrauen Flanellanzug mit gelber Seidenkrawatte und gelben Frottésöckchen, ein freches orangegrünes Tuch in der Brusttasche, hatte flinke Augen. Mit schneidender Eleganz hatte er Dr. Bornstein auf dem Gleis «Liebe, sehr verehrte, gnädige Frau» abgestellt; wann immer sie sich an dem fachlichen Gespräch beteiligen wollte, wurde sie mit einem so öligen Höflichkeitsparfum überschüttet, daß sie abglitt, eine Fliege im Glas. Dr. Wohltat hatte nach dem Hauptgang gescherzt, «also zum Dessert ein DDR-Exposé, ja?» Und sich sofort kritisiert, «Spaß beiseite, Sie müssen unbedingt das Champagnersorbet hier probieren – Sie sind natürlich meine Gäste, wohl verstanden –, aber vorher schießen Sie mal los, junger Mann.» Dann schlug er sich nach kurzem Blättern in den Schreibmaschinenseiten knallend mit der flachen Hand an die Stirn, «Mein Gott, ich Ochse – pardon, liebe, gnä' Frau –, ich bin ja wirklich total idiotisch, natürlich hab ich das alles gelesen, auch Ihren Tirynsartikel, großartig, ganz fabelhaft. Sie müssen mir verzeihen, ich komme gerade aus Amerika, wir wollen da eventuell eine der führenden Archäologiezeitschriften in Lizenz übernehmen, da ist mir diese Sache vollkommen aus dem Gedächtnis gerutscht. Zumal, wissen Sie, unser eigentlicher Fachberater für ein solches Projekt am Starnberger See sitzt. Wissen Sie was, lieber Freund: Das Beste ist, Sie fahren da mal runter dieser Tage, der soll alles mit Ihnen besprechen und mich dann anrufen. Nur vergessen Sie nicht meinen Wahlspruch – sehen Sie, hier ist er gedruckt.» Der Bär mit der Wieselzunge öffnete sein Päckchen Players-Navy-Cut-Zigaretten; innen war ein Aufdruck «It's the tobacco that counts». «Bei mir heißt es: ‹It's the money that counts›. Verstehen Sie – wenn Sie in Starnberg waren, dann müssen wir erst mal kalkulieren.»

Der Whisky Tonic und das orange-grüne Tüchlein, der Sancerre – «Nehmen Sie Sancerre, der ist hier besonders gut, ein 48er, guter Jahrgang, ich trink' den immer zum Butt, gnä' Frau» – und der Starnberger See mit dem Tobacco-Money: in Bernds Kopf drehte sich alles. «Wissen Sie», Stephanie Bornstein hatte sich beim Kaffee aufgerafft, «so einfach ist das nicht für uns. Wir können hier nicht mal so eben in der Gegend herumreisen . . .» – «Ach, was», unterbrach der Wieselbär, «wissen Sie – Sie sind doch Wienerin, sagten Sie?, meine Frau ist auch Wienerin, die wird sich sehr freuen, Sie kennenzulernen. Warum sagen Sie ‹wir›? Bleiben Sie doch einige Tage in Hamburg, kaufen Sie sich ein paar schöne Sachen, bei Ihnen gibt es doch so vieles gar nicht, hört man immer, ich weiß es nicht, war noch nie da – übrigens, da fällt mir ein, mein Lieber: Wenn Sie mir einen Gefallen tun wollen und mir mal ein, zwei Ernst-Busch-Platten aus der DDR schickten, da wäre ich Ihnen mächtig dankbar, die wieder gibt es nämlich hier nicht. Also, wo waren wir stehengeblieben, was wollte ich sagen, ach ja: Also Sie machen hier drei Tage Einkaufsbummel, meine Frau wird entzückt sein, sie fährt selber, ich muß Ihnen nicht mal meinen Fahrer aufdrängen – und unser junger Freund hier: ab an diesen bayerischen See. Dann werden wir weitersehen.»

Im Verlag gab es eine ziemlich peinliche Stunde, Bernd mußte mit Wolfgang Leszek telefonieren, die Verbindung über zwei Fernmeldeämter, ein westdeutsches und ein ostdeutsches, dauerte endlos, er mußte in Gegenwart des rauchend Briefe diktierenden Dr. Wohltat seinem Chef klarmachen, daß er drei Tage länger im Westen bleiben, nach Bayern reisen,

Geld borgen müsse, wenn sie das Projekt nicht gefährden wollten. Er wußte, das war eine schwierige Entscheidung für Wolfgang Leszek, zumal die Bewacherei nun völlig hinfällig wurde. Aber die Differenzen waren eine Sache – das ehrgeizige Projekt, das Wolfgang Leszek für das Institut bisher ja vertreten hatte, eine andere. Der lächelnde Flanellsachse mit den ewigen Navy-Cut-Zigaretten, von dessen Apparat Bernd telefonierte, tat, als merke er von den Schwierigkeiten nichts; nur einmal schien er Bernd zuzublinzeln, als der ziemlich heftig hervorstieß, «Aber Wolfgang, es ist ja auch *mein* Projekt . . .». «Überhaupt kein Problem, warten Sie, ich rufe gleich mal in der Kasse an –» unterbrach Dr. Wohltat, als Bernd beklommen sagte, «Tja, also, es ist mir peinlich, verstehen Sie – aber ich habe jetzt zwar die Genehmigung für die Reise – aber kein Geld. Wir kriegen 40 Mark Westgeld pro Tag, die Rückfahrkarte ist von Berlin aus bezahlt, und Ostgeld . . .» – «Kommen Sie mit 500 Mark aus?» fragte Dr. Wohltat, «die Fahrkarte lasse ich über unser Reisebüro besorgen, Schlafwagen-Double, ist doch recht, ja? Und im übrigen: Sie täten mir beide eine große Freude, wenn Sie heute abend meine Gäste sein könnten. Wir haben ein Abendessen zu Ehren eines sehr erfolgreichen Autors unseres Hauses, ein ehemaliger Journalist, für dessen jüngstes Buch über neue Grabungen sich verschiedene ausländische Verlage interessieren, deren Inhaber oder Chefs wir eingeladen haben. Das ist doch vielleicht auch für Sie interessant, Herr Walther?»

Als Bernd Stephanie in ihrem Zimmer abholen wollte, saß sie weinend auf einem grünen Kunstseidenpuff vor der Frisiertoilette – schwarze Krähenfüße rannen unter den Augen hervor, der Lippenstift war ausgerutscht und hatte einen Blutstrich aus dem rechten Mundwinkel gezogen, magere, fahlweiße Ärmchen hingen unter ihrem türkisfarbenen Frisierumhang hervor: die gebrochenen Flügel eines verängstigten Vögelchens. «Mensch, Bernd Walther, ich fühle mich gedemütigt und auch ertappt.» Sie sprudelte, unterbrochen von einem lächerlichen spitzen Schluckauf, einen Wortschwall hervor, «Du machst das hier alles, ganz kalt, ganz souverän, was bin ich eigentlich dabei – glaubst Du, ich merke nicht, wie dieser elegante Verlagsmensch mich überhaupt nicht ernst nimmt, mich abspeist mit seinem ewigen ‹Gnä' Frau› hinten und ‹Gnä' Frau› vorne. Der denkt wohl, ich bin nur die mitgeschickte SED-Dame – und ich bin's ja auch.» Stephanie Bornstein war flatternd aufgeregt, trippelte zwischen den blau-gelben Veloursrhomben des Teppichs hin und her, Papiertaschentücher verschneiend, der Frisierumhang vom Hals flatternd wie ein zu hoch gerutschtes Röckchen, und sinnlos-heftig eine große, runde, rosa Puderquaste verstäubend. «Ich weiß gar nicht mehr, was ich bin. Sind wir Kollegen, Freunde gar, Bernd, oder bin ich hier die Aufpasserin, die Wiener Beschließerin, zu der mich dieser sächselnde Hamburger in seiner Eisstadt macht. Ich schäme mich vor ihm, vor Dir, vor mir. Die Verhandlungen führst Du über meinen Kopf hinweg, ‹mein Exposé›, sagst Du, und ‹mein Stichwortartikel› – und es stimmt ja auch. Du hast recht. Aber ich fühle mich ertrinken in diesem fremden Westwasser. Ich will nach Hause.»

Bernd hatte sie in den Arm genommen. «Heißt das Wien oder Berlin», sagte er ohne zu überlegen. «Du weißt ja nicht, was Du sprichst. Ich war, seit ich Wien verlassen habe, das ist jetzt gleich zwei Jahrzehnte her, nicht mehr im sogenannten Westen – mir ist die Luft hier dünn, die Gesten der Menschen sind mir fremd; ich verstehe, was sie sagen – aber sie sagen es anders und Lächeln heißt hier nicht Lächeln und Essen nicht Essen und was sie freundlich sagen meinen sie vielleicht hinterlistig und wenn sie listig wirken bestellen sie nur was zu trinken. Wir hatten früher so mechanisches Spielzeug», Stephanie bohrte mit einem langen Augenbrauenstift ein kleines schwarzes Loch in die Puderquaste, «da konnte man kleine Menschen hinten mit einem Schlüssel aufziehen, dann bewegten sie sich, ‹wie natürlich›, sagten die Verkäufer dazu. So kommen mir die Menschen hier vor. Sie werden von außen bewegt. Sie werden gelebt. Schon diese zwei Tage machen mir angst. Aber ich weiß wohl, warum Du gestern gesagt hast, wir wollen uns hier ein paar Barlach-Plastiken ansehen, ich hab bei uns auch Angst, Bernd.»

Sie waren sich noch nie so nahe gewesen; das kleine miese Pensionszimmer im eisigen Hamburg, auf einem leeren Regal ein Segelschiff in einer Flasche, an einer Wand ein altes Foto vom Hafen und über dem schmalen Bett mit seiner zum Frisierpuff passend bezogenen grünen, kunstseidenen Steppdecke ein Rosenstich von Redouté: Es war zum Iglu für zwei Verirrte, Richtungslose geworden. Sie gaben es sich einander nicht zu, sie machten es sich vielleicht selber nicht klar, aber jeder von ihnen witterte: Wie war diese Welt hier? Lebbar? Nur kalt – glitzernd oder auch lockend? War es nur die alte Welt, ein frierendes Wien, dem man knapp entrinnen konnte, oder Zipfel eines Kontinents, der noch immer zur Eroberung einlud? «Ich habe auch Angst hier», hatte Bernd schließlich zu Stephanie gesagt, «laß uns fröhlich unsere Angst verbergen und in Dr. Wohltats MailandParisLondoner Zirkuswelt paradieren. Weißt Du, Stephanie, irgendwie ist das Ganze auch komisch. Komm, Du machst Dich jetzt fein, ich hol Dich in zwanzig Minuten ab, dann keine Tränen mehr, geschminkt, gepudert, frisiert – die ‹gnä Frau› bitte, Du sollst mich zwar bewachen, aber ich beschütze Dich.»

Das Taxi glitt an den Eiszapfen einer dichten Tannenhecke entlang; in einer kleinen Nebenstraße der Elbchaussee lag am Ende der kurvenden Auffahrt ein hufeisenförmig geschwungenes Fachwerkhaus mit Reetdach. «Ah – da kommen ja die Herrschaften aus dem Osten. Ich freue mich, daß Sie da sind. Hoffentlich war's nicht zu glatt unterwegs? Darf ich Sie mit meiner Frau bekannt machen?» Der Hausherr in einem sehr eng geschnittenen, anthrazitfarbenen Zweireiher mit Nadelstreifen trug eine gleißend lila Krawatte, und Bernd wurde sofort neugierig, ob er wohl auch wieder lila Frottésöckchen dazu anhätte; das kunstvoll-sorglos gebauschte Seidentüchlein war grün mit ein paar lila Rauten darin. Dr. Wohltat stand in der weißen Eingangshalle, ein strenges Ausrufezeichen auf dem schimmernd gebohnerten weißen Marmorfußboden, schräg über ihm – eine schwarz-lila-grüne Verlängerung – hing eine Jugendstillampe, drei mächtige Glaslibellen griffen nach dem Licht, das ihre groß quellenden Augen zu Bernstein färbte. In der geöffneten Tür zu einem Raum erschien die Dame des Hauses, der ihr Mann jetzt mit einer dicken Zigarre winkte. «Isabelle, das ist die reizende Ostberliner Wienerin aus Schanghai, von der ich Dir erzählt habe, und ihr junger Assistent – oder darf ich Sie so nicht nennen?», fragte Dr. Wohltat, als habe er auf einem zweiten grünen Kunstseidenpuff vor der Frisiertoilette gesessen. Auf sie beide schwebte ein Wesen zu, wie es Bernd noch nie gesehen hatte, eine Märchenfigur. Olympia, schoß es ihm noch vor jedem Wort durch den Kopf, Olympia aus «Hoffmanns Erzählungen», die somnambule Puppe Olympia. Es war eine schlanke Frau an der Grenze zum Mageren in einem bodenlangen, ganz strengen braunen Samtkleid mit langem Arm, hochgeschlossen. Als einziger Schmuck hing ein riesiger ungefaßter Amethyst an einer nicht sichtbaren dünnen Kette – wenn man nicht die Augen und das Haar den eigentlichen Schmuck nennen wollte: eine nach allen Seiten explodierende Löwenmähne, deren hochgekämmte Seidenfäden sich selber zu beleuchten schienen und bei jeder Bewegung des Kopfes von Messing zu Kupfer hinüberspielten – nicht blond, nicht braun, nicht rötlich, aber alles auf einmal. Olympia klappte ihre langen schwarzen Wimpern bis über die Augenbrauen auf, eine aus dem Schlaf erwachende Blume, und glitt auf sie zu, als sei sie unter dem Samt auf Gummiräder montiert: «Ja, mein Mann hat mir von Ihnen erzählt, ich bin, ehrlich gesagt, sehr neugierig auf meine Landsmännin und freue mich besonders über Ihren Besuch bei uns hier im steifen Norden. Kommen Sie herein, ich mach Sie mit ein paar Leuten bekannt.»

Bernd fühlte sich im Konfirmandenanzug, als er mit Stephanie und dieser in Samt eingenähten Kunstfigur den Raum betrat, der ihn auf belustigende Weise verblüffte. Das ist ja alles eine Inszenierung, vollkommen unwirklich, gibt es denn so was auf der Welt, wo sind bloß meine Zigaretten. Aber da kam schon ein Diener, auf dessen Tablett drei verschiedene Gläser mit Getränken balancierten – Bloody Mary, Champagner oder Orangensaft bedeutete der kleine ältere Mann, indem er mit weiß bezwirnten Fingern auf die Gläser zeigte. Bernd nahm diesen Nachhilfeunterricht übel, weil er ihn brauchte, sagte «Bloody Mary» und nahm aus einem goldgeränderten Glaskästchen eine Zigarette. Schmeckt ja grauslich, was ich da trinke, scheint Tomatensaft mit irgendwas drin zu sein, er ärgerte sich über seine Experimentierfreude, die zugleich zunahm. Das wollte hier alles erkundet werden.

Er stand in der Ecke eines überdimensioniert großen Raumes, bis er entdeckte, daß er einer optischen Täuschung aufsaß – die Stirnwand war eine Spiegelfläche und die Menschen, die er rauchend, trinkend, plaudernd ganz weit hinten gesehen hatte, drängten sich in Wahrheit neben ihm. Bernd hatte das gemerkt, weil dieser beleibte Herr in einer weinroten Samt-Smokingjacke nicht zweimal da sein konnte. Das Zimmer war gänzlich in gelber Seide ausgeschlagen – die Wände, bauschig in Falten und Brüchen stehende Vorhänge, Sofas, Sessel, kleine Tischchen, alles rieselte von gelber Seide, und überall Schalen oder Vasen mit violetten Veilchen. In einer Ecke, so, daß die Spiegelwand noch die Rückseite reflektierte, schwebte auf einem Glaskubus das leicht überlebensgroße Kopffragment eines bärtigen Mannes aus gelblich-weißem Marmor. Der leicht zur linken Seite geneigte Kopf mit dem aufwärts gerichteten Blick schaute spöttisch in die Runde. Bernd war so fasziniert, daß er nicht wahrnahm, wie seine Finger über das glatt polierte Gesicht streichelten und dann das nach vorn gestrichene Haupthaar, dessen Oberfläche gerauht war mit eigenartig scharfen Einziehungen zwischen Stirn- und Schläfenhaar. «Mein Gott, ist das schön», murmelte er, «daß man so was besitzen kann . . .» – «O ja, man kann, und ich bin auch sehr stolz auf dieses Stück» – Bernd war unter den gelben Seidensegeln so weit weggerauscht, daß er Dr. Wohltat nicht bemerkt hatte. «Kleinasiatisch, was?» fragte Bernd. Er wollte sich ausnüchtern, ins Fachliche retten. «Donnerwetter, da liegen Sie haargenau richtig – wenn Sie's jetzt auch noch datieren können, na, ich will nicht sagen, dann gehört er Ihnen, aber dann gehöre ich Ihnen, junger Mann.» Der Hausherr paffte behaglich an seiner mächtigen Zigarre, klappte ein sonderbares Gerät aus abgeschabtem schwarzem Krokodilleder mit Silberbeschlägen auf, in dem wie feiste braune Leichen diese Zigarren aufgebahrt lagen, «Havanna», sagte er, seine kleinen Augen blickten so prüfend wie belustigt. «Ich weiß nicht recht – diese Pupillenbohrung, die kreisförmige Ritzung der Iris und die insgesamt ziemlich differenzierte Modellierung des Gesichts – also ich sage Ihnen ganz ehrlich, ich möchte mich ungerne vor Ihnen blamieren, Herr Dr. Wohltat, aber ich denke: etwa 5. Jahrhundert nach Christus?»

«Champagner», dröhnte geradezu auffahrend in seinem engen Anzug der Gastgeber, «Champagner her, lassen Sie mal dieses Zeugs stehen, das Sie da trinken. Hört mal her, Alberto und Harold, Ihr beiden alten Kenner, wir haben hier ein kleines russisches

Wunderkind – oder kränkt Sie das?» fiel er sich ins Wort. «Russisch, wieso russisch», fragte Bernd, aber so leise, daß in dem Lärm aus Fragen, Gläserklirren und Gesprächsfetzen nur Dr. Wohltat es hörte. «Also lassen wir russisch weg, recht haben Sie. Also was sagt Ihr dazu . . .» fuhr er lauter werdend fort, aber er konnte sich nicht durchsetzen. Vergebens wedelte er mit den Händen, die etwas zu engen und zu langen Hemdenmanschetten zeigten sehr kleine, in dünnes Gold gefaßte Amethyst-Manschettenknöpfe. Direkt neben ihnen öffnete sich die gelbe Seidenwand, eine Tapetentür, und Olympia klatschte in die Hände «Zu Tisch, meine Herrschaften, darf ich zu Tisch bitten.» Ihr Haar sind die hauchdünnen Fransen der gelben Seide, fuhr es Bernd durch den Kopf, das alles hier ist ein Futteral, eine Schatulle, die Menschen sind so schön und so arrangiert, der braune Samt und die lila Veilchen und der Amethyst und die Krawatte und die gelbe Seide und vor sich, ein blutiger, gieriger Schlund das Speisezimmer, Wände, Vorhänge, Möbel aus rotem Samt, der das Kerzenlicht schluckte wie die Geräusche der lachenden, plaudernden, ihre Gläser als glitzernde Kompasse vor sich her haltenden Menschen – Bernd kroch wieder diese lüsterne Angst den Rücken hoch. «Wenn Sie die große Vase da hinten auch so schnell erkennen», sagte Dr. Wohltat beim Hineingehen, «dann warne ich Sie, dann werbe ich Sie noch ab.» – «Das wäre, fürchte ich, etwas schwierig», Bernds Angst schlug um in Abwehr, «Sie wissen vielleicht nicht: Ich komme aus dem Westen, Westberlin, genauer gesagt, und ich bin ganz bewußt *nach* Ostberlin gegangen. Die Vase finde ich jetzt schon ganz einmalig», fügte er hinzu, «selbst von hier aus – aber wissen Sie, lieber nähme ich die mit, als daß Sie mich hierbehielten.»

Er mußte sich nun seinen Platz suchen, vor den Tellern standen kleine silberne Figuren, Soldaten oder Bäuerinnen oder auch ein fetter Mönch, die hielten die Karte mit dem Namen des Gastes; Bernd Walther war in der Hand einer Indianerin. Die Squaw, schoß es in sein Gedächtnis, als er sich artig vor seiner Tischdame verbeugte. Marga stand auf dem Kärtchen, Bernd traute sich nicht zu fragen, «Marga – wer?» Über die langgestreckte Tafel leckte eine blasige gelb-lila Zunge, Olympia hatte die Farben des Nebenraums durch eine Schaumbahn aus Mimosen und Veilchen herüberrinnen lassen. Bernd sah jedes Detail, die Perfektion jeder Kleinigkeit.

Sie spielen, aber sie sind tot, dachte er. Wir schuften, aber wir sind lebendig.

Seine Tischdame, eine aparte junge Schönheit mit schräg stehenden, unendlich müden schwarzen Augen, die sich ständig durch das ebenso tiefschwarze Haar fuhr, als wolle sie sich zum Erwachen zwingen, schien eine gute Zuhörerin. «Sind Sie tatsächlich von West nach Ost gewechselt?» fragte sie und zündete sich in einer langen schwarzsilbernen Spitze eine Zigarette in schwarzem Papier an, deren Glut sie so versonnen betrachtete, als könne die Antwort nur von dort kommen. «Erzählen Sie von sich, von dort – wir wissen hier so wenig.» Doch Bernd merkte rasch, daß es sie überhaupt nicht interessierte, daß sie eigentlich gar nicht hinhörte, wenn er vom Studium, vom Club, vom Lexikon, vom Institut sprach. Es war ein Halteseil, das er aus sich herausspann, und die gurrenden Laute der dunklen Dame Marga spulten von einer Spindel. Nur als er sagte, «Wissen Sie, erst seit heute abend verstehe ich diese Kästen von Robert Graham, diese kleinen gläsernen Särge mit den starren Puppen drin, die ich kürzlich in einer Ausstellung aktueller amerikanischer Kunst sah – wir sitzen hier ja auch in solch einem Sarg, samtausgeschlagen», erst darauf bekam er eine spontane, heftige Reaktion. «Ganz schön frech, der junge Mann aus dem Osten – und ganz schön clever. Das gefällt mir, das mit dem Samtsarg. Und wir die gefräßigen Toten drin. Vielleicht haben Sie recht – aber wir wollen trotzdem das Essen nicht kalt werden lassen. Obwohl ich Isabelles Vorliebe nicht verstehe – immer diese gebratenen Austern auf Spinat, eigentlich doch etwas albern, schließlich ist der Witz einer Auster doch, daß sie frisch ist – finden Sie nicht?»

Bernd kannte keine Witze von Austern, kannte überhaupt keine Austern, und das meiste, was mehrere Gänge hindurch serviert wurde, auch nicht. Als er endlich zwischen all den Silbersachen, Gläsern, Servietten, eine kleine gedruckte Menükarte fand, war das meiste schon gegessen: überbackene Auberginen, Lady Curzon, Rehrücken mit Pfifferlingen und Schwarzwurzeln. Das Champagnersorbet kannte er ja nun schon. Nur das kandierte Veilchen oben drauf war dem jungen Herrn, der täglich gebratene Petersilie aß und Sancerre schlürfte, noch neu. Die Karte steckte er ein – Schorschi würde sich totlachen bei Helenchens Erbsentopf mit einer Flasche Radeberger Pils.

«Sind Sie spezialisiert auf diese Epoche?» Bernd nahm nach dem Essen die Frage des Gastgebers noch einmal auf. Am Ende des Raums stand, durch einen

Lichtfinger aus der Decke, dessen verborgene Technik Bernd sich nicht recht erklären konnte, herrlich beleuchtet, eine circa 70 Zentimeter hohe griechische Vase, ein sogenannter Glockenkrater. «Wenn ich die wunderschöne rotfigurige Malerei, sieht aus wie ein Apollo-Opfer, richtig datiere, ist das auch ausgehendes 6., beginnendes 5. Jahrhundert.» Das sportliche Vorzeigen seines Wissens gefiel ihm selber, seine Unsicherheit brauchte das in der fremden Umgebung. «Richtig geraten, beziehungsweise eben nicht geraten. Und sehen Sie», diese Art Besitzerstolz gefiel Bernd wiederum, weil er merkte, daß Dr. Wohltat die Dinge liebte und sie verstand, «diese seltenen Stücke mit der schwarz aufgetragenen Binnenzeichnung, hier zum Beispiel in den Gewandfalten, die sind sogar signiert. Die waren schon ganz schön selbstbewußt, diese Künstler – und mancher reiche Etrusker hat sich so einen ‹echten Etekias› vielleicht schon als Kunstobjekt hingestellt – wie ein kleiner Verleger heute», lachte der offenbar das Gespräch genießende Gastgeber. «Aber eigentlich wurde solch ein Krater zum Weinmischen benutzt, obwohl . . .»

Bernd konnte nicht ausreden. Ein zugleich charmant und bösartig wirkender kleiner Mann mit einer leicht hochgezogenen, irgendwie schiefen Schulter war hinzugetreten. Er schwenkte ein großes Kognakglas und man merkte der leicht schleppenden, dadurch besonders genau betonten Sprechweise an, daß es nicht sein erstes war. «Sie haben ja meine Frau bei Tisch offenbar glänzend unterhalten, höre ich; ein schlaues Bürschchen, mein Lieber, das Sie sich da aus dem Osten geholt haben . . .» Bernds Härchen auf dem Handrücken juckten; diesen Verleger mit seiner salopp-eleganten Bildung mochte er, der hatte zwar offensichtlich Geld, aber auch was im Kopf und all der Samt und das Lila und das Gelb und die Seide und die Austern mit Witzen – das stimmte, es paßte zu ihm; der Mann war Stück eines eigenen Museums. Gegen den schiefen Giftzwerg hatte er sofort eine Aversion. Sie wurde auch nicht gebremst von Dr. Wohltats leicht hingeworfenem Satz, «Von den vielen Pseudonymen, unter denen unser Autor erfolgreich ist, wähle ich mal Jens Leinad, um ihn vorzustellen.»

«Ich wüßte nicht, wer mich aus dem Osten geholt hätte, falls Sie mich meinen. Ich studiere dort, und ich weiß, warum.» Eigenartigerweise gefiel dem Kleinen Bernds Aggressivität, sein eben noch ältliches Gesicht glättete sich, er lächelte spitzbübisch, schnüffelte kokett an seinem Kognak – eine Frau an einer Flasche Parfüm, dachte Bernd – und sagte, «Nichts für ungut, Herr Nachbar. Doch wenn Sie anscheinend ein bißchen was verstehen von diesen Sachen hier, in die unser Freund unsinnigerweise sein schönes Geld investiert – dann erklären Sie mal einem Preßbengel: Wieso haben die Herren Sklavenhalter anno dunnemal so schöne Dinge produzieren lassen und bei Ihrem Genossen Stalin will das nicht und nicht funktionieren?» – «Vielleicht, weil Ihr Parteigenosse Hitler ihm, gar nicht so sehr anno dunnemal, so viele schöne Dinge kaputtgemacht hat?» Es hatte sich ein kleiner Kreis von Gästen um sie gebildet, direkt hinter dem Schiefen stand Stephanie, so altmodisch gepudert, frisiert, plissiert, als wolle sie, ein Sprungteufelchen, aus dem Grahamsamtsarg herausspringen. Zu ihr drehte sich der Mann schwerzüngig präzise herum, «Bravo, gnädige Frau, das nenne ich dialektisch geschult. So was haben wir hier nicht, noch dazu in dem Alter. Touché.» Er strahlte, als sei er es, dem eine besondere Pointe gelungen sei. Sie nehmen nichts ernst, es zog sich in Bernd zusammen, alles, es ist ihnen alles ein Spiel, und wer gerade ein Tor schießt, ist ihr Held. Um was es geht, das ist ihnen gleichgültig – Hauptsache, gut dargeboten. Nicht etwa, *was* ich gesagt habe, gefällt ihnen, sondern nur, daß ich so schnell parieren konnte. Eine Welt der kandierten Veilchen.

Das Hämmern des Zuges zurück nach Berlin stanzte Bernd die Bilder in ungenauer Reihenfolge ins Gehirn – das weinend-verschmierte Vögelchen auf dem grünen Kunstseidenpuff; die lila Krawatte unter den grünlila Glaslibellen, dahinter die braune Samtolympia mit den Klappaugen über den weißen Marmor rollend; der kleinasiatische Kopf mit dem schönen, kurz geschorenen Vollbart und der erfolgreiche Giftzwerg mit seinem heimtückischen, weiblichen Kognakcharme. Schließlich die Schlafwagenfahrt nach München mit einem schnarchenden Finanzamtsleiter im Oberbett, der beim Zähneputzen nur gegurgelt hatte, «Du meine Güte, aus der Zone – Sie Ärmster», und die Ankunft in Starnberg mit dem Bus, dann eine dreiviertel Stunde Fußmarsch zum winzigen Knusperhäuschen am See, in dem einsam, aber vergnügt, der wissenschaftliche Kopf des Verlags hauste. «Ich fahre halt und der tut», hatte das dünne weißhaarige Männlein bei der gegenseitigen Vorstellung die «zugegebenermaßen lächerliche» Namensähnlichkeit glossiert – «nur, wissen Sie, Wohlfahrt: das ist jüdisch. Wir fahren wohl viel . . .» Der Mann stammte aus einer alten Gelehrtenfamilie, hatte sich in der Weimarer Republik mit kunsthistorischen und archäologischen Publikationen einen Namen gemacht, der im New Yorker Exil nichts nutzte und in Vergessenheit geriet. Er hatte dort als Inhaber einer kleinen Briefmarkenhandlung, Lexington Avenue, Ecke 28. Straße, überlebt – «mir fehlten nur die Peies, wissen Sie».

Die beiden Tage wurden für Bernd das Gegenmärchen, nicht nur, weil Willy Wohlfahrt so viel wußte – sondern auch, weil er sich selber als Unikum gab. Das winzige Häuschen hatte seiner Mutter gehört und eine bayerische Adelige hatte es ihr 1936 abgekauft. «Sie hat zu meiner Mutter gesagt – ‹hören Sie mal zu, ich zahl Ihnen einen ordentlichen Preis, sonst nimmt man Ihnen das Haus weg. Und ich verspreche Ihnen in die Hand – wenn alles vorüber ist, bekommen Sie es zum haargenau selben Preis von mir zurück, Sie oder Ihre Familie . . . Ich will daran nichts verdienen – ich hüte sozusagen Ihr Haus. Schriftlich kann ich Ihnen das nicht geben, aber noch gilt das Wort der Kalows›. Und Sie werden es nicht glauben: auch solche Leute gab es. Meine Mutter wurde ermordet, mein Vater separat im selben Lager, ich hatte keine Ahnung von dem Handel. Die Frau hat nicht geruht und gerastet, bis sie den Willy Wohlfahrt in New York aufgetan hatte, und sie hat es mir auf Heller und Pfennig akkurat zurückverkauft, sogar die Rechnungen aufgehoben für die inzwischen eingebaute Zentralheizung.»

Es war eine winzige Holzhütte, selbst die Schrägen an der Treppe zum ersten Stock, wo es zwei Kammern und ein Bad gab, waren voller Bücher, im Erdgeschoß zwei Räume, in deren Kissen- und Sofa-

und Schaukelstuhl- und Papier-Chaos sich am sichersten Michou, die Katze, zurechtzufinden schien. Das zugewucherte Grundstück ging bis zum See hinunter, und der einzige Luxus war eine Saunabude. Bernd durfte oben in der zweiten Kammer wohnen – «Geld haben Sie doch bestimmt keines» – und abends nach dem Tee mit dem schrumpligen, zähen und traurig-humorvollen Mann saunabaden und in den eisigen See rasen. Tagsüber arbeiteten sie – Willy Wohlfahrt entwickelte eine lange Liste möglicher Mitarbeiter für die Stichworte –, aber Tee war obligatorisch; aus einer Kupferkanne mit elektrischer Leitung. «Hören Sie mal», sagte der Sonderling, «was immer auf der Welt passierte, ob Einmarsch in Frankreich oder Stalingrad oder Invasion in der Normandie: um fünf Uhr gabs bei Willy Tee. Heute hat die Strippe wohl ihren kurzen Tag, was ist bloß mit dem Ding, ist ja ganz verheddert . . .» War er am ersten Tag von Bernds Besuch doch etwas nervös? Jedenfalls: Der schönste Teil der beiden Tage waren nach dem Tee aus dem Kupfersamowar, zu dem es scheußlich schmeckende alte Zimtplätzchen mit rosa Zuckerguß gab, die eineinhalb Saunastunden und das Hineinflitzen in den eisigen See, das Abrubbeln, abends Rührei und Glühwein und einen Bratapfel.

All das rollte jetzt durch Bernds Kopf, er saß allein im Abteil, wußte, daß er am nächsten Tag einen Bericht schreiben mußte; aber es waren so viele Knötchen in seinem Gedächtnis: eigentlich hatte er wunderbare, auch wunderliche Menschen kennengelernt, farbig, voller Risse und Sprünge und nie eine Erwartung bedienend, selbst der schiefe Kognakzwerg ganz offen für jeden neuen Eindruck. Bilder und Gerüche und Töne mischten sich in Bernds Hirn. Michou vom Starnberger See hatte müde, schräg stehende schwarze Augen und Willy trug einen roten Samtsmoking vorm Samowar. Das vermuffte D-Zugabteil roch nach Auberginen und der fettige, abgewetzte grün-graue Samt der Sitze schimmerte rot. Der Finanzbeamte hatte mit Bloody Mary gegurgelt. In der Sauna saß Dr. Wohltat mit einer lila Krawatte, die Brustwarzen kandierte Veilchen. Es war seine Stimme, die durch den Lautsprecher scholl, «Bahnhof Friedrichstraße. Lange werden Sie da nicht mehr bleiben. Endstation. Sie sind viel zu lebendig. Alles aussteigen. Für Sie ist die Welt da drüben zu eng. Zug endet hier.»

Am Zug stand Stephan.

Wolfgang Leszek lud ihn ein paar Tage später in den Club zum Mittagessen ein, vor sich wie eine Speisekarte Bernds Bericht. Bernd erzählte von dem letzten Gespräch im Verlag bei der Rückreise über Hamburg – wo er zur Verblüffung des Verlagsbuchhalters einen Rest von 80 Mark zurückgegeben hatte; Dr. Wohltat war inzwischen offenbar nach einem langen Telefonat mit dem Knuspermännlein ziemlich begeistert von dem Projekt. Nicht ohne Berechnung sagte Bernd zu seinem Chef, «er meinte, das könne man international verkaufen, er würde so, wie es jetzt konzipiert ist, mit ziemlicher Sicherheit Verlage in England, Frankreich und USA dafür interessieren können; ein solches Lexikon auf dem neuesten Stand der Forschung existiere nicht. Und Willy Wohlfahrts Idee, es mit in den Text eingeblockten kleinen Illustrationen anzureichern, hat ihn wohl endgültig überzeugt.»

«Du brauchst Dich gar nicht wichtig zu machen, Alter», sagte ganz ungerührt schmunzelnd Wolfgang Leszek, «und da arrogant in Deinem Salat herumzustochern. Ich weiß genau, Stephanie hat mir alles erzählt, daß Du das Projekt gerettet hast. Dort. Aber hier – da muß ich es retten.»

«Aber Wolfgang», Bernd unterbrach ihn im Ton ihrer alten Vertraulichkeit, «Du weißt so gut wie ich: dies wäre das erste große gesamtdeutsche wissenschaftliche Unternehmen, internationale gar. Entweder hier wird auf irgendwelchem kleinkariertem Kram von wegen nach Christus und Zeitrechnung und so insistiert – dann platzt es; oder wir arbeiten seriös, und Wohlfahrts Mitarbeiterliste ist ein Leporello der Archäologie-Elite – dann ist es eine kulturelle Tat und damit auch eine politische. Und eine ökonomische dazu. Wohltat denkt daran, den gesamten Druckauftrag in die DDR zu geben, mit den Klischees und allem. Ewig ist die Rede von Weltniveau – hier wäre es mal!»

«Agitier mich nicht, Söhnchen» – das klang liebevoll und drohend zugleich –, «ich weiß das alles mindestens so gut wie der Herr Hamburg-Reisende. Du bist mir einen Zacken zu kregel. Ich will Dir mal was sagen: Was immer Du an diesem ganzen Ding für Verdienste haben magst – gehören tut es uns, nicht Dir. Und wenn Du vielleicht» – Wolfgang Leszeks Herumfingern in einem zerknautschten Päckchen chinesischer Zigaretten, die nur hohe Funktionäre rauchten, zeigte Nervosität, «wenn Du also vielleicht glaubst, mit Deinem neuen Samtjackenbekannten das Projekt verwirklichen zu können, dann hast Du Dich geschnitten: Das werd ich höchst persönlich verhindern.»

Es war, als atme Bernds Haut anders, als skandiere er mit jedem Wort, jeder Körperbewegung anders – neue Töne. «Ach Mensch», hatte Schorschi gebrummelt; Helenchens Frikadellen mit Kohlrabigemüse hießen «Kehr-wieder-Boulette», und Bernd mochte nicht aufhören zu erzählen.

«Ach Mensch, weißt Du, irgendwie warst Du sehr weit weg. Glaubst Du», fragte ihn der Freund ganz unvermittelt, «glaubst Du, daß diese Menschen lieben können?» – «Etwas ist immer», hatte Bernd mit ihrem Lieblingssatz von Tucholsky geantwortet, diese drei kleinen Rätselworte, die für alles und nichts galten – ein Passepartoutschlüssel für sämtliche Türen; doch gingen sie nicht auf. «Irgendwie bist Du aber sehr fasziniert von all dem Schnickschnack», Schorschis Stimme klang traurig, «Du würdest mir sehr fehlen, Bernd.»

«Ihr habt ja alle eine Macke, was soll dieses Gerede denn?» Bernd wurde böse. «Ich verstehe nicht, was das soll – der Leszek droht mir, natürlich ‹unter Freunden›, und Du verabschiedest mich bereits.» Er goß vor Erregung sein Bier so heftig ein, daß es überschäumte und unter die Glasplatte des Tisches lief. «Hör zu, mein Lieber», rief er aus der Küche, «wo ist denn das verdammte Handtuch? – ich will Dir mal was sagen: ja, ich fand die Leute lächerlich und sympathisch zugleich, beängstigend auch in ihrer Verspieltheit, aber gleichzeitig beeindruckend, weil sie erstens sehr viel von der Sache verstehen, soweit ich das beurteilen kann; und weil sie zweitens offen, neugierig, zu vernünftigem Streit bereit sind. Es ist irgendwie anders – hier hat immer alles gleich Dekretcharakter – laß mich ausreden», fuhr er Schorschi an, der gar nichts gesagt hatte, aber seine Boulette nicht weiteraß, «unterbrich mich mal ausnahmsweise nicht. Hier, das habe ich nämlich extra für Dich aufgehoben, davon verstehst Du ja was, ich bin kein Literat – vielleicht kannst Du mir das mal erklären, diesen ganzen Quatsch von Herrn Alexander Abusch mit dem Faust? Ich dachte immer, Hanns Eisler gehört zu uns, übrigens dieser Ernst Fischer aus Wien auch? Eisler hat doch wohl die Nationalhymne komponiert? Jetzt lese ich im ‹Neuen Deutschland›, sein Drama ‹Johann Faustus› sei ‹pessimistisch, volksfremd, auswegslos, antinational›. Das sind lauter Totschlagwörter, nicht Vokabeln einer Debatte. Ernst Fischer nennt den Text ‹Dichtung› – ich weiß übrigens gar nicht, ob es schon die Musik dazu gibt, Fischer sagt auch in seinem Aufsatz, das könnte werden, was uns fehlt, die deutsche Nationaloper – und nun hier im ‹Sonntag›, 17. Mai 1953, legt dieser Abusch los –»

«Aber Bernd, ich weiß gar nicht, was Du willst, was hat denn Eislers Faust mit Deinen Hamburger Samtpuppen und gezuckerten Stiefmütterchen oder was für Zeugs das war zu tun. Warum schreist Du mich so an?»

«Ich schrei Dich nicht an. Ich schrei *uns* an. Ich rege mich auf. Und ich *will* mich aufregen. Die in Hamburg sind eben nicht nur Samt und Seide, der Kerl hat mächtig was los im Kopf, von dem dürren alten Juden am Starnberger See zu schweigen; das sind Menschen, wo habe ich das neulich mal gelesen, ‹an den Rändern offen› – und bei uns ist immer ‹Klappe zu, Affe tot›. Diese unsägliche Kommandosprache, hör doch mal zu – das hat sehr wohl etwas zu tun mit diesem Unterschied; ich hab es extra aufgehoben: ‹Durch seinen hohen humanistischen Ideenflug wurde Faust ein großer positiver Held des klassischen deutschen Nationaldramas. Puschkin und Belinski verglichen Goethes Faust mit Homers Ilias. Hanns Eisler hat in seinem Textbuch den Versuch unternommen, von Goethes Faust zu abstrahieren, und er erhält von Ernst Fischer dafür ein besonderes Lob. Unter seiner formenden Hand verwandelt sich Faust in einen Renegaten, in einen negativen Helden. Auf diese Weise verschwindet das eigentliche faustische Element aus dem inneren Ringen des Faust. Doch selbst in der Durchführung seiner eigenen Idee hat es Eisler nicht, im Sinne einer echten deutschen Nationaloper, verstanden, die Bauernkämpfer in einprägsamen, kraftvollen Gestalten dem Renegaten entgegenzustellen. So wird aus Faust eine Zentralgestalt der deutschen Misere. Fischer geht noch weiter, indem er Faust als Renegaten verallgemeinert zur typischen Gestalt: Der deutsche Humanist als Renegat. In dieser Gestalt – so behauptet Fischer – tritt uns wahrhaft ein Grundphänomen der deutschen Misere, der deutschen Katastrophe entgegen.

Es hieße, eine wunderbare Gestalt des deutschen literarischen und geistigen Erbes, die dem Genius unseres Volkes Ruhm bei allen Völkern eingebracht hat, entseelen, verfälschen, vernichten, wollte man Faust in eine Zentralgestalt der deutschen Misere umwandeln.› Das ist doch das reine Papier? Wieso diese Angst vor der sogenannten deutschen Misere – die doch nicht zu leugnen ist?»

«Zuerst will ich Dir mal sagen, daß Brecht den Eisler verteidigt hat, ihn ‹keineswegs eine Zerrfigur› nannte, und sein Stück eines, ‹dessen die deutsche Literatur sich nicht zu schämen braucht› –»

«Du, das ist mir vollkommen schnurz. Ewig dieser Brecht als Feuerwehr, das hängt mir auch schon zum Hals heraus. Das ist ja wie Hase und Igel – immer ist der einzige Brecht zur Verteidigung schon ‹allhier›. Wollen sie Barlach verbieten – Brecht interveniert. Wollen sie Eisler verbieten – Brecht interveniert. Es kann ja wohl nicht an einer Person hängen, oder wie?»

«Bist Du so gereizt, weil Du spürst, Du hast unrecht?»

«Nein, weil ich spüre, daß ich den Boden unter den Füßen verliere. Entschuldige – mir ist es ziemlich ernst. Da hör noch mal diese Geschichtswissenschaft auf dem Verordnungswege: ‹Als im Zweiten Weltkrieg die notwendige deutsche Selbstkritik sich gegen den historischen Irrweg unserer Nation richten mußte, wandten wir uns sofort auch gegen die einseitig entstellte Darstellung: die deutsche Geschichte sei eine Geschichte der deutschen Misere, in ihrem Ablauf nur ein einziger reaktionärer Vorgang, der zu Hitlers Diktatur als seiner unabwendbaren Folge geführt habe. Es ging auch damals schon um den Nachweis: Die deutsche Geschichte, wenn sie auch unglücklicher verlief, war – wie die Geschichte jedes anderen Volkes – ein ständiger Kampf zwischen den Kräften des Fortschritts und der Reaktion, also eine Geschichte des Kampfes gegen die Misere. Der Widerspruch zwischen Ernst Fischer und Friedrich Engels kommt aus Fischers Unterschätzung der Vielseitigkeit und der Größe der humanistischen Traditionen im deutschen Volk.›

Das ist doch Stuß und Blech zusammen. Das tut ja am Zahnfleisch weh . . .»

«Wieso eigentlich?» Jetzt unterbrach Schorschi ihn, es war dunkel geworden, Bernd saß am Schreibtisch und hatte die Lampe angeknipst, vor sich die herausgerissenen Zeitungsseiten, und Schorschi kauerte auf dem Sofa, die Ärmel des ausgeleierten Pullovers hochgekrempelt. «Ich versteh Dich nicht. Du rufst nach Debatte – und hier ist doch eine. Diesen Abusch mag man ja vielleicht keinen begnadeten Stilisten nennen, aber deswegen muß ja nicht jedes seiner plumpen Worte falsch sein?»

«Aber Schorschi, Du hast mich gefragt, was der Faust mit meiner Hamburg-Reise zu tun hat. Begreifst Du denn nicht: es geht nicht um ein Faustbuch, das ich nicht gelesen habe und vielleicht gar nicht verstünde. Ich will auch überhaupt nicht recht haben, aber mich macht das vollkommen ratlos – es ist eben *keine* Debatte; wenn ein Artikel schon endet, ‹wir kommen zur Schlußfolgerung›, dann werden hier Apparatentscheidungen verkündet. Verzeih meine Oberlehrerei, aber hör Dir doch diese letzten Sätze noch mal an: ‹Wir kommen zur Schlußfolgerung: Eine Faust-Oper kann zu einer deutschen Nationaloper nur werden, wenn sie, auch in einer Verbindung mit dem Zeitalter des Großen deutschen Bauernkrieges, es versteht, Faust als die geistige Heldenfigur des leidenschaftlichen Kampfes gegen die deutsche Misere und zugleich für eine allseitige Erkenntnis der Welt darzustellen.›

Und dazu, mein Lieber, will ich Dir zweierlei sagen. Erstens ist das übrigens sehr aufwendig gedruckte Buch bereits zurückgezogen worden. Eisler hat die Arbeit an der Partitur abgebrochen und geht zurück nach Wien, er ist ja, Glück hat er, Österreicher. Und zweitens: weil ich so ein ‹kann nur werden wenn› nie mehr hören wollte, bin ich hier –»

«Ja, das frage ich mich immer mehr, Bernd, warum eigentlich? Du quengelst und meckerst und schwärmst nun auch von solch einem scheißreichen Westverleger mit gelber Krawatte und gebratener Petersilie – dann brat Dich da doch selber. Ich kann das alles nicht so furchtbar konsequent finden, sondern nur dumm. Ich rede nicht von so einem Abusch, der ist mir schnurzpiep. Aber Du selber erzählst vom ‹Kopf› dieses gelbseidenen Archäologie-Verlags – der sitzt aber nicht in Seide, sondern in einer Hütte. Merkst Du denn nicht, wie Du mit Deinem Erzählen ein ganzes System charakterisierst? Ein Abusch ist nicht *unser* System hier. Aber ich, zum Beispiel, bin es: ich könnte dort nicht studieren. Komm mir jetzt nicht mit irgendeinem ‹Vom-Tellerwäscher-zum-Millionär›-Geschichtchen; mags ja geben. Nur: Ich als Klasse könnte dort nicht studieren, vielleicht als Ausnahme. Und säße dann, wenn ich Glück hätte, in so einem Knusperhäuschen. Das hat doch alles auch etwas Verächtliches – ich meine Verachtendes – in allem Geglitzer? Bei uns glitzert es nicht. Aber verachten tun sie Menschen hier nicht, bei aller Rücksichtslosigkeit und ungerechten Abkanzelei. Wenn Du das nicht verstehst – Mensch, was willst Du eigentlich hier?»

«Das kann ich Dir genau sagen. Du hast mich ja wieder mal nicht ausreden lassen, mein ‹zweitens› war noch nicht zu Ende. Genau deswegen nämlich bin ich hier – weil ich es leid war, ständig gezinkte Karten im Fächer zu sehen. Ich hatte es bis hierher, die Nase gestrichen voll, mich anekeln zu lassen, wenn ich zum Beispiel auf meinem feinen Westgymnasium im

Deutschunterricht fragte, ob es stimmt, daß Martin Heidegger vor jeder seiner Vorlesungen die Hand zum Hitlergruß gehoben habe, ob es stimmt, daß er in einer Logik-Vorlesung gesagt hat ‹Die Logik ist natürlich das richtige Denken konkreter Menschen. Auch in die Logik kann man die Gestalt des Führers hineinbringen.›»

Der kleine Raum war blau vor Rauch, die kalten Bouletten lagen in einem gelblichen Fettrand und das Bier hatte blasige graue Kringel auf der schwarzen Glasplatte des Nierentischs gezogen. Außer der Schreibtischlampe brannte kein Licht im Zimmer, die Figuren des Hieronymus Bosch grinsten und bleckten sich in ihr farbenprächtig verdämmerndes «Fegefeuer» zurück. Schorschi hatte die Tür zu dem winzigen Balkon geöffnet, Luft und der ferne Lärm der Friedrichstraße fielen über ihr Schweigen, zwei Ringende, zwei Liebende nach dem Kampf. Regen fegte herein, wusch Schorschis Gesicht. Bernd trat hinter ihn, legte den Arm um ihn und sagte ganz leise, «Ich hab Angst, brauch auch Hilfe, fühle mich weich und hart, beides auf einmal. Komm, ich hab noch eine Flasche bulgarischen Kognak versteckt – hör mir noch ein bißchen zu, damit Du weißt, was mich quält; vielleicht meine eigene Unnachgiebigkeit. Mir hat Yvonne mal gesagt, ich werde noch an meiner eigenen Konsequenz zerbrechen. Ob sie recht hat?»

Sie saßen jetzt auf dem Sofa, tranken aus Bernds geliebten Rauchglasgläsern den ölig-süßlichen Kognak, es war inzwischen ganz finster geworden.

«Du weißt ja, Schorschi», fing Bernd an, «ich war da im Westen in der FDJ und so eine komische Art Kulturmops, dadurch nahm ich gelegentlich an einem RIAS-Schülerparlament teil, bis ich 1950 hierher zog. Und dieser verdammte Abusch-Ton erinnert mich an eine Debatte dort, die eben auch keine Debatte blieb, sondern eine Austreibung wurde; vielleicht zum Schluß sogar meine. Der Streit ging um gegenständliche und abstrakte Kunst. Die begann ihren Siegeszug und wurde als Zeichen der Zeit gegen so unmoderne Künstler wie Karl Hofer ausgespielt. Du erinnerst Dich – ich hab Dir neulich mal diese große Mappe mit Kriegs-, ich meine: Antikriegszeichnungen gezeigt, die ich mir in der Buchhandlung erstanden habe. Du fandest das großartig und beeindruckend. Aber im sich sehr international, kosmopolitisch und avantgardistisch gebenden Westen fand man das ‹zurückgeblieben›. Gerade jetzt erzählt man sich bei uns im Institut, einer der westlichen Wortführer der abstrakten Kunst gäbe demnächst eine große ‹Geschichte der Kunst im 20. Jahrhundert› heraus, die auf dem Kommando ‹Man malt nicht mehr gegenständlich› gründet. Ich will Dich hier nicht mit irgendeinem ‹Pro-Klee› oder ‹Anti-Nay› langweilen, Du kennst diese Bilder und Maler ja auch nicht. Aber ich will Dir damit sagen: für mich war die Art, wie diese Diskussion in Verurteilungs- und Abstrafvokabular geführt wurde, geradezu faschistisch. Es hat mich auch gar nicht gewundert, daß ein Mann wie Hofer, immerhin Direktor der Westberliner Kunsthochschule, dieses Wort in seiner Empörung benutzt hat. Mir erzählten Kommilitonen, die dorthin Kontakte haben, daß er nicht nur lustig von der ‹Marmortante aus Milo› gesprochen, sondern daß er auch das ex-cathedra-Gehabe einiger Kritikerpäpste mit dem Nazistaat, Gauleitersprüchen und Goebbels verglichen habe. Es war – und ist wohl noch – ein wahres Kesseltreiben, voll widerlicher Infamie und Kopf-ab-Kommandos.

Das war's, was mich im Westen ankotzte. Das ist meine Antwort auf die Frage, warum ich überhaupt hier bin. Aber wenn das hier, andersrum, genauso abläuft? Bin ich dann hier, um hier schweigend zu akzeptieren, was ich dort strikt abgelehnt habe? Glaubst Du, ich kann das nur komisch finden, wenn ich jetzt erfahre – aber keineswegs öffentlich und von ihm selber erwähnt, geschweige denn eingestanden –, daß Fritz Cremer, der DDR- und Antifaschismus-Bildhauer par excellence, 1937 den ‹Preußischen Staatspreis für Bildhauerei› und noch 1942, aus wessen Händen eigentlich, den ‹Rodinpreis› entgegennahm?»

Stephan hatte ihm am Bahnhof ein kleines Kuvert in die Hand gedrückt: «Mein Willkommensgruß – aber nicht jetzt aufmachen.» Es war eine Fahrkarte – nach Weimar. «Du lieber Gott», in Bernds Freude mischte sich Zögern, als sie nebeneinanderlagen, Stephan war Bernds bergende Muschel nach so schlingernder Fahrt auf hoher See. «Wie ich das alles schaffen soll, Uni, Institut, nun gleich wieder eine Reise, das weiß ich wirklich nicht. Aber ich freue mich riesig, bin auch ziemlich ausgefranst von dieser Westexkursion. Versprich mir, Stephan: Wir wollen uns auf dieser Reise nicht streiten.»

Zehn Tage später, wieder Bahnhof Friedrichstraße, ging es los. Die erste Überraschung war ein Gongschlag – Bernd hatte noch nie einen Speisewagen gesehen. Es war dort sogar ein Tisch reserviert, und Bernd genoß jede winzige Einzelheit: die kleinen festgeschraubten Lämpchen mit gefältelten gelben Schirmchen aus Plastik; die innen mit Filz gefütterten Ringe, die man herunterklappen konnte, um eine Wein- oder Bierflasche hineinzustellen; das stumpf gewienerte Mahagoni der Wände; die vom vielen Spülen glanzlos gewordenen Suppentassen aus dickem Porzellan, der Aufdruck Mitropa blaßblau ausgewaschen; die speckig glänzenden Anzüge und brettsteif gebügelten weißen Hemden der Kellner, die «Haben der Herr schon gewählt» und «Bitte sehr, der Herr» sagten – und auf der Schulter aufgenäht ein Emblem «Deutsche Reichsbahn» trugen. Ein deutsches Reich gab es nicht mehr, nur noch diese rollenden Reste. «Weißt Du», sagte Bernd gelöst und glücklich, «wir trinken die ganze Reise nur immer diesen Tokayerwein, ja?» – «Wenn es ihn gibt.» Auch Stephan freute sich, aber einmalig, erstmalig war es nur für Bernd. Er nahm alles in sich auf, eine tausendfach vergrößerte Kamera mit Gehör und Geruchssinn – den eigenartig aus Essig und Bohnerwachs gemischten Geruch des schäbig-eleganten Hotels «Elephant» in Weimar oder die steife Muffigkeit in einem Lokal, für das man Stephan gesonderte Marken gegeben hatte, es war üblicherweise reserviert für Funktionäre der in Weimar sehr starken CDU und von der ziemlich nonchalanten Eleganz des Berliner Bonzenclubs war es weit entfernt: fleischlose Rippchen, Rübengemüse, pappig-grünglasige Klöße und Apfelkompott in kleinen Preßglasschüsselchen. «Unseren Tokayer kriegen wir hier wohl kaum», spottete Bernd über sich selber; aber er war so vergnügt – schon im D-Zugabteil hatte eine freundliche alte Dame zu Stephan gesagt, «Wissen Sie, ich finde es ganz reizend, wie ungewöhnlich freundlich, geradezu liebevoll Ihr Sohn mit Ihnen umgeht; ich gratuliere dem Herrn Papa.»

Bernd hatte nicht nur noch nie einen Speisewagen von innen gesehen, sondern auch noch nie die Provinz. Ihm schienen die kleinen Orte im Lächellicht des späten Frühjahrs geruhsamer. Hatte das blutig zerfetzte Berlin mehr Schaden genommen? Konnten Schuld und Versagen dosiert sein, gleichsam zählbar nach Einwohnern? Entsprach auch das Verbrechen dem Spielzeugformat der Häuser und Plätze? Hatten die Menschen kleinere Seelen hier? Aber da lag doch die Erinnerung an jenen Ort in der Luft, den Stephan so donnernd-laut verschwieg und mied, daß Bernd ihn nicht erwähnte: Buchenwald. Konnte es sein, daß kleiner sein auch hieß: kleinere Wunden, weniger Elend? Alles wirkte gemächlicher, intakter. Am zweiten Tag, Stephan mußte zu einer Bibliothekarskonferenz, war er allein losgebummelt, Goethes Gartenhaus zu inspizieren – beeindruckt von der nahezu ärmlichen Kargheit, nachdem er zuvor im Goethehaus erschrocken war über die scheußlichen Gipsskulpturen. Bisher hatte er immer geglaubt, Goethes Antikenbegriff hätte sich nur an Originalen gebildet; also auch dies «kleiner».

In Weimar war Stephan ein alter klappriger Ford gestellt worden, «Vater und Sohn» eng im Fond nebeneinander und an den noch kühlen Abenden vom Fahrer mit einer alten, piksigen Decke versorgt, deren abgewetztes Grau von falschen, rotbraunen, griechischen Mäandern durchzogen war. Die Fahrten in die Dämmerung hinein, ins Unbekannte, mochte Bernd besonders. Stephan hatte Wort gehalten und sich ein paar Tage «abgeknapst», wie er sagte; sie konnten die

Hauptstraße verlassen und von Weimar in Richtung Erfurt durch winzige Dörfer fahren, die Hopfgarten hießen und Mönchenholzhausen, oder weiter auf Gotha zu Grabesleben und Tüttleben. Erfurt und Gotha waren die Vorwände, dort mußte Stephan jeweils einen Tag Verhandlungen führen und Bernd streunte allein durch die Städte, hungrig; auch hungrig auf die Nacht.

Stets landeten sie in einem kleinen, ungeheizten Gasthof, mal hieß er «Zum Hirschen» und mal «Die alte Post», immer hing ein Messingschild in die Straße hinein und sahen die Betten so aus, als müßten sie unter den enorm gebauschten Federplumeaus zusammenbrechen; sie waren rauh und grau und klamm – und doch waren sie das Schwebepolster gegen die Welt. Hamburg samt Lexikon und SchorschiAbuschFaustHofer waren Lichtjahre weit weg. Diese Kleinwelt, die sie durchreisten, nahmen die beiden Männer nicht eigentlich wahr, sie blieb eine Fachwerk- und Kopfsteinkulisse für ihre sich immer neu schöpfende und erschöpfende und ineinanderverzahnende Liebe. Sie waren sich ihr Kind.

«Du bist unersättlich, selbst im Pinkeln», hatte Stephan sich belustigt, als Bernd eines Nachts endlos ins Waschbecken schiffte und gegluckst über Bernds freche Antwort, «Du wirst gleich spüren, wie unersättlich ich bin, nicht nur beim Pinkeln». «Du bist unersättlich sogar im Träumen» – damit weckte ihn Stephan eines Nachmittags. Sie waren inzwischen schon nach Eisenach unterwegs, den Umweg in einem weiten Bogen nach Friedrichsroda hatte Bernd vorgeschlagen; sie wollten einen Zipfel vom Thüringer Wald sehen, den Wagen im Ort stehenlassen und einen vollen Tag zu Fuß wandern. Etwas Harzkäse, zwei hartgekochte Eier und ein halbes Brot, geklaut aus einem seiner «Vereinslokale», wie Bernd frotzelnd die örtlichen kümmerlichen Funktionärskarawansereien nannte, trug Stephan in einer Art Turnbeutel. In einem Nest namens Finsterbergen hatte Stephan eine Bäuerin mit einem Korb verschrumpelter Äpfel angesprochen und unter dem Vorwand der Frage, «Gehen wir hier richtig zum Großen Inselberg?» drei Äpfel geschnorrt. Irgendwo auf einer Wiese, die schräg zu einer Talmulde abfiel und den Blick freigab auf mischwaldbewachsene Höhenzüge hatten sie sich in die noch milchige Sonne gelegt. «Dritter-Klasse-Eier nannten wir die zu Hause», flachste Bernd, als er die beiden steinharten Dinger pellte, deren Eigelb einen grünen Rand hatte. «Die aßen die Leute immer auf Eisenbahnfahrten in der 3. Klasse.» Alles war ein großes Spiel, die mittägliche Frühlingswärme koste ihre Körper, eine weiche, pelzige, zärtliche Zunge. Er trank die Wolken leer. Bernd war hinterher eingeschlafen. Erst als Stephan ihm das verklebte Haar aus der Stirn strich, tauchte er langsam hoch und hörte ihn murmeln: «Du bist unersättlich sogar im Träumen.»

«Meine Güte, was war ich weit weg. Vollkommen irre – ich habe von Paris geträumt, es war die Zeit der Nazibesetzung und zugleich war ich ich, jetzt, von heute, verstehst Du? Ein herrlich-grausiger Traum: Die Stadt, die ich ja gar nicht kenne, wo ich nie war und vielleicht nie sein werde – und da spaziere ich herum, mit Ostgeld in Cafés bezahlend, an deren Tischen Nazioffiziere sitzen. Im Ritz-Hotel – ob es wohl ein Ritz-Hotel in Paris gibt? – gingen parfümierte Damen in Roben der dreißiger Jahre, mit kleinen orange geschminkten Mündern und Bubikopffrisuren eine weit schwingende Marmortreppe hinauf und stellten eine riesige Uhr, deren Zeiger farbige Wolken schnitten. Ich hörte eine der seidigen Führerbefiehlwirfolgendirfrauen sagen, ‹Sie sind hier immer zu laut. Überall. Auch in Warschau. Ich gehe immer eine halbe Stunde vor jeder Ansprache, die mein Mann hält, aufs Podium und stelle das Mikrofon leiser. Diese Völker sind alle zu laut.› Dieselbe Dame amüsierte sich mit ihren Freundinnen über mich, irgendwie saßen wir zusammen – ich verschlucke angeblich immer die Silbe ‹national›, wenn ich beteure, ich sei Sozialist, und, wie komisch, ich sagte immer, mein Chef ‹ist› jüdisch, wenn ich doch gewiß meinte, ‹war›. Und die ganze Zeit bewegte ich mich vollkommen frei, in einem Lasso aus Schulterriemen und Parfum gefangen – den Frauen sah ich ins Gesicht, aber von den Männern nur die glänzenden schwarzen Schaftstiefel.»

Tief gesunken, spürte Bernd aus echo-weiter Ferne, wie Stephan ihn liebte und leise murmelte. «Ich glaich Dich». «Sagst Du was zu mir», fragte er, sein Körper schlängelnd steile Begierde, doch sein Kopf zwischen kleinen blauen Glockenblumen, aus denen Maurice Chevalier sang zwischen platanenhohen Grashalmen, in denen die Tropfen der Champs-Élysées-Laternen leuchteten und schnurgerade marschierten die Ameisen in glänzenden schwarzen Schaftstiefeln. Er konnte nicht jiddisch, er kannte die altschöne Verschiebung dieser Sprache nicht, in der man «Ich liebe Dich» als «Ich glaich Dich» ausdrückte. Er war noch nie passiv in der Liebe gewesen, der riesige Uhrzeiger aus Ritzmarmor schnitt durch sein traumtrunkenes Hirn und seinen Körper, daran hingen flatternd die seidenen Bubikopfdämchen und fächerten sich mit Maikäferflügeln zu. Sie hatten alle Yvonnes Gesicht. Er lag auf der kleinen blauen Decke, als er benetzt zu sich kam. Ich liebe Euch beide – der Gedanke wurde durchfahren wie ein Rauchring von Stephans Wort: «Du bist Ich. Wo Du bist, will ich sein.»

Bernd schrieb in Stephans weißlich verklebtes Brusthaar, mit dem Finger die Narbe entlang, «Wir sind unsere Spur».

Erst am letzten Tag ihrer Reise kam Bernds Reaktion, wild und schamlos. Sie waren nach Quedlinburg gefahren, einem Städtchen im nördlichen Harzvorland, Stephan wollte ihm unbedingt Klopstocks Geburtshaus zeigen und Bernd wollte ebenso unbedingt die romanische Stiftskirche St. Servatius sehen, in deren Krypta Heinrich I., der mehrere Reichstage in Quedlinburg abgehalten hatte, beerdigt liegt. Er wußte, daß es hier viel zu besichtigen gab, Teile einer alten Stadtmauer, Bürgerhäuser mit Renaissance- oder Barockfassaden. Stephan kannte Bernds Vorliebe für die Romanik, nicht ohne Absicht hatte er Quedlinburg als Abschluß der Reise gewählt. «Ich will Dir noch etwas ganz Besonderes zeigen.» Wieder war es ein umständlicher Fußmarsch, bis sie außerhalb der Altstadt bei der romanischen Klosterkirche Sankt Wigberti anlangten. «Schau Dir das an – diese dreischiffige karolingische Krypta aus dem 9. Jahrhundert, glaube ich, oder auch 10., ist vollkommen einmalig. Übrigens auch aus einem sehr anderen Grunde: der Herr Himmler hat selbst in solchen Domen, nicht hier, aber drüben, in St. Servatius, faschistische Weihespiele veranstaltet, Jahr für Jahr mit seinen blonden Elitehengsten ein Runenritual gefeiert, Mischung aus Germanenkult und Rassenorgie. Sie schreckten vor nichts zurück. Unter den Ottonen, im 10. und 11. Jahrhundert, war hier ja das Zentrum des Reiches. Als deren Erben, ‹Reichsverweser›, kam sich dieser Germanenabschaum wohl vor.»

Hinter einer Säule im Choreingang hatte Bernd sich verkrochen, hing unter den Pilzkapitellen in deren Schatten, eine aggressive Fledermaus im Dämmer, das ihn weckte, schärfte und lullte. Eine Welle aus Bösartigkeit und Traurigkeit, eine Gischt von Begehrlichkeit und Trotz schäumte über ihn. Sie warf ihn an das Ufer dieser Reise, schlug über ihm weg, in den Ohren sein Puls. Alle Bilder krachten in ihn hinein, tanzten durch die Säulen der Krypta, zwischen denen die Plumeauwolken segelten, durchschossen vom Hagel der hartgekochten Eier, die Fratzen der Kapitelle grinsten mit kleinen orange geschminkten Mündern aus Glockenblumen hervor. Bernd, ein rotschopfiges Fabeltier, Vogelgreif mit geflügelter Klaue und Schweif zwang Stephan in den rauhen Marmor hinein, ein Gift erfüllte ihn, das sich mischte aus Töten und Begehren Vernichten Verschlingen, die Narbe ein rotbrauner Mäander um die Säule gedreht, SS-Drache vom Schaft züngelnd in der brennenden Krypta.

Berlin erschlug ihn, ein gigantischer schwarzroter Stein, die kurze Woche ihrer Reise schwang nicht aus in ihm, zeitenewiger Ton eines dünnen Glases, das nicht ausklingen konnte. Bernd, auf dieser Reise eine rasende lohende Fackel, hatte sich mit rücksichtslosen Tatzen Fetzen vom Glück aus dem Himmel gerissen. Er fand vom Hexenritt nicht zurück in den Alltag.

Die Planke, auf die er sich rettete, hieß: Arbeit. Längst hatte er sein Dissertationsthema eingereicht, eine Untersuchung der minoischen Stuckreliefs. Aber für Mitte Juni war das entscheidende mündliche Vorexamen angesetzt, von dem dann alles weitere abhing. Sein Professor wußte, daß Bernd höchst unsicher war; die Arbeit entwickelte sich weg vom ursprünglichen Thema, sein Interesse verlagerte sich auf die Reliefs der Kleinkunst. Er hatte herausgefunden, daß die Frühgeschichte der Stuckreliefs und mögliche orientalische Vorbilder genauer zu klären waren, wenn er erst einmal an den besser überlieferten, figürlich verzierten Steingefäßen nachprüfte, wieweit ihre Qualität rechtfertigte, von einem kunstgeschichtlichen Eigenwert zu sprechen. Das war einerseits reizvoll, weil das fast unzerstörbare Material exaktere Untersuchungen zuließ – im Gegensatz zu den oft eingeschmolzenen oder weiterverarbeiteten Metallgefäßen. Andererseits begab er sich mitten in einen wissenschaftlichen Streit – wieweit nämlich Bildthemen der minoischen Kunst Kretas auch auf dem Festland vorkamen. Waren diese mykenischen Arbeiten eigenständig, gab es das minoisch-mykenische Relief wie den berühmten «Lilienprinz», auch die Becher von Vafio – oder waren gerade diese in jeder Untersuchung über die ägäische Kunst des 2. Jahrtausends hervorgehobenen Funde Importe aus Kreta, also Exemplare der minoischen Steingefäße?

Eine weithin anerkannte Publikation des Jahres 1915 behauptete das. Dieser Disput bot noch eine weitere Schwierigkeit, die Bernd bei der Abnahme der Arbeit, vor allem bei einer Publikation gewärtigen mußte: Nach seiner Erkenntnis handelte es sich um Produkte eines hochspezialisierten Kunsthandwerks, die man Werkstätten, wenn nicht Künstlergruppen oder gar einzelnen Künstlern zuschreiben konnte; das könnte übrigens die Unterschiede wie die Gemeinsamkeiten festländischer Keramik erklären. Aber genau das würde man ihm als unzulässige Individualisierung, als eine Form von frühgeschichtlichem «Subjektivismus» verübeln, und er mußte damit rechnen, bei der öffentlichen Verteidigung seiner Arbeit so attackiert zu werden, daß sie zurückgewiesen würde. Die Folgen wären unabsehbar, zumal für seine Arbeit am Institut.

Er hatte diesen knapp 50 Jahre zurückliegenden Aufsatz von K. Müller, «Frühmykenische Reliefs aus Kreta und vom griechischen Festland» als Thema für die mündliche Vorprüfung genannt. Sie war auf einen Mittwoch festgelegt worden. Heute, am Vortag, wollte er den ganzen Nachmittag noch einmal in der Bibliothek arbeiten, weil man die entlegenen und raren Zeitschriftenjahrgänge nicht ausleihen durfte. Es war Dienstag, der 16. Juni 1953. Mittags war Bernd mit Schorschi in der Mensa verabredet, der wollte seine Nervosität beruhigen. Es war ein strahlender Frühsommertag, sie bummelten Unter den Linden entlang, und Schorschi setzte ihn am Eingang der Universitätsbibliothek mit den Worten ab, «Es ist jetzt kurz nach drei. Mensch, Bernd, wenn Du von vier bis acht noch büffelst und Dich vollsaugst – Du weißt dann mehr als der Professor, glaube mir.» Bernd ging zum Kiosk am Bahnhof Friedrichstraße, er hatte keine Zigaretten mehr. Da erblickte er eine Menschenschlange sich entlangwälzen, eine Demonstration. Aber sie sah anders aus als die üblichen formierten, organisierten Umzüge. Sie franste am Rande aus, es war schwer zu unterscheiden, ob die Menschen auf den Gehsteigen nur gafften oder dazugehörten. Der Zug wurde angeführt von Bauarbeitern, sie wirkten, als seien sie direkt von den Gerüsten, Kränen und Baggermaschinen heruntergestiegen – in Hemden, verschmierten Latzhosen, gestreiften Leinenjacken, auch ein paar Zimmerleute in weitschwingenden Samthosen mit Gurten, in denen ihr Handwerkszeug hing. Ein kalter, elektrischer Schlag durchfuhr Bernd, als er die roh und flüchtig geschmierten Transparente las, «Wir fordern Herabsetzung der Normen» oder «Räumt Euren Mist in Bonn jetzt aus – In Pankow säubern wir das Haus.»

Das war eine echte, spontane, nicht reglementierte Demonstration! Hier gab es etwas, was es nicht gab. Im Hinterkopf tickte «Steingefäße aus Hagia Triada», «Schachtgräberepoche» und «die hosenartige Schurztracht bei den Kampfszenen verbietet die Zuordnung zu einer der Kunstzentren der Insel». Aber vor seinen Augen hingen Schilder mit «Wir wollen Walter Ulbricht hören» und seine Ohren hörten holprig skandierte Rufe «Fort mit Ulbricht und Adenauer – wir verhandeln nur mit Ollenhauer», und was er sah, waren Hosen und Schurz und Tracht in einer Kämpferszene, wie sie auf dieser Insel verboten war. «Es sind die Bauarbeiter von der Stalinallee», sagten Passanten, «die haben auch recht. Man hat ihnen die Normen um zehn Prozent erhöht, auf deutsch: den Lohn um zehn Prozent gekürzt. Sie dürfen schuften und kriegen nichts zu fressen, während die Bonzen in Autos rumfahren, Westzigaretten rauchen und an der Ostsee Ferien machen.»

Der Wurm schuppte sich. Viele der Arbeiter liefen zu den Gaffenden und erklärten, um was es ihnen ging, und viele der Zuschauer marschierten plötzlich, Aktentaschen und Einkaufsnetze in der Hand mit, sogar Frauen mit Kinderwagen und Jugendliche auf Fahrrädern. Der Lindwurm schwoll an, der Kopf hatte schon die Linden überquert. «Wir ziehen zur Leipziger Straße, wir wollen Pieck und Grotewohl sprechen»; das Ende war nicht abzusehen.

Es wurde ein liederliches, unkonzentriertes Arbeiten für Bernd an dem mit grünem Filz bespannten Tisch im großen Lesesaal, vor ihm die rissigen alten Lederrücken der Zeitschriftenjahrgänge im Funzellicht der starren Messinglampe. «Minoische Blütezeit» und «Mykenische Übernahme von Knossos», «Akropolis», «Gournia», «Palaikastro» – Bernd las Worte, Namen, Buchstabenreihen, aber er nahm nichts auf. Er hatte sich zu dem Aufsatz von Müller noch die wichtigen Arbeiten von Snijder und Karo bestellt, aber die strittige Datierung der Fragmente mit den Bogenschützen war ihm jetzt gleichgültig. In seine Angst vor der morgigen Prüfung hatte sich die Aufregung über das Gesehene und Gehörte eingebrannt. «Dann eben nicht», murmelte er in dem schweigend-schummrigen Bücher-Hallenbad, «dann falle ich morgen eben durch. Ich muß jetzt auf die Straße.» Es war 19 Uhr.

Die Masse war unübersehbar geworden, mindestens zehntausend Menschen quollen aus den Seitenstraßen, fluteten zurück, ein Trupp – es hieß, es sei der

«Kern», die Bauarbeiter vom Block 40 der Stalinallee – drängte zum Friedrichstadtpalast, der noch mit dem Transparent «Wir vertrauen unserer Regierung» geziert war. Dort wartete angeblich Walter Ulbricht, er wollte die Herabsetzung der Normen verkünden. Zu spät. Der Kopf des Wurms drehte sich, zu viele Menschen hatten gehört, daß etwas «in der Luft liege». Die Menge schob und drängte zum Regierungsviertel, dem alten «Reichsluftfahrtministerium» des Hermann Göring. Zwischen Rufen «Links schwenkt, Marsch» und «Der ganze Haufe nach rechts» und «Wo ist Grotewohl» hangelte sich Bernd hindurch. Als er an einer ramponierten Telefonzelle angespült wurde, umlagert von Arbeitern, die ihre Münzgroschen in der Hand hatten, bündelten sich seine Angst vor dem Examen und der Neugierschreck dieses Spätnachmittags in einen Wunsch: Yvonne. Sie war auch sofort am Apparat – sehr fern. Ernst nahm sie nur sein Examen morgen, er verstand auch in dem Lärm nur Wortfetzen, von einer Dampferfahrt der Bauarbeiter am 15. Juni war die Rede – «Aber was redest Du denn jetzt von Dampferfahrten», «So hör doch zu, da wurde schon die Arbeitsniederlegung beschlossen», «Das hier ist eine Riesensache, keine Dampferfahrt, Yvonne, hör doch Du mir zu . . .» – «Nein, nein, es ist alles schon geregelt, die Regierung hat ja die Bauarbeiter eingeladen zu einer Demonstration», «Doch nicht zu der hier, das ist etwas ganz anderes» – ein gestreifter Riese schlug Bernd seinen Rettungsring aus der Hand, drückte mit seiner Pranke die Telefongabel herunter, «Nu is jennuch jesabbelt, Männecken, mit deine Biene, ick muß ooch ma, wa?» Bernd, ein losgerissenes Holz, trieb davon, strudelte unter, Yvonnes

Stimme schlug in seinem Ohr, zugleich dachte er an Stephan, hörte wütendes Geschrei, «Nein, keine Sekretärin von Walter Ulbricht – ihn selber wollen wir sprechen».

Aus dem abweisend-verschlossenen, mächtigen grauen Regierungsgebäude, das noch immer die Einschußnarben der Schlacht um Berlin in der Fassade trug, war eine zierliche Frau getreten – eine Staatssekretärin Walther, wie sich später herausstellte, was die Arbeiter als Sekretärin von Walter Ulbricht verstanden hatten. Lauter zähe, dumpfe kleine Explosionen platzten in Bernds Kopf, das Wort Karlshorst klang in ihm anders, freundlich, roch nach Pfeifentabak; aber die Terrakottafiguren marschierten hier lärmend umher. Als schließlich ein Minister – «das ist doch der Fritze Selbmann, hört dem mal zu, das war doch selber ein Kumpel, der hat zwölf Jahre KZ auf dem Buckel» – neben einem hastig vor die sich von innen schließende schwere Stahltür gestellten Tisch stand, ein wackliges, altes Büromöbel aus gelblich-braunem Holz, das umzukippen drohte, als der schwergewichtige, unbeholfene Mann mit seiner dicken Brille vor den kurzsichtigen Augen hinaufzuklettern suchte, grotesk in seinem verbissenen Mut, eine tapfere, krabbelnde Kröte im grauen Fischgräten-Funktionärsanzug, die Jacke mit dem trotzig blinkenden Parteiabzeichen verrutscht, die Sockenhalter aus den hochgerutschten Hosen spannend: da sah Bernd Curt Bois vor sich, der turnte vor seinen Augen als Puntila auf Tisch und Stuhl, das war etwa drei Jahre her, da hatte der am Deutschen Theater mit Erwin Geschonnek als Matti diese Brecht-Parabel von Herr und Knecht körperlich gemacht.

Ein Minister als Herr Puntila – und viele, viele Knechte Matti. Der auf seinem Tisch schwankende Minister Fritz Puntila, der sich mit einem großen karierten Tuch den Schweiß von der Stirn und der beschlagenen Brille wischte, den Kragen mit der ganz dünnen Krawatte, ein gelockerter Strick, sprach zu seinen tausendköpfigen Mattis: Der Ministerrat habe die administrative Normenerhöhung zurückgenommen, «weil sie ein Fehler gewesen sei». Doch als hätten sie alle in dem Theater in der Schumannstraße die Inszenierung von Bertolt Brecht und Erich Engel gesehen und eine Lehre begriffen – die Knechte glaubten den Versprechungen nicht mehr. Behäbig-kräftig schob ein Matti im Bauarbeiterzeug den Minister vom Tisch und erklärte, es ginge gar nicht mehr um die Normen. Die Regierung müsse aus eben diesen Fehlern die Konsequenzen ziehen und zurücktreten. «Wir wollen auch nicht weiter warten. Wenn Grotewohl oder Ulbricht nicht innerhalb einer halben Stunde erscheinen, marschieren wir ab und erklären den Generalstreik.»

Bernd hatte allerlei Brecht-Inszenierungen gesehen, als der noch mit seinem Berliner Ensemble im Deutschen Theater gastierte; aber er hatte Schorschis und auch Stephans dramaturgische Erklärungen von leidenschaftslosem Interesse, von Distanz und Verfremdung nie kapiert. Die Weigel oder Ernst Busch oder die Hurwicz liebte er, das genügte ihm. Jetzt stand er hier, es dunkelte allmählich, in dieser Menge dreckiger, schwitzender, stinkender Männer, die mutig waren aus Angst und schlau aus Zorn. Er hatte Brecht nicht verstanden, aber plötzlich begriffen: Beobachter in erregter Kühle. Vor einiger Zeit hatte ihm im Westen ein angeblicher Journalist mit Schweizer Paß, in Wahrheit einer der größten Schwarzmarktschieber Berlins, protzend seine handgenähten Schuhe gezeigt, «der Trick ist, sie haben Ledersohlen, comme il faut. Aber zwischen beiden Ledersohlen ist, fast unsichtbar, eine Gummisohle eingenäht. Das ist eben Barsani, man behält immer trockene Füße, haha.» Brecht trug wohl sein Leben lang Barsani-Schuhe, tickerte es bei Bernd. Auf solchen Sohlen, sein Hirn glühend wie Eis, ging Bernd sehr langsam zum S-Bahnhof Friedrichstraße. Ein von den Arbeitern eroberter Lautsprecherwagen fuhr ziellos umher. «Morgen ist Generalstreik», quäkte der, «wir versammeln uns am 17. Juni auf dem Straußberger Platz». Auf dem Bahnhof, als führe er zum erstenmal S-Bahn, sah Bernd eine große, altmodische Personenwaage der Sielaff-Actien-Gesellschaft. Unter einem erblindeten Spiegel und dem Münzschlitz war ein Emailleschild eingelassen, zwischen dessen abgeplatzten «Augen» er entziffern konnte:

«Oftmals sich wiegen
und danach leben
wird Dir lange Gesundheit geben.»

Am nächsten Morgen um 6 Uhr weckte ihn Schorschi. Deutlich in Panik flüsterte er am Telefon, «Du, ich bin bei Schweinchen-Gerda, Du weißt, die wohnt doch in Grünau – da geht die Hauptautostraße aus der DDR genau am Haus vorbei. Seit einer Stunde rollen hier in Massen russische Panzer vorbei, nach Berlin rein; ich muß jetzt Schluß machen, Tschüs, Schweinchen will nuckeln, mein Lieber – und vor dem Examen mußt Du wohl für heute keine Angst mehr haben. Wenn die S-Bahn noch fährt – es heißt, die streiken auch –, komme ich nachher in die Stadt.»

Sie war ein Hexenkessel. Ein angstvoll explodierendes Volksfest. Fremde Menschen fielen sich um den Hals, jeder erzählte jedem die neuesten Nachrichten, die Familien von Regierungs- und ZK-Mitgliedern seien im Schutze von drei Sowjetpanzern nach Mecklenburg geflohen; Frau Hanna Grotewohl sei bereits im Ostseebad Kühlungsborn eingetroffen; die gesamte SED-Bezirksleitung Halle sei in sechs BMW-Limousinen getürmt; streikende Arbeiter der Leuna-Werke «Walter Ulbricht» rasten über die regennassen Chausseen in beschlagnahmten Lkws auf Halle zu, flankiert von Kumpels der Grube Annendorf in requirierten Alarmwagen der Volkspolizei mit Blaulicht; Genosse Potruba, Abteilungsleiter des SSD Halle, sei auf einem Scheunenboden der Produktionsgenossenschaft in Gerbstedt gefunden worden. Aber niemand wußte etwas Genaues. Bernd hatte mehrere Male laut gesagt, «Die Russen kommen. Panzer. Sie rollen seit heute früh um fünf Uhr durch Grünau» – aber die Menschen starrten ihn nur an, ungläubig, feindselig. «Der spinnt. Keine Panikmache. Das trauen die sich nicht.» Das Stadtzentrum war ein schwarzes, wogendes Menschenmeer, Demonstranten von Gaffern nicht zu unterscheiden.

Als Bernd um 9 Uhr vormittags im Seminar eintraf, trug niemand mehr das Parteiabzeichen. Die jungen FDJ- oder SED-Funktionäre flitzten zwar von einem Sitzungszimmer ins andere, es hieß, «ein Seminarschutz gegen den Klassenfeind» solle gebildet werden – aber vor dem hatten sie sich sicherheitshalber unkenntlich gemacht und den kleinen silbernen Händedruck auf blau lackierter Emaille in der Rocktasche verschwinden lassen. «Widerlich», dachte Bernd, «was für miese Typen. Lauter kleine Verräter – wie ihre Väter, die im Mai 1945 rasch das runde weiße Feld mit dem schwarzen Hakenkreuz heraustrennten: da wehten dann lauter rote Fahnen aus den Fenstern.»

Um 11 Uhr sollte das Examen stattfinden. Er ging in das Büro des Seminarleiters, die mit aufgeplatzten schwarzen Plastikkaros gepolsterte Tür stand offen und durch die «archäologische Steppdecke», wie sie diese Tür zum Vorzimmer getauft hatten, kam die stets brummelige, wenn auch freundliche Stimme seines Prüfers. «Das Examen fällt wohl aus, heute, nehme ich an», hatte Bernd die Sekretärin gefragt. «Aber wie kommen Sie auf die Idee», sagte der hünenhaft gebaute alte Mann von nebenan. «Wieso sollen wir eine akademische Prüfung ausfallen lassen, weil auf der Straße Rabatz gemacht wird? Nein, lieber Herr Walther – kommen Sie gleich rein, rauchen dürfen Sie hier übrigens ganz ungeniert, rauch selber, ganz im Gegenteil – ich habe mich nämlich auf den Streit mit Ihnen vorbereitet. Also beginnen wir mal mit der Kontroverse zwischen Brunn und Riegel, Sie wissen ja, wegen der Goldenen Reliefbecher aus Vafio ...» Mit einer verärgert-belästigten Geste schloß der Professor die beiden hohen Fenster, die von einem Seitenflügel der Universität direkt auf die Linden hinausgingen. Schüsse, das Rasseln von Panzerketten, ein in Wellen fortschwellender Schrei von Menschen war in den großen, stets stillen Raum mit Büchern, Fotos von Grabungen und einem Ölbild von Sir Arthur Evans gedrungen. Ein russischer Panzer hatte zwei junge Arbeiter plattgewalzt – erfuhr Bernd am frühen Nachmittag. Da hatte er ein zweistündiges Rigorosum hinter sich – die mächtigen Doppelfenster mit zu kurzen, lappigen, verschossenen Vorhängen und die schwarz fusselnde Steppdeckentür ein Vlies gegen jegliches Eindringen von Welt. Bernd hatte die gespenstische Situation komisch, fürchterlich und auch schön gefunden: dieser über Sechzigjährige war ein Besessener, ihn interessierte nicht das Heute, sondern das Einst, er war so berühmt für seine nie gebundenen Schnürsenkel wie für seine eigenwillige Prüfungsmethode; er fragte nämlich nicht ab, sondern diskutierte. Und es zählte nicht, wer recht behielt – «Wissen Sie, wir bewegen uns ja auf recht ungesichertem Boden» war eine seiner häufig bewitzelten Sentenzen –, sondern wer die Debatte so kenntnis- wie temperamentvoll bestreiten konnte. So monologisch-perfekt seine Vorlesungen waren, die einzigen, die Bernd immer gehört hatte, auch wenn sie auf ihn wirkten, als läse jemand ein bereits gedrucktes Buch vor – so streitlustig waren seine Prüfungsdiskurse. «Na», es schien, als sei er enttäuscht, abbrechen zu müssen, als er schließlich seine längst ausgegangene Zigarre zerdrückte, «überzeugt haben Sie mich nicht – außer von Ihrer Kenntnis und Leidenschaft. Es bleibt mir wohl nichts, als Ihnen eine Eins zu geben. Und übrigens, ich wohne auch in Westberlin – Sie werden gewiß jetzt nach Hause fahren. Ob Sie bitte meine Frau anrufen könnten, hier sei alles in Ordnung, sie soll sich nicht beunruhigen, wenn ich später komme, ich habe nach Tisch noch eine Kollegiumssitzung, die kann ich unmöglich ausfallen lassen.»

Bernd war es peinlich, wegen dieses kleinen «auch» seinen Lehrer korrigieren zu müssen. Er war erleichtert über die umschiffte Examensklippe und wollte sich ohnehin jetzt in den «Rabatz der Straße» stürzen. «Mach ich gerne», sagte er, «und danke». Er wußte seine Promotion nun gesichert – und zugleich, daß nichts anderes mehr sicher war. «Deine komischen Scherben», pflegte ihn Schorschi aufzuziehen, wenn er wieder Nächte beim Rekonstruieren der Ritzung eines Vasenfragments verbracht hatte, ausgerauchte Kippen ringsum. Als er jetzt, zwei Stunden lang waren abgeschirmt von Lärm und Licht seine minoischen Reliefs rekonstruiert worden, das Universitätsgebäude verließ, schossen dem neugebackenen Archäologen russische Panzer Salut. Auf sie getürmt lagen auch Scherben. Es waren Steine. Menschen hatten sie geworfen.

Er schwamm durch die Strudel eines erregten Menschenmeeres; nach Westberlin wollte er, nicht nur, um sein Versprechen einzulösen, sondern auch, um Radionachrichten zu hören. Von einer Telefonzelle aus hatte er vergebens versucht, Stephan oder Yvonne zu erreichen. Ins Archäologische Institut mochte er nicht gehen, eine panische Nervosität, seltsam untermischt mit dem Hochgefühl der Eins im Examen hielt ihn davon ab. Die S-Bahn fuhr nicht mehr, aber im U-Bahnhof Stadtmitte erwischte er noch einen Kurzzug in Richtung Westen. So fuhr er nach Tempelhof, wo sich eine befreundete Familie im Souterrain eines ehemals bürgerlich-eleganten Mietshauses mit einem Lichtpausengeschäft durchschlug; der kümmerliche Rest eines während des Flughafenbaus 1930 gegründeten und damals florierenden Unternehmens. Die «Fotoklitsche» hatte Bernd öfter für seine Arbeit benutzen dürfen, weil es in Ostberlin weder die Apparate noch das geeignete Spezialpapier gab. Die beiden ältlichen Schwestern, Tennisfanatikerinnen mit Bubikopf, Hosenanzügen und gelb-braunen Bernstein-Zigarettenspitzen kannte er noch aus seiner Schülerzeit. Sie setzten sofort Wasser für den geliebten Nescafé auf und Bernd hörte abwechselnd RIAS oder AFN.

In mehr als zweihundert Orten der gesamten DDR war der Aufstand losgebrochen, getragen von fast vierhunderttausend Menschen, in erster Linie Industriearbeiter. In Zentren wie Bitterfeld, Halle, Leipzig, Merseburg waren Großbetriebe – Leuna, Buna, Farbwerk Wolfen – nahezu geschlossen in Streik getreten, da dreiundzwanzigtausend, dort achtzehntausend oder zwölftausend Mann. Die Forderung nach besseren Arbeitsbedingungen war bereits überholt von der Forderung nach besserem Leben, mehr Freiheit, einem anderen Staat. Gefängnisse waren gestürmt, SED- und Regierungsbüros verwüstet, Volkspolizisten verprügelt, einige offenbar auch getötet worden. RIAS meldete die ersten Toten, AFN berichtete von russischen Panzerspähwagen, die am Stadtrand von Halle rücksichtslos in die Menge hineingefahren wären. In einem Kastanienwäldchen seien drei von vielen wahllos Verhafteten standrechtlich erschossen worden. Die Intelligenz, so hieß es in den Radiosendungen übereinstimmend, habe sich nicht gegen das Regime erhoben. «Die Haltung der technischen Intelligenz», sagte ein Kommentator, «läßt sich am ehesten mit einer kalten Loyalität zur

Regierung bezeichnen – Lohn für ihre mannigfachen Privilegien. Als Teil der materiell geförderten neuen Oberschicht hat sie sich zwar nicht aktiv für das Regime eingesetzt, ist aber meist unbeteiligt in ihren Räumen geblieben oder still nach Hause gegangen.» Bernd wurde angst. Das war mehr als ein Streik, war nicht mehr ein Buschfeuer, genährt von Unwillen, Hunger und Ungerechtigkeit. Das war ein Erdrutsch. Er drohte das Land zu verschütten, das er gewählt hatte, wo er liebte.

«Pumpt Ihr mir eines von Euren Fahrrädern? Die U-Bahn fährt ja auch nicht mehr, höre ich gerade. Ich muß sofort zurück.» – «Ja, also weißt Du, an sich ja gerne, aber das eine ist gerade nicht in Ordnung, und das andere hat eben neue Reifen bekommen. Damit jetzt da rüber – wer weiß, was da passiert, vielleicht liegt ja auch alles schon voller Scherben und die schönen neuen Reifen. Und überhaupt, man weiß ja gar nicht was wird. Und dann sind wir das teure Rad los. Also normalerweise, Du weißt, sonst an sich gerne, nur, Du mußt verstehen . . .»

Bernd verstand und ging. Die kleben an ihrem blöden Fahrrad – und bei uns riskieren die Menschen sonstwas, der Gedanke hatte ihn hell und wütend gemacht; jäh wußte er, wohin er gehörte. Es war ein tüchtiger Marsch den endlosen Mehringdamm hinunter. Hinter der U-Bahnstation Kochstraße schoben sich in dem Augenblick, in dem er nach Ostberlin hinüberpirschte, die scheußlichen Stahlungetüme mit dem roten Stern am Panzerturm zu einer graubraunen Metallmauer zusammen, knirschend, fauchend, rasselnd, die Rohre unheimlich geräuschlos reckend. Bernd schlängelte sich in letzter Sekunde zwischen zwei dieser gemächlich rollenden Biester hindurch, blieb mit einem Bein an einem Schutzblech hängen, das ihm lautlos das rechte Hosenbein des feinen Examensanzugs aufschlitzte, vom Knie bis zum Umschlag. Aus seiner Angst platzte Lachen. Aufgetrennt, aber zu Hause, eine Krawatte um, eine Eins im Examen – aber zu wem will ich eigentlich? Eben noch das geschäftige, normale Westberlin – und hier war er, spätnachmittags, im hitzigen Aufruhr.

Friedrichstraße, Leipziger Straße, selbst in kleinen Querstraßen wie Taubenstraße oder Dorotheenstraße brodelte es. Kein Schuß. Die Panzer hatten sich, eine stählerne Platte, auf die Stadt gelegt, und der Menschenteig quoll an ihrem Rand hervor. Viele Menschen weinten, fast alle schrien, jeder rief jedem etwas anderes zu, von Verhaftungen war die Rede, vom Sturz der Regierung, von der Rücknahme der Normen, die Amerikaner marschierten bereits auf Leipzig zu und Thüringen werde wieder westlich und an einer Ecke skandierte eine bunte Herde Jugendliche, «Ulbricht, Pieck und Grotewohl, daß Euch alle der Teufel hol». Einige schwenkten rote Fetzen. Es waren keine blutigen Tücher. Es waren die zerrissenen Reste der roten Fahne, die sie vom Brandenburger Tor heruntergerissen hatten. Aber da hatten doch, nicht lange war es her, Rotarmisten eine andere Flagge heruntergeholt? Es waren nicht Gedanken, es waren flatternde Tumulte, die durch Bernds Kopf tosten – und er konnte noch nicht wissen, daß wenig später diese roten Fahnenfetzen als Trophäen die Büros Bonner Politiker schmücken würden und ein englischer Beamter spotten würde, «Bald werden so viel Fetzen von der heruntergeholten Fahne gezeigt werden wie

Holzsplitter vom Kreuze Christi. Wenn man sie alle zusammennähte, hätte man ein solch großes Laken, daß man das ganze Bundeshaus darin einwickeln könnte. So finden alle großen Geschehnisse ihren kleinbürgerlichen Niederschlag.»

Während Bernd gebannt auf einen kleinen grauen Mann starrte, der inmitten eines schwappenden Kreises wütender Menschen diskutierte – «meine Güte, ist das nicht Brecht, der sieht ja aus wie Brecht, will der nach Barlach und Eisler nun das ganze Ding hier retten?» – sah er, wie ein Panzer geradezu spielerisch eine Telefonzelle zusammenfaltete, einen Zeitungskiosk plissierte und in die Menschenmassen hineinlenkte. «Ihr Schweine, verdammten, raus hier, haut ab, aufhören, aufhören» – war er das, der da schrie, aus salzigem Mund, Steine werfend, rasend um sich brüllend, die zerrissene Hose seine Fahne der tollgewordenen Not? Bernd kam zu sich, als ein dünner, bleicher Mann, im angewinkelten linken Arm wie in einer Schürze Pflastersteine, von denen er mit der rechten Hand markthaft sorgfältig wiegend welche auswählte, ihm ins Ohr schrie, «Ich auch, Kollege Walther, endlich stehen wir mal nebeneinander, ich habe es mir immer gedacht.»

Als habe einer der Steine ihn getroffen, stoppte Bernds Ausbruch. Der Kollege Grössner, ihm zugeordnet als Überwacher seines geliebten Lexikonprojekts. «Das ist doch ein Verräter», durchzuckte es ihn, «das geht doch alles nicht. Aber wer bin ich? Auch Verräter?»

Die Panzer schossen in die Luft, aus den Luken starrten die Schutzbrillenaugen der Rotarmisten, meist nur wenige Meter entfernt, in die rasende

Menge. Ölgestank und Pulverschwaden senkten sich auf die Menschen, deren Worte von dem rasenden Rasseln der Panzerketten zerrissen wurden. «Im Institut gibts übrigens eine Treppe zum Dach, ganz hinten am Gang im 5. Stock – nur, wenn mal was ist», hörte Bernd noch seinen Bewacher-Verräter schreien und verstand nicht, was der hustende, schwitzende, bleiche Mann meinte. Bis ihm einfiel: Vor kurzem hatte er gehört, wie die dicknasige, forsche Sekretärin von Stephanie beim Kaffeekochen ihrer Kollegin erzählte, ein Redakteur der im Nachbarhaus untergebrachten Abendzeitung habe sich so seiner Verhaftung entzogen: groteskerweise hatten die Staatssicherheitsbeamten sich von der Pförtnerloge angemeldet; aus dem Redaktionsgebäude wäre der Redakteur nicht mehr herausgekommen, und so sei er durch diesen Verbindungsgang über das Bodengeschoß des Archäologischen Instituts und dann – «janz jemütlich», hatte sie gesagt, aus dessen Haupteingang – «stante pede», zum U-Bahnhof Stadtmitte – «füa zwanzich Pfennich jetürmt, mia nischt, dia nischt, so wie er war.»

Bernd trieb, ein abgerissenes Blatt, durch den Sturm. Das Kaleidoskop seiner Ängste und seines Zorns drehte sich fiebernd in seinem Hirn; tanzende Farben, der beißende Geruch von heißem Stahl und ein nicht enden wollender Quellbrei von Geräuschen zerschlugen sein Gleichgewicht. Er hockte am Rinnstein, gegenüber den Resten des Hotels «Adlon», das rechte Bein stach vom Knie ab nackt aus der zerrissenen Hose, der Hemdenkragen blutig von zwei an Pflastersteinen aufgerissenen Fingernägeln und die Einser-Examenskrawatte vollgerotzt. Er wußte nicht, daß er weinte. Sein Kopf war ausgegossenes Silvesterblei, die Erschöpfung dieses langen Tages peitschte immer neue Figuren, Wutgestalten und Sehnsuchtsbilder durch die nicht zur Ruhe kommende Phantasie. Er fuhr aus dem Goldbecher von Vafio trinkend freihändig das Damenfahrrad den Mehringdamm hinunter durch Knossos nach Karlshorst. Yvonne. Er wollte zu Yvonne. Für sie war er hierhergekommen, zu ihr. Und nun fuhren die russischen Panzer das kaputt. Er hatte sie beim Betrügen betrogen, und nun hatte er Steine auf die Rote Armee geworfen, doppelter Betrüger? Noch kürzlich hatte er bei Stephan diesen wunderlichen, plattfüßigen Mann kennengelernt, Leo Minthus aus Amsterdam; der hatte dort eines der berühmtesten internationalen Antiquariate und Stephan machte für sein Institut komplizierte Geschäfte mit ihm: für Hefte von Exilzeitschriften wie «Maß und Wert» und «Das Wort» oder für Exemplare des New Yorker Aurora-Verlags, die er in Devisen nicht bezahlen konnte, besorgte Stephan ihm aus den Bibliotheken von Weimar, Eisenach oder Leipzig Erstausgaben des 19. Jahrhunderts. An jenem Abend hatten sie ein solches legal-illegales Geschäft gefeiert und der hagere Leo mit der braungebrannten, zerknitterten Haut und weißer Löwenmähne hatte von seiner Befreiung aus dem KZ Sachsenhausen erzählt. «Es war ein wunderbarer Frühlingstag, als die ersten sowjetischen Panzer auftauchten. Wir hätten sie mit Primeln und Flieder, Veilchen und Goldregen überschütten mögen. Der Hof, um den unsere Baracken standen, war aber mit Steinen gepflastert.»

Die gleichen Panzer – andere Steine? Die gleichen Steine – andere Panzer? Bernd hatte sich ein Vaterland erstritten, eine Heimat erliebt, ein Zuhause erarbeitet, eine Geborgenheit erfickt. Er hatte diskutiert und gestreichelt und gelogen, von allem ein Stück: Sozialiststrichjungeträumer. Die Steinveilchenpanzer hatten in die Luft geschossen. Direkt in sein Luftschloß. Bernd war die deutsche Not.

Er floh. Nach Karlshorst. Dort wollte er sich bergen, bei Stephan. Er wünschte, unter die Felldecke und in ihn zu kriechen. Sein Nest.

Stephan saß im dunklen Zimmer, drohend wippten die bärtigen Fichtenmänner vor den Tintenvierecken der Fenster. Es war nur das schmatzende Glimmen der Pfeife zu sehen, ein Bernsteinlichtspritzer des Kognakglases. Sie standen beide im Watt, saugendes Wasser spülte ihnen die Füße immer tiefer in den Sand. Sie trieben unaufhaltsam auseinander. Jeder kannte des anderen Nervenschwingungen: Stephan hatte ihn schreien gehört, hatte ihn Steine werfen sehen. Bernd hatte ihn beobachtet, wie er im Funktionärs-BMW Autoradio hörte.

Die Nacht graute in den Morgen hinein, als Bernd im «Schloß» ankam. Es war ein Totenverlies. Die Philodendronpflanze hatte ihre Blätter zu höhnischem Grinsen gefaltet, der kalte Kachelofen ein riesiger Pflasterstein, das Bücherbord bleckte seine Zahnreihen. Er rief Yvonne an – die so prompt am Telefon war, als sei es nicht 4 Uhr morgens. «Ich weiß, was Du sagen willst. Sag's nicht, bitte. Du machst alles viel schlimmer, auch für Dich. Wollen wir uns sehen, morgen, übermorgen?» Bernd spürte das Liebevolle, aber auch etwas Klebriges. Sie hatten eine politische Liebe gelebt, und eins nach dem anderen ging kaputt. Kitten, das war Bernd fremd. «Du wirst einmal an

Deiner Konsequenz zerbrechen», hatte sie ihm vor Jahren schon gesagt, «das Leben der Menschen ist nicht konsequent.» – «Gut, morgen, ja? Rufst Du mich noch mal an? Übrigens habe ich gestern mein Vorexamen gemacht. Mit Eins.» Es war Stephan, der am nächsten Abend anrief. «Vielleicht sollten wir doch miteinander reden, Bernd? Ich komme übermorgen gegen acht Uhr zum Abendbrot.»

Gegessen wurde nichts. Bernds Attacke war schneidend-verzweifelt. «Hilf mir doch, Stephan, was soll denn nur werden – mit mir, mit Dir, mit uns, mit allem hier? Mir ist, als habe ich Asche im Mund. Sie verhaften die Menschen zu Hunderten, erzählt man sich, sie haben welche in Kellern totgeschlagen, die Funktionärsrache ihrer zweitägigen Angst rast durch das Land. Ich will doch hier arbeiten, etwas aufbauen, leben – mit *Dir* leben. Aber wie geht das bloß? Das Unrecht tritt unsere Liebe aus, vergiftet den Mut dazu» – es brach aus Bernd heraus, ohne Halt, ohne Kontur, ohne Ordnung. «Stephan, Lieber, Du bist für mich doch mehr als eine Person, verstehst Du nicht, Du bist für mich ein Ufer, Stück einer ganzen Welt. Jedesmal, wenn irgendein Mist zu mir drang, wußte ich: aber da ist einer, und der ist nicht nur einer. Hör mal: vor kurzem las ich von irgendeinem Nest in Hessen, da soll es einen Gasthof geben, dessen Eingangsflur mit Hakenkreuzkacheln verziert ist. Die Wirtin habe auf Vorhaltungen gesagt, die Fliesen sähen doch gar nicht so schlecht aus, vor allem, wenn der Boden geputzt sei, gefiele er ihr immer wieder besonders gut. Stephan, ich hab das meinem Freund Schorschi mitgebracht, allein über dieses Wörtchen ‹geputzt› könnte man ja ein ganzes Seminar halten.

Und immer warst Du da, konnte ich im Kopf zu Dir flüchten, mir sagen: der da, die da sind anders. Zu dem, zu denen gehöre ich, denen gefallen keine geputzten Hakenkreuzfliesen. Und jetzt? Jetzt werden Menschen in Kellern erschlagen? Hier, wohin ich wegen solcher geputzten Fliesen gekommen bin! Zu Dir? Wie soll ich denn hier leben, mit Dir leben? Stephan – ich weiß nicht mehr weiter. Und dieser ewige Brecht läßt vier Tage nach dem Aufruhr im ‹Neuen Deutschland› einen Brief an Ulbricht drucken, ‹Es ist mir ein Bedürfnis, Ihnen in diesem Augenblick meine Verbundenheit mit der Sozialistischen Einheitspartei Deutschlands auszudrücken›.»

«Wir drehen uns im Kreise, Bernd», Stephans Stimme, ein leise paffender Schatten, klang zag, «und ich weiß noch nicht einmal, ob der Kreis für mich nicht zum Kreisel wird. Weil jemand älter ist, ist er auch nicht immer in jeder Situation klüger. Ob das überhaupt noch meine Partei ist, Bernd, frage ich mich manchmal; ich werde immer leugnen, das gesagt zu haben. Dort die Nazis – und hier die richtige neue Welt: manchmal glaube ich schon, dieses Denken hat sich verbraucht. Zumal, wenn ich höre, unsere Volkspolizei zieht mit dem Lied ‹Es ist so schön, Soldat zu sein› zum Exerzieren.»

«Du kannst inzwischen hineinstechen wie mit der Nadel ins Telefonbuch, egal, welcher Buchstabe, welcher Name – Du triffst immer auf irgendwelchen Dreck. Diese Affäre mit Sepp Schwab, der schon mit Toller und Eisner in der Münchner Republik gekämpft hatte, der bis 1923 in Festungshaft saß – und den man als Chef oder Direktor oder wie das hieß des ‹Neuen Deutschland› absetzte. Ein Kommilitone von

Schorschi hat mir das neulich mal mitgebracht, der hatte sich das aus dem Jahr 1949 – da ging ich ja noch zur Schule – aufgehoben. Und warum wurde er abgesetzt? Weil Trotzki im ‹Neuen Deutschland› ohne die obligaten Schimpfbeiwörter erwähnt worden war. Ideologische Verwirrung nannte man das, und mangelnde Klassenwachsamkeit, Beschönigung der verräterischen Rolle Trotzkis und Vorschub antibolschewistischer Tendenzen. Im selben Jahr, weil Kokoschka den Papst malte, schrieb die ‹Berliner Zeitung›, die Kirchen seien eben Gegner des Realismus, weswegen sie sich mit dem Expressionismus treffen. Mensch, die sind ja nicht ganz dicht.» – «Aber wo ist wer ganz dicht? Wer weiß, vielleicht sind wir gar nicht soweit auseinander, Bernd – nur: Ich weiß keine Alternative. Du weißt sie doch auch nicht?»

Täuschte Bernd sich, oder hatte diese hoffnungslose letzte Frage auch etwas Ängstliches, Witterndes? Ihm schien, Stephan sprach mit der Stimme von Wolfgang Leszek – er warb um ihn, und er drohte ihm. Bernd, ein ungestümer, nach Erde und Sonne hungriger Baum, hatte seine Wurzeln hier hineingetrieben, zwichen diese Menschen mit ihren Schicksalen, die für ihn nur Bericht waren; er hatte Wolfgang Leszek das Koestlerbuch mitgebracht und Stephanie Westseife; er hatte die kleine blaue Decke zur tannennadelpiekenden Insel erkoren und sich entlang Stephans Narbe zu einer Liebe getastet, deren Schönheit ihn noch immer zittern machte. Und er war bei all dem vollkommen allein geblieben. Nähe ist nur eine Täuschung, wußte Bernd plötzlich. Berührung, Erregung, Begierde – es ist das Begehen der Fremde. Er hat mich in den Himmel hineingepreßt, Stephan, ich habe die Wolken getrunken und Sterne zischten in meinem Haar. Und er benutzt solch ein lehmiges Wort: Alternative. «Nein, ich weiß auch keine», sagte Bernd tief in der Nacht. Da schlief Stephan schon.

Eine Barke voll Heimat wurde der Abend für Yvonnes Vater. Der Geburtstag war lange vorbei, «die Ereignisse» – wie man den Aufstand vom 17. Juni nun nannte – hatten ihn verschoben. Aber Yvonne hatte nicht nachgegeben, «wir haben es dem Papa versprochen», wiederholte sie am Telefon; und Bernd freute sich sogar darauf. Er hing an dem Mann mit dem melodisch-harten Akzent und dem Gesicht, als habe man das von Yvonne in das schärfer konturierte eines hageren Mannes verwandelt. Vor einem Jahr hatte er in einer Westillustrierten den verblüffenden Scherz eines Karikaturisten gesehen – der hatte Fotos von Filmlieblingen, Jean Marais, Michèle Morgan, Rita Hayworth, so mit feinen Linien überzeichnet, daß sie wie Siebzigjährige aussahen. Ein absurdes Spiel, jeden Tag lächelten diese glattgesichtigen Götter von Plakaten, Titelbildern und Leinwänden; und hier waren sie faltige, verhärmte Alte mit Tränensäcken und tiefgezogenen Krähenfüßen. Abraham Aron erinnerte ihn stets an die Illustrierte. Er zeigte Yvonnes Gesicht, Zeit eingeschliffen, die sie noch nicht erreicht hatte: schartig, aber nicht hart, ein kleiner Glanz von Humor über vielem Leid. Das Gesicht, gleichsam mit hochgezogenen Achseln und nach außen gedrehten Händen, schien zu sagen: «Nu, was soll sein?»

Bernd hatte zu dem Abend – es war seit langem das erste Mal, daß er Yvonne und Stephan, das Ehepaar Bärenbach, in Karlshorst besuchte – eine in Westberlin ergatterte Schallplatte mit jiddischen Liedern mitgebracht und eine soeben erschienene Ausgabe von Scholem Alejchems «Tewje, der Milchhändler» mit Steinzeichnungen von Steinlen. «Für unseren Papa», sagte er, denn niemand je nannte Abraham Aron anders. «Erst de gefillte Fisch, dann de Traurigkeit», hatte der gesagt, «denn jiddische Lieder sind immer traurige Lieder, weißt Du. Aber wenn Ihr mögt – ich lese mal das erste Kapitel von Tewje, unserm Urahn.» Der alte Mann mit seinem schütteren, grauen Haarkranz, faltig-hager und leicht gebückt, verwandelte das Zimmer: die Fellcouch wurde zum Zottelpferdchen, das «Kurz und gut, was soll ich erzählen» war nicht mehr zu unterscheiden, sprach Abraham Aron, Scholem Alejchem oder Tewje – vom Pferd, das ganz ohne Grund den ganzen Tag kauen will, diesem Rindvieh in Gestalt eines Pferdes, oder von seiner Alten, sie soll leben, brummend wie ein Weib nur brummen kann, und dem Schatten der Bäume, so lang wie der jüdische Golus. Von wem sprach er, wenn es hieß, «Gestalten längst verstorbener Menschen tauchen vor mir auf und gemahnen mich an mein Heim und trübe Gedanken ziehen mir durch den Kopf»? Wen verfluchte er mit dem «Auf die Köpfe meiner Feinde sei es gesagt», und wem galt der Anruf «Und man ist doch ein Jude und muß das Abendgebet verrichten. Das Gebet ist zwar, wie man sagt, keine Ziege und läuft einem nicht davon, aber beten muß man doch.» Es klang wie ein Zauberspruch, eine große Umarmung mit einem Quentchen Ironie, als er schloß: «Nein, Ihr könnt sagen, was Ihr wollt, die Kinder von heute sind zu klug! Ich glaube aber, daß ich Euch heute den Kopf noch mehr als sonst vollgeredet habe, nehmt es mir nicht übel! Bleibt gesund und laßt es Euch immer gutgehen.»

Dieser Wunder-gütige, gedemütigte alte Jude – er hatte mit den Flügeln eines Mal'ak die drei verzagten Menschen berührt. Ihre Spannung war mit den Milchkannen fortgerollt, ihre Ängstlichkeit ausgeschwungen im Trotz-Rhythmus der Lieder, der alte Märchenerzähler hatte sie zum Lachen gebracht, wenn er die einzelnen Aufnahmen im Fotoalbum der Familie, das Yvonne ihm geschenkt hatte, in Erzählungen verwandelte; zum Lachen auch da, wo sie zum Weinen waren. Die Schatten der vier Menschen rannen ineinander, der alte Aron hatte ihre Verkrochenheit weggelächelt. Spät noch saßen sie, er hatte sich schon längst verabschiedet, auf Tewjes zotteligem Panjepferdchen, das Zuckeln durch die Zeiten schüttelte sie zusammen; Zeit stand still. Sie fielen in eine Pause und spürten einander erst, als der Riesenmagnet sie nicht mehr freigab. Sie waren ein Tier mit sechs Beinen ein einziger Leib aus verschiedener Haut deren tausend Härchen züngelten verlöschend und neu sich entzündend drei Zungen leckten sich zu einer zusammen durch Mulden und Täler neubekannt grenzenlos drei rasende Lohen fraßen sich ineinander Gewesenes zu bewahren zu verschütten und in entfesselter Feier zu vergraben. Beinhaupthaar und Wimpernmund, Hüftfinger und Senkschaft und Schaftsenke. Kindfrauheimatvater. Liebesgift. Haßbiß. Todesumklammerung. Drei Menschenferne ertranken in gurgelnder violetter Schwärze. Keine Ankunft je.

Illemäuschen hatte sich extra das Haar gepudert; den Spitznamen hatte Ilse Stachow, Stephanies Sekretärin, bei einigen ihrer häufig wechselnden Liebhaber. Die resche Berlinerin mit den etwas zu engen Blusen, dem oft gepuderten «Gesichtserker» und den stets blaßrosa lackierten Fingernägeln erzählte gerne spöttische Geschichten über sich selber. Daß sie jetzt einen kleinen Flirt mit Schorschi hatte, seit der ein paarmal – «Mensch, Du hast mich ja ganz schön überrundet, demnächst Herr Doktor und schon ein richtiges Büro» – Bernd im Archäologischen Institut besucht hatte. Mit ihrer frechen Koketterie sagte sie Bernd durch den Türspalt, «Ihr Freund Schorschi ist unten in der Anmeldung, kommt gleich mal rauf». «Seit wann meldet der feine Herr sich denn an?», antwortete Bernd. Aber ein paar Minuten später kam eine fahle, nervöse Ilse Stachow ins Zimmer. «Das ist ein ganz anderer Herr Müller», stotterte sie irritiert, «übrigens sind es zwei.»

Die Herren hatten knöchellange graue Ledermäntel an, die rechte Hüfte leicht ausgewuchtet. Den Ausweis «Ministerium für Staatssicherheit» brauchte Bernd gar nicht mehr zu sehen. Die Mäntel waren bekannt. Durch Bernds Rückgrat zog ein kalter Eisendraht. «Darf ich vorher noch meinem Chef Bescheid sagen?» fragte er so sachlich, als ginge es um einen Stichwortbeitrag zum Lexikon. Der Gedanke an den Gang und die Tür im 5. Stock kam ihm nicht. «Ist mir egal, wer drin ist», nahm er den Protest im Vorzimmer des heimlichen Koestlerlesers vorweg, «ich muß den Kollegen Leszek sofort sprechen, nur ein paar Minuten». Wolfgang wollte er sprechen.

«Es ist soweit, Wolfgang, sie sind da.» Mehr mußte nicht gesagt werden. Der Genosse mit dem Parteiverfahren aus Schanghai wußte, was «sie» heißt. Er rührte sich nicht, sah Bernd starr in die Augen, ohne Blinzeln, ohne Ausweichen; blicklos. «Also doch.» Die beiden Worte registrierten ohne Überraschung, zwischen Fürsorge und Entsetzen. Er schob ein Päckchen chinesische Zigaretten über den Schreibtisch. «Sei klug wie die Schlange und dumm wie die Taube.» Dann stand er auf, drehte sich zum Fenster, kehrte Bernd den Rücken zu.

Der Wagen war das gleiche BMW-Modell wie Stephans. Am Rückspiegel rechts über dem Fahrersitz baumelten eine Stoffhexe, die auf einem kleinen Strohbesen ritt, und ein schwarzer Schornsteinfeger mit Zylinder, eine kleine Leiter am Arm, an der ein Fliegenpilz hing. Sie fuhren mit diesem Wagen sonntags ihre Familie zum Müggelsee, Riesenbockwurst mit Kartoffelsalat und ein kühles Bierchen genießend. Vor dem Stahltor zum Stasihauptquartier Normannenstraße unweit der Stalinallee mußte der Wagen einen Ewigkeitsaugenblick halten. Neben dieser Zugbrücke ins Verschwinden standen zwei dicke Hausfrauen in geblümten Sommerkleidern. Aus ihren Einkaufsnetzen stachen ein paar Stangen Lauch, ein Rettich und einige dünne, obszön lange Mohrrüben, von denen das buschige Grün nicht abgeschnitten war; sie schwatzten. Mein Gott, sehen sie nicht, hier wird ein Mensch abgeholt, jede Sekunde verschwinde ich hinter dieser rostbraunen Stahlplatte, sie tun nichts, warum tun sie nichts, warum schreien sie nicht, schlagen ihre Rettichnetze nicht den beiden Mänteln auf die Schädel, sie müssen gegen das Auto treten . . . der Film war zerschnitten, mit ihm Bernds rasender Gedanke. Die beiden deutschen Hausfrauen waren einen Schritt zurückgetreten, damit der Wagen unbehindert passieren konnte, die eine hatte ein Bund Mohrrüben, das aus dem Netz zu rutschen schien, besorgt wieder zurückgesteckt, ein Büschel fett schweißiger Haare sah Bernd aus ihrer Achselhöhle hervorquellen, als sie sich mit der linken Hand das Haar ordnete.

Die Zelle war klein, kalt, grauer Zementfußboden, ein Stahlbett, Stuhl, Tisch. Der Falter steckte im Insektenkasten. Nicht Angst beherschte Bernd. Es war ein Gefühl des vollständigen Verlorenseins – alles, was seine Eitelkeit, seine Neugier, sein Hunger nach Welt brauchten, war weg. Abgeschnitten. Versunken. Gestohlen. «Ich werde das nicht lange aushalten. Ich werde alles und alle verraten, sofort. Nur, um hier herauszukommen.» Da wurde Bernd bewußt, wie gefährlich seine Situation war: er hatte nämlich nichts zu verraten. Er war ein träumerischer Narziß, der durch zwei Welten tanzte, er hatte hochfliegende Pläne und ehrgeizige Vorstellungen. Aber er hatte nichts einzugestehen. Das ist die schlimmste Situation eines Gefangenen, soweit erkannte Bernd die Lage schon – das konnte nur als hartnäckiges Leugnen ausgelegt werden. Bernd mußte ein Verbrechen erfinden, irgendeine kleine, korrupte, staatsgefährdende Gemeinheit, der er abschwören konnte. Sonst war er verloren. Ein magisches Dreieck brannte in seinem Kopf, das hieß Promotion, Stephan, Yvonne; in dieser Reihenfolge. Dieses Dreieck durfte nicht gefährdet werden. Um es zu retten, mußte er sich eine Lüge ausdenken, sie beichten, ihr abschwören. Kluge Schlange. Dumme Taube.

Die Mäntel waren dumm. Sie wußten alles, aber verstanden nichts. «Was wollten Sie auf Ihrer Westreise in der Alten Rabenstraße in Hamburg», fragten sie und schrieben wörtlich mit, wenn Bernd erklärte, er habe unter dem bizarren Straßenschild an der Außenalster ein Foto von Dr. Stephanie Bornstein machen wollen; «weil sie an diesem Vormittag so ein Vogelgesicht» gehabt habe, notierte stereotyp der eine Mantel. «Die Fotos übrigens gibt es, wenn Sie mich hier rauslassen, kann ich sie Ihnen zeigen.» Das überhörten die Mäntel. «Der Einvernommene gibt an, reell nicht verwandt zu sein» – diese Protokollnotiz mußte Bernd verbessern. Auf die vielen, vielen Fragen nach Genosse und Genossin Bärenbach hatte er die kleinere Hälfte der Wahrheit gesagt, von der Lehrerin in Westberlin erzählt, die ihn so beeindruckt hatte und dem Exilliteraturfachmann. Sehr wohl war ihm aufgefallen, wie gelangweilt die Mäntel das wechselweise aufschrieben; glücklicherweise hatten sie nicht bemerkt, wie nahe er den Tränen war bei ihrer Frage, «Also sind Sie nun verwandt mit denen oder wie?», die er ziemlich leise beantwortet hatte: «Es sind ideell Vater und Mutter für mich gewesen. Realiter bin ich nicht verwandt.» Und während er Stephans vom Pfeifentabak bittersüßen Schnurrbart schmeckte, Yvonnes Bittermandelgeruch einsog, schrieb der eine in sein Kalikobuch, «Reell nicht verwandt».

Es ging ganz gemütlich zu, keine Scheinwerfer im Gesicht, keine Instrumente. Die beiden wechselten sich ab, der eine sah aus wie ein Frosch mit zwei nach außen quellenden Augen – fehlt nur, er hat am Hals noch diese dünnen Blubberblasen, die wie kleine Ballons sich aufpumpen und leeren, dachte Bernd. Der andere, etwas gewitztere Ältere, wirkte zappelig und raunzte ihn manchmal an. «Das ist hier kein Verhör, sondern eine Vernehmung» oder «Sie sind nicht verhaftet, sondern festgenommen.» Am zweiten Tag gab der Mantelfrosch ihm endlich das Stichwort. «Also beim RIAS waren Sie auch?» – das kam ziemlich tückisch auf Bernds Bericht von seiner FDJ-Arbeit in Westberlin und mit dem RIAS-Schülerparlament. Wollte man ihm das anhängen? RIAS-Mitarbeiter? Es war so ziemlich das Schlimmste, dessen hier jemand angeklagt werden konnte. Wenn sie so viel wußten – dann mußten sie auch wissen, daß das nicht stimmte. Bernd verlangte zweimal, das Protokoll neu zu formulieren, bevor er unterschrieb. Er bestand auf dem Satz: «War als Schüler Westberliner FDJ-Kulturfunktionär und vor dem Abitur gelegentlich Gast bei Diskussionen im RIAS-Schülerparlament.» Gast.

Aber für die RIAS-Schikane war er dem Frosch dankbar. Es war nun schon die dritte Nacht auf der quietschenden Pritsche, unter der nicht-bezogenen grauen Decke, die schirmlose Fünfzehn-Watt-Glühbirne pünktlich um 20 Uhr erloschen. In die nächtlich tanzenden Schemen trat der rettende Einfall. Lauter kleine Gedankenplättchen klebten sich zusammen zum Schuppenpanzer. Durch diese paar Funksendungen damals hatte er eine hochberühmte ältere Journalistin kennengelernt. Es war die Zeit, zu der er sich mit dem Gedanken an einen möglichen Umzug nach Ostberlin herumschlug. Elisabeth Bräutigam hatte ihn in ihr winziges Haus in Dahlem eingeladen, von der Nazizeit und ihrer journalistischen Arbeit in Frankfurt am Main erzählt, von Freunden im Widerstandskampf, von Harald Poelchau, der als Militärpriester die Männer des 20. Juli zum Schafott begleitet hatte. Bernd kaufte sich daraufhin dessen Buch «Die letzten Stunden. Erinnerungen eines Gefängnispfarrers». Und dann hatte sie ihm geraten,

«Wenn Sie da hingehen, was ich für falsch, sinnlos und gefährlich halte – dann gibt es nur eine Rechtfertigung dafür: dann müssen Sie in den Geheimdienstapparat. Also, keine halben Sachen bitte. Im Geheimdienst kann man eine Menge verhindern. Ich weiß von vielen, die vor ihrer Verhaftung gewarnt wurden.» Geheimdienst, verhindern, Verhaftung, warnen, Journalistin – Journalist.

Er hatte es. Vielleicht waren die Mäntel gar nicht dumm, sondern wollten ihn warnen, ihm helfen? Wieso hatten sie sich von der Pförtnerloge aus angemeldet, obwohl ihre Ausweise ihnen Zutritt überallhin verschafften? Die hatten sich ja auch bei jenem Journalisten angemeldet, der deswegen noch übers Dach fliehen konnte?

Das wars. Der Journalist vom Abendblatt. Den konnte er beichten – der war weg. Der wurde einfach geopfert, den durfte er ihnen zum Fraße vorwerfen, dem konnte nichts mehr passieren. Er mußte nur eine logische Verbindung erspinnen, irgend etwas Anrüchiges. Endlose Protokolle voll Schülererinnerungen, Klatsch aus dem Archäologischen Institut oder der Bericht über die Thüringen-Reise – das, weil sie eben nichts Belastendes festhielten, wäre zu belastend. Niemand glaubt einem Angeklagten, daß er nicht irgend etwas, irgendeine Kleinigkeit ausgefressen hat. Die Lebensweisheit der Mäntel, vor allem des Chef-Mantels war: jeder Mensch hat einen dunklen Schatten in seinem Leben. Verdächtig, bei dem der nicht aufzuspüren war; so einer mußte ein perfekter Lügner sein – also um so verdächtiger.

Bernd wußte: seine Gehirnchemie mußte irgendeine Rattengiftmischung zusammenbrauen. Konnte er sie ihnen als Fährte hinstreuen, dann war seine verdächtige Unschuld bewahrt. Kluges Reptil häutet sich. Dieser über den Dachboden Geflohene rettete ihn; denn dem hatte er von seinem Lexikonprojekt und den Westverhandlungen erzählt, aus der Universität berichtet, von Stephan Bärenbachs Mühen beim Aufbau des Exilliteratur-Instituts. Seidenfein zog Bernd die Schlinge um den eigenen Hals enger, immer noch eine Spur enger – er habe dem Mann auch sein Exposé gegeben und das umstrittene Referat aus dem Seminar. Kunstvoll baute Bernd sich zur Figur des unwissentlichen Materiallieferanten zusammen, schmiedete sogar die eigene Eitelkeit um in ein Instrument gegen sich: «Schließlich hatte ich ja auf einen Bericht in seiner Zeitung über meine Arbeit gehofft.» Am fünften Tag fragte er, «Komisch, ich hab den eigentlich ziemlich lange nicht mehr gesehen, früher rief er schon mal an im Institut, und wir tranken einen Kaffee zusammen. Und in der Zeitung ist auch nie was über mich erschienen.»

Am zehnten Tag war Bernd frei. Die immer lahmer und zahmer werdenden Mäntel, bei denen Bernd von Tag zu Tag ein Nachlassen ihres Interesses spürte, hatten ihn um und um gewendet. Mit irgend jemandem telefonieren, einen Brief, ein Lebenszeichen nach draußen – das gestatteten sie nicht, untersagten es mit nahezu lächelnder Strenge, als verböten sie einem Kind die Schokolade. Ihr Gelangweiltsein wußte Bernd nicht zu deuten – entweder kannten sie schon das Urteil, oder sie interessierten sich wirklich nicht mehr für den Fall. Die Zeitlosigkeit der grauen Zementenklave wrang sein Hirn aus. Essen, schlafen, onanieren, Verhör, essen, schlafen – sie hatten mit ihrer Riesenschere, deren Schnappen aus dem Geräusch von Blechschüssel, Holzlöffel und dem Krächzen des langbärtigen Schlüssels bestand, seinen Schatten abgeschnitten. Bernd begriff von Tag zu Tag mehr, daß er die innere Substanz nicht hatte, eine längere Haft zu überstehen. Er sah sich von Verhörpause zu Verhörpause immer klarer: ein nach außen lebender, tandsüchtiger Wellentänzer. Seine Substanz hatte er seit je anderen Menschen abgemolken. Nahm man ihm Tand und Welt und Menschen, dann hatte man dem Zuckerkranken das Insulin genommen. Was da nachts kläglich wichsend in der Zelle lag, konnte alleine, aus sich heraus nicht leben; die Kraft der anderen fehlte. Lumpenballen Egoismus: faltig, zerschlissen, muffig.

Als der Frosch am zehnten Tag in der mürrischen Haltung eines Menschen, den man vergebens viele Tage belästigt hat, sagte, «Na, Sie können gehen, mehr ist wohl nicht», ohne Kommentar, ohne Unterzeichnung eines Papiers, ohne irgendeine Zeremonie, schnitten sich zwei Worte in Bernds Kopf. Nie mehr. Nie mehr in meinem ganzen Leben will ich eine solche Tür sich hinter mir schließen sehen, nie mehr in einem Auto mit Brockenhexe und glückbringendem Schornsteinfeger fahren, nie mehr auf die Hilfe deutscher Hausfrauen hoffen. Nie mehr lasse ich irgend jemanden Hand an mich legen. «Dann rufen Sie mir bitte ein Taxi», sagte Bernd.

Zu Hause schrie ihn zwischen ihrem Schluckauf Helenchen an: «So, da sind wir also mal wieder. Ich bin sehr wütend mit Ihnen. Was soll das? Sie haben sich gefälligst um Ihr Doktorexamen zu kümmern und um sonst gar nichts. Was sind das für Sachen? Ich will nichts hören, ich weiß sowieso alles, lauter Dummheiten. Ich will so was nicht noch mal erleben. Wir bleiben jetzt schön hier und studieren fertig, sonst werde ich Sie hier einsperren, Himmelsakramentnochmal. Hier ist ein Kuchen, den habe ich gebacken, zum Essen. Und ich sehe mal, ob ich noch Sauerkraut ergattere, weil es heute Kaßler beim Fleischer gab. Sehr wütend bin ich mit Ihnen, daß Sie's nur wissen.»

Bernd rief niemanden an. Mit gierigen Händen wob er sich seine Schatten neu. Helenchen hatte kein Sauerkraut bekommen, aber eine geräucherte Flunder «geangelt» und Kartoffelsalat gemacht und eine große Schüssel Schokoladenpudding mit Vanillesoße. «Wir sind ja wohl hungrig», polterte sie wütend fort. Bernd saß am Schreibtisch, es war ein später Augustnachmittag, und schlang schweigend. Alles hatte einen anderen Geschmack. Alles roch anders. Die lüsternen Larven des Hieronymus Bosch hatten Froschgesichter, und als er mit der Bierflasche in dem kleinen Schlafzimmer die Hiddenseer Wolken grüßen wollte, waren sie eine grauhachlige Onanierdecke, gebauscht vor einer Betonwand. Sie segelten lichtlos. Die Wohnung hing schlaff um ihn, ein schlabbriger Anzug in falschen Farben und mit den Falten abgelegter Kleider. Das Gewebe seines Schattens hatte Löcher und Risse. Tand.

Als Yvonne kam, war es dunkel. «Gut», hatte sie am Telefon gesagt auf sein «Kommst Du?» Er wußte, daß es falsch war; aber er wollte das Falsche. Dies war nicht ihr Platz, und sie hatten sich nicht mehr gesehen seit der Nacht des großen Magneten. Bernd wollte sie sehen, sie haben – ein Flickenstück des Schattenmantels. Yvonnes Tapferkeit, mit der sie traurige Scheu und die Schüchternheit dem ihr entwachsenen Mann gegenüber einfing, verlieh ihr etwas Überlegenes. Die Wortlosigkeit der beiden war nicht leer, keine Sekunde Peinlichkeit spaltete sie. Doch ihr Floß kenterte. Bernd versagte. Er hatte lüstern sein wollen, ohne Lust. Gesucht hatte er nicht die Geliebte, sondern die eigene Fährte – die von Yvonnes Unterrichtsstunden bis in die Normannenstraße führte. Nachdenklich sagte er, aber es klang herablassend wie eine Bilanz: «Es war wunderschön, neulich, mit uns allen. Es war nicht enden wollend, ich schwamm in einem Meer und spürte mich zugleich brennen wie ein Sternschnuppenschweif, der Euch beide umfaßt. Yvonne, noch nie bin ich so vollkommen verschlungen worden wie in dieser Nacht. Aber weißt Du – ich selber weiß es vielleicht erst seit diesen letzten zehn Tagen –, es ist auch ein Tod gewesen. Der Rausch hat uns gefressen, uns alle drei. Wir haben uns gefeiert – und beerdigt. Es gibt Grenzen, über die gibt es kein Zurück.» Sie lagen nebeneinander, aus dem anderen Raum leckte Licht dünne Streifen aus ihren Körpern, es schien hinter den Hiddenseewolken hervor. «Geh nicht», sagte Yvonne, «geh nicht fort. Bleib.»

Bernd ging nicht; und er blieb nicht. Er lebte in einem psychischen Niemandsland, dessen Glaswände sich zwischen ihn und die Menschen schoben, und in denen er sich spiegelte. Mantelfrösche schienen jede seiner Bewegungen zu äffen. Er war am nächsten Morgen ins Institut gegangen, direkt zu Wolfgang Leszek ins Zimmer, hatte ihm das Päckchen chinesischer Zigaretten, das Yvonne bei ihm hatte liegenlassen, auf den Tisch gelegt, «Danke» gesagt. Sein Büro, Stephanie, Illemäuschen – das mied er noch. Lieber war er ins alte Tageskino gegangen, wo es die drei Gorki-Filme gab. Ohne es zu wissen, rollte er sein Leben wie einen abgetretenen Teppich von hinten auf. Schorschi holte er vom Germanischen Seminar ab und reagierte mehr verletzt als verblüfft auf die Frage, «Wo hast Du denn die ganze Zeit gesteckt, Mensch? Verreist oder was?» Er konnte nicht hindern, daß er den Freund vor sich sah mit einem Einkaufsnetz voll Lauch, Mohrrüben und Rettich.

Die Arbeit war abgeschlossen, der Tag des Rigorosums auf den 13. September festgelegt. Schwer zu greifen war die Atmosphäre im Seminar – bestimmt wußten die meisten von seiner Inhaftierung. Aber nun war er auch wieder da; also hatte man ihm unrecht getan? Oder hatten sich mächtige Leute im Hintergrund eingeschaltet? Bernd spürte, wie er den Kommilitonen noch fremder, unheimlich gar geworden war. «Na, wieder im vollen Ornat?» – mit dieser unverschämten Anspielung auf die damals so eklighurtig abgenommenen Parteiabzeichen verprellte er sie noch mehr. Affront als Schutzwehr.

Beide Gutachten, deren «Summa» vorgelesen wurde, waren positiv. Sein Doktorvater machte den Einwand, daß die Arbeit für seinen Geschmack «zu flott, fast journalistisch» geschrieben sei, am Rande des wissenschaftlich Zulässigen. Viele der Thesen seien außerdem bestreitbar; aber der umfangreiche zweite Teil der Arbeit mit vielen eigenhändigen Rekonstruktionsversuchen müsse geradezu als Novum gewertet werden; eine Art optische Argumentation.

Die öffentliche Verteidigung, auf zwei Stunden angesetzt, drohte nur einen Augenblick lang zu kippen, als Bernd seinen Opponenten, den Mann mit dem Blutschwamm, mit sarkastischer Schärfe darauf hinwies, die Einwände seien zu spät vorgebracht – bekanntlich hätten Forschungsergebnisse des 19. Jahrhunderts sie schon widerlegt. Noch am selben Abend stellte der Professor ihm die Promotionsurkunde aus, übergab sie ihm mit einem «Ich freue mich sehr. Wenn Sie publizieren wollen, ich bin gerne bereit, ein Vorwort zu schreiben.»

Doch für Bernd war es eine geträumte Szene gewesen, die paar Querschüsse des alten Gegners so erwartet wie läppisch. Die eigenen Vorbehalte gegen seine Arbeit hatte niemand formuliert. Der so ersehnte Akt der Promotion war ihm während des Vorgangs gleichgültig geworden, eine lange begehrte Frucht, nun schal, saftlos, pappig.

«Weißt Du», sagte er am nächsten Abend in Karlshorst; Stephan hatte ihn zu einer kleinen Feier eingeladen, «nur wir zwei» – «ich habe neulich im Westen einen Film gesehen, der zeigte ein Atoll, auf dem die Amis ihre Atomversuche machen. Da gibt es Riesenschildkröten, und die sind auch nicht verbrannt oder so. Sie kriechen nur statt zum Meer landeinwärts. Dort verenden sie. Ihr Instinkt ist zerstört.» Das war Bernds Reaktion auf das Geschenk, das Stephan ihm hingelegt hatte, eine Luxusausgabe von Pablo Nerudas «Der große Gesang» mit Holzschnitten von Venturelli; auf der Titelseite standen in Stephans akkurat-steifer Schrift, die hakenden Spinnenbeine der Sütterlin-Buchstaben mit der dünnen Feder seines altmodischen Füllfederhalters versponnen, fünfzehn Zeilen:

Die Lösung
Nach dem Aufstand des 17. Juni
ließ der Sekretär des Schriftstellerverbandes
in der Stalinallee Flugblätter verteilen
auf denen zu lesen war, daß das Volk
das Vertrauen der Regierung verscherzt habe
und es nur durch verdoppelte Arbeit
zurückerobern könne. Wäre es da
nicht einfacher, die Regierung
löste das Volk auf und
wählte ein anderes?
Bertolt Brecht

Von Stephan – für Bernd.
Am Tage, als er weg von mir wuchs.
15. September 1953

Er saß mit dem Buch in dem geflochtenen Stuhl unter dem Schildkrötenpanzer an der Wand; das hatte er nicht beabsichtigt. Er war ein Glückschlüpfer, hatte sich hineingebohrt in dieses Gehäuse des älteren Mannes, aus dem er nicht wegwachsen wollte. «Ach, Stephan, lieber Stephan – ein traurig-schönes Geschenk. Du kennst ja meine Abwehr gegen diesen ewig zu allem passenden Brecht. Auch an der Uni kursiert dieses Gedicht, das angeblich von ihm stammt. Nur veröffentlicht hat ers nicht, veröffentlicht hat er das Ding im ‹Neuen Deutschland› – man sagt, es sei eine um kritische Sätze gekürzte Fassung. Mensch, dazu fällt mir nur eine Anekdote ein. Als dem Brecht jemand von der Unschuld der Angeklagten in den Moskauer Prozessen sprach, soll er geantwortet haben, ‹Um so schlimmer für die Angeklagten›. Deshalb: Um so schlimmer für Bertolt Brecht, der duldet, daß das ‹Neue Deutschland› ihn kürzt – und das per unveröffentlichter Poesie korrigiert.»

Beide hatten getrunken. Das Zeichen war von Bernd nicht unbemerkt geblieben: Tokayerwein stand auf dem Tisch, daneben eine Dose Kaviar und vier hart gekochte Eier. «Wetten, daß sie innen einen grünen Rand haben?» – er blinkte ihr Zeichen zurück. Doch es waren Notsignale. Das Wasser leckte schon in ihr gerissenes Fellschiff. Bernds Umarmung war Umklammerung. Mit einer obszönen Geste, als ramme er sich einen Speer in den Leib, führte er sich selber vor, betrunken, roh, selbstgefällig und erschöpft. «Das habe ich nun nämlich gelernt, das war mein Kursus bei der Stasi, dreimal pro Nacht. Ich war eingesperrt, hörst Du, Stephan, eingesperrt – ohne Grund, ohne Haftbefehl, ohne Chance, mich zu verteidigen. Lügen und wichsen, das habe ich da gelernt.»

Er tanzte durch den Raum, eine rasende Terrakottafigur, rotfelliger Satyr und kläglicher Gummimann. Er leckte die Kaviarbüchse aus. Er schnitt sich den Finger auf, Blut suppte in dicken Tropfen auf die Eier, schminkte ihm einen höhnischen Mund, rann auf Stephans Narbe. Er hockte vor der Fellcouch. «Ich hab kein Recht, Dir so etwas zu sagen, ichweißichweißichweiß. Was sind zehn Tage gegen das, was man Dir antat. Aber Stephan – das waren Deine Feinde. Zehn Tage, das ist nichts, und man hat mir nichts getan, man hat mir zu essen und zu trinken gegeben, manchmal haben wir beim Verhör sogar gelacht. Aber telefonieren durfte ich nicht, auch nicht mit Dir. Ich war kein Feind. Aber sie haben mich zu einem Wichser und Lügner gemacht. Stephan – sie haben mir etwas genommen, ich weiß nicht, was es ist, wie ich es nennen soll.»

«Mich.»

Lange schwang das Wort, es endete nicht. Frage? Schlußstrich? «Du bist mein Haus, meine Haut. Es gibt mich nicht ohne Dich. Du warst doch beides – mein Traum und meine Wirklichkeit. Mein Angstleben. Du warst die Wolke, aus der ich trank.» Bernd hatte die eigenen Worte nicht gehört, nicht, daß er «Du warst» gesagt hatte. Doch der heftige Sturz, mit dem er Stephan zu sich zog, die Gewalttätigkeit ihrer Vereinigung war kein Liebesakt. Es war verlöschende Notwehr. Als das Meer sie verschlang, waren die Leuchtfeuer blind.

Wenig blieb Bernd zu tun. Das «Schloß» aufräumen. Die große Steppdecke verschnüren.

Am Freitagabend kam das Taxi. Sein Gepäck bestand aus der schmalen Kollegmappe; darin war das Manuskript der Dissertation. Neben der Wohnungstür bauschte sich die Wolkendeckenrolle. Er hatte die große Hieronymus-Bosch-Fotografie von der Wand gerissen, nur Teile lösten sich, mächtige Lappen seiner Haut grinsten – das grüne feuerspeiende Urvieh mit dem Messer in den Krallen über dem Verdammten in der Tonne, die blaufüßige Hexenköchin, die dem Schlafenden heißes Öl ins Gehirn gießt, und das Monstrum, das die Hufeisen an die Füße der schreienden Nackten nagelt. Yvonnes Lemuren, der alte Aron hatte sie reproduziert, Stephans Pfeifenwolken waren so oft an ihren Feuer- und Folterszenen entlanggeschwebt – die wickelte Bernd jetzt um die Steppdecke, ihre Hut, und verschnürte mit grobem Bindfaden das finstere Märchen seines Lebens. Als die Tür leise schmatzend ins Schloß schnappte, fiel von Bernd etwas ab: ein hochschäumendes Gefühl schlug sekundenschnell die Ohren taub, preßte vor die Augen grellfarbig tanzende Kreise. Durch diese Tür werde ich nie mehr gehen. Zu ist zu. Dahinter Bildfetzen Pflanze Kachelofen Bett Bücher Badewanne. Vier Zentimeter Sperrholz trennen mich von allem, was war. Frei.

Das Taxi tanzte nach Karlshorst. Matschte durch zu früh fallenden Schneeregen, der Schlieren auf der Windschutzscheibe zog. Die Scheibenwischer schoben das Wasser in den Augen hin und her, hin und her. Bernd ließ den Wagen an verschiedenen Telefonzellen halten. Vor dem dunkel liegenden Haus warf er die Wolkenwurst über den Gartenzaun. Sie war geplatzt, das grüne, schwarzstrümpfige Ungeheuer mit den roten Hosen verlor den Messerspieß und der durchbohrte Betende grinste albern, weil Bernds Strippe ihm den Hals zerrissen hatte; Blasen der weißlichen Steppdecke quollen ihm aus den Augen und wurden gehalten von den Krallen der Menschenkocherin mit der Nonnenhaube. Lefzen zuckten über dem einstigen Glück. «Na, Männeken», sagte schnüffelnd der Fahrer, als sie an noch drei weiteren Telefonzellen gehalten hatten, «un wo wollen wa nu wirklich hin?»

«Nach Tempelhof, Flughafen Tempelhof», sagte Bernd. «Dacht ick ma doch, dasses noch weita in de Welt hinausjeht mit Se», meinte der Taxichauffeur, als Bernd ihm seinen kleinen «I»-Ausweis zeigte, der ihn berechtigte, mit einem Taxi nach Westberlin zu fahren.

Am PAN-AM-Schalter fragte er, «Wohin geht die erste Maschine, bitte?» – «Flug 780 nach Hamburg, 9 Uhr 15.» – «Dann: einmal Hamburg, ohne Rückflug, kein Gepäck.»

Fritz J. Raddatz

Kuhauge

Erzählung

128 Seiten. Gebunden

Das skandalöseste Buch seit Malapartes «Die Haut»
Hubert Fichte, Hamburg

Fritz J. Raddatz stürzt sich nach vorn ins Riskante, statt der Routine kundigen Literatentums zu vertrauen. Das verdient Respekt. Vielleicht ist das Buch auch darum so spannend geworden, weil Raddatz sich nicht den Mut zum Übermäßigen hat abkaufen lassen.
Joachim Kaiser
«Süddeutsche Zeitung»

Da läuft nichts über, verheddert sich keiner, entsteht kein Leerlauf, keine Lust, keine Langeweile: Man kann nicht meckern. Kurz aufgeschrieben steckt da ein langes Leben drin.
Elmar Kraushaar
«die tageszeitung»

Hier findet kein Debut statt, das man mehr oder weniger peinlich finden darf. Hier rührt sich, im Kostüm der Blasphemie, eine Passion. Hier gibt es eine verlorene, betrogene Kindheit zu verschmerzen, nur ist der Leser nicht gewohnt, diesem Schmerz in der Maske der Frivolität zu begegnen.
Adolf Muschg
«Der Spiegel»

Rowohlt